U0091005

古典文學研究輯刊

二五編

曾永義 主編

第18冊

姚品文學術文存（中）

姚品文著、段祖青編

國家圖書館出版品預行編目資料

姚品文學術文存（中）／姚品文 著、段祖青 編 -- 初版 -- 新北市：花木蘭文化事業有限公司，2022〔民 111〕

目 4+202 面；19×26 公分

（古典文學研究輯刊　二五編；第 18 冊）

ISBN 978-986-518-800-9（精裝）

1.CST：姚品文 2.CST：中國文學 3.CST：文集

820.8　　110022630

ISBN-978-986-518-800-9

古典文學研究輯刊

二五編　第十八冊　　ISBN：978-986-518-800-9

姚品文學術文存（中）

作　　者　姚品文

編　　者　段祖青

主　　編　曾永義

總 編 輯　杜潔祥

副總編輯　楊嘉樂

編輯主任　許郁翎

編　　輯　張雅淋、潘玟靜、劉子瑄　美術編輯　陳逸婷

出　　版　花木蘭文化事業有限公司

發 行 人　高小娟

聯絡地址　235 新北市中和區中安街七二號十三樓

電話：02-2923-1455 ／傳真：02-2923-1452

網　　址　http://www.huamulan.tw 信箱 service@huamulans.com

印　　刷　普羅文化出版廣告事業

初　　版　2022 年 3 月

定　　價　二五編 19 冊（精裝）台幣 48,000 元

姚品文學術文存（中）

姚品文 著、段祖青 編

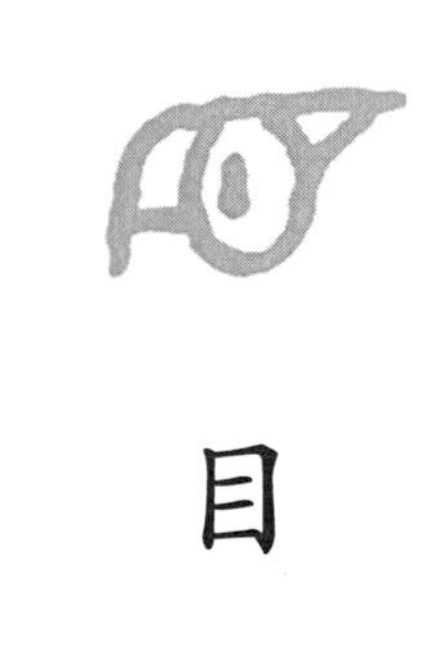

目次

上冊

中　冊

《太和正音譜》研究

《太和正音譜》寫作年代及「影寫洪武刻本」問題

朱權（1378～1448）所作《太和正音譜》因現存的「藝芸書舍本」卷首自序末署「時歲龍集戊寅」，序後還有葫蘆形圖章，文曰「洪武戊寅」，遂被認定完成並初刻於洪武三十一年（戊寅 1398）。初刻本至今未見，「藝芸書舍本」則被稱作「影寫洪武間刻本」，長時期來無人對之表示懷疑。

近幾年來已有黃文實、夏寫時、洛地等幾位學者對《太和正音譜》的寫成時間提出質疑〔註 1〕。黃文提出曲譜作於洪武年間，曲論部分則晚於洪武三十一年；夏文認為該書雖完成於洪武三十一年，但後來又經過增改。上兩文當然都是承認序末所署時間的真實性的。洛文則對這一署題並序文本身的寫作時間持懷疑態度，認為所謂「洪武戊寅」可能是「韜晦之筆」，或後人作偽，他認為該書寫成可能在永樂七年（1409）前後或以後。這些文章共同得出了《太和正音譜》最後完稿不在洪武三十一年這一正確的和重要的認識，但在具體論證和若干結論方面還有出入，故我在此再補充申說，對具體成書時間及所謂「洪武刻本」問題也略抒己見。

一、關於「曲論」部分（即從「樂府體式」到「詞林須知」各章）

這部分不可能完成於洪武三十一年，可列論據很多，最重要的有三條：

〔註 1〕黃文實《〈太和正音譜〉曲論部分與曲譜非作於同時》，見《文學遺產》1989 年第 6 期；夏寫時《朱權評傳》，見《戲劇藝術》1989 年第 1 期；洛地《〈太和正音譜〉寫作年代質疑》，見《江西社會科學》1989 年第 2 期。

1.「知音善歌之士」一節中有「李良辰」條，其中有「初入關，寓遵化」等語，知所敘是建文元年（1399）事；

2. 同節「蔣康之」條中有「癸未春，渡南康，夜泊彭蠡之南」等語，所敘為永樂元年（1403）事；

3.「群英所編雜劇」中收丹丘先生（朱權別號）雜劇《沖漠子獨步大羅天》一目，該劇敘沖漠子在「匡廬之南、彭蠡之西」的西山學道的故事，是朱權永樂以後在南昌學道生涯的自況。

這幾條是《正音譜》並非完成於洪武年間的力證，前述諸文對此已有詳說，故從簡。

二、關於「曲譜」

曲譜也是有作於洪武以後的明顯跡象的：

1. 曲譜收有朱權自作的散曲四支，署名「丹丘先生」。這個別號不見於朱權建文以前的著作和有關記載。《獨步大羅天》劇中述主人公皇甫壽（朱權化身）最後被度化成仙後方為東華帝君賜號「丹丘真人」，所以使用這個別號應該是朱權學道之後的事；

2. 曲譜所收朱權散曲有一支［出隊子］小令：「林泉深邃，景清幽人跡稀。繞林玉氣趁雲飛，出戶丹光掩月輝，半夜鶴鳴松徑裏。」曲中所寫完全是南方幽靜的山間別墅的夜色，朱權只有在南昌西山建「精廬」學道後才有這樣的生活。其中更有兩處是寫實。一是「鶴鳴」，他在南昌時曾養鶴二隻，見《神奇秘譜．鶴鳴九皋》解題；二是「丹光」，「丹光」就是煉丹的光。王逢詩「姑射仙人煉玉砂，丹光晴貫洞中霞」可以為證。朱權在南昌學道是煉丹的，他王府中的藥房就名「太乙丹房」；

3. 曲譜中收有柴野愚散曲三支。柴野愚其人不見於其他文獻記載。而僅在《斗南老人集》中有《寄柴野愚》詩二首，詩中有「野愚釣者今如何？占得西山雨一蓑」之句，得知柴野愚是西山的一位隱者。《斗南老人集》作者是朱權在南昌為世子盤烒聘請的老師胡奎。可以推知朱權也是在西山才結識了這位隱士，並將其散曲收入譜中的。

上述作品有沒有可能是「增改」時抽換的呢？這不大可能。首先是沒有必要，因為這不是一部曲選，而只是提供格律範式的工具書，何須在初版之後又予改動呢？其次，曲譜所選曲從整體看是帶有「黃冠」、「草堂」思想傾向的，正如夏文所說，「頌讚升平的色彩已經很淡」，這種總體傾向，應是在初編時即已形成，並且不是增刪個別作品所能改換的。

三、關於序言

除了序末明題「洪武戊寅」外，序言正文使人懷疑之處不少。如洛文指出的，序中有「鴂舌」、「雕題」、「垂髮」、「左衽」全指「南蠻」（說見該文），他問：朱權自洪武二十六至建文元年（1393～1399）在塞外北疆，若《正音譜》作於洪武三十一年，則當謂「北狄」如何如何方是，奈何盡說「南蠻」？此問切中肯綮。此外，我以為序中還有一段話頗堪玩味：

> 余因清宴之餘，採摭當代群英辭章及元之老儒所作，依聲定調，按名分譜，集為二卷，目之曰《太和正音譜》；審音定律，輯為一卷，目之曰《瓊林雅韻》；搜獵群語，輯為四卷，目之曰《務頭集韻》，以壽諸梓。為樂府楷式，庶幾便於好事，以助學者萬一耳。

是知與《正音譜》同時完成並刊刻的，還有《瓊林雅韻》與《務頭集韻》兩書。《瓊林雅韻》今存，知非虛言。從性質看，這幾部今可視為學術著作的書，在當時都只是為「好事」者茶餘飯後遣興作曲所用；從篇幅看，其分量可觀，是要付出很多精力，並還要具備豐富的讀曲作曲經驗才能完成的。這在朱權十六歲赴大寧前固不必置論，就在大寧期間也是難以想像的。

朱元璋建鼎之後，元殘部竄入沙漠腹地，力量還很強，成為明初最大邊患，朱元璋屢派大將率軍追剿，並且將最得力的幾個兒子即晉王棡、燕王棣、代王桂、遼王植及寧王權等封在北疆，形成一條由西到東的堅固防線。他們都擁有重兵，並時刻奉命出擊，軍務十分繁重，決非那些只知安富尊榮的紈絝可比。朱權就藩時雖才十六歲，然而「帶甲八萬，革車六千，統城九十」（《明史・諸王傳》），還領有強悍的朵顏、福余、泰寧胡騎。兵力之強，軍權之重，是連朱棣都對之垂涎的。由此可知朱元璋對這個十七子之倚重。而朱權也不負父皇重寄，或與兄弟會同作戰，或單獨出巡、嚴密防守，素有「威鎮八荒」之譽。朱元璋臨終前一兩年，對北邊防務耿耿於懷，頻頻敕諭朱權兄弟等用心防守和作戰，不可懈怠。以上情況均見諸史冊。所以這一時期朱權是沒有時間和精力去寫如何作曲一類的書的。這不是一般的推論，請看事實：朱權就藩後曾奉旨撰史著《通鑒博論》，洪武二十九年完稿呈進之時，又受命寫《漢唐秘史》。朱元璋之意在於通過這類書的撰寫強化兒子的統治意識和才幹，同時以歷史鑒戒垂訓子孫，是有戰略意義的。然而《漢唐秘史》終洪武之世未能完成。他在建文三年（1401）為此書所作序中說：「余於是大索群典，援引摭實，以編是書。乃因邊務繁冗，越二年而未成。至己卯兵下塗陽（指靖難之役），從軍入關，又二年而書始完。」試想，奉敕著史的任務都無暇顧及，哪有閒情逸致去寫曲譜之類的書呢？即令寫了，又怎能在自序中公然宣稱是在「清宴之餘」去為「好事者」行方便呢？於情於理都難以說通。

也有人認為朱權這類書可能是幕僚代筆，但缺乏根據。我不排除朱權寫作時在搜集資料等方面幕僚們給予助力的可能性，但重要的文字則都由他親自動筆。這一認識是在對《太和正音譜》及朱權其他存世著作的思想傾向和行文習慣、文字風格等進行比較後得出的。由此，我認定自序也非洪武三十一年所作。

四、關於序尾的兩枚印章

「青天一鶴」方印曾出現在朱權另一部重要著作《神隱志》序尾。該書完成於永樂六年（1408），當時他為了逃避朱棣加害而「韜晦」，所以標榜「神隱」。「青天一鶴」用於向成祖表白自己已經放棄政治功業的追求，嚮往閒雲野鶴的生活是頗為適當的，而在被挾靖難之前，他正像一隻在塞北高空盤旋的雄鷹猛鷙，何得以「青天一鶴」自比？另一枚圖章作葫蘆形，葫蘆是道家的標記，出現在洪武年間也可謂不倫。

那麼葫蘆形圖章上「洪武戊寅」字樣，並序尾所署「時歲洪武戊寅序」文字究竟是怎麼回事呢？我以為很簡單：那是後來的刊刻者加上的。其原因也很簡單：該書初刻版原序未署明時間。朱權編撰著述很多，從今存諸種看，大多署明時間，但也有沒有的，如《賡和中峰詩韻》。後來重刻者加上一個時間的署題，無非要表明自己所據是善本。而刊刻者限於知識水平，未能顧及由此而生的許多漏洞，這種作偽的行為，在明後期出版業中是司空見慣的。

五、關於《正音譜》的成書年代

我以為在永樂五年（1408）或稍前。由於序中有「禮樂之盛、聲教之美，……於今三十有餘載矣」數語，我們找不出懷疑的理由，則應該承認它的真實性。永樂五年距明開國四十年，在此之前皆可說「三十有餘載」。永樂初這幾年朱權剛離虎口，還處在朱棣嚴密監視下，地位與身家性命岌岌可危，於是放情於戲曲創作和研究，也是為了掩蔽自己，《正音譜》及《瓊林雅韻》

多種著作在這一背景下寫出來是完全可能的。而且考《正音譜》錄明初曲家數量遠不如成書於宣德（1426～1435）間的《錄鬼簿續編》為多，原因只能是還沒有那麼多曲家出現和知名，所以《正音譜》應早於《錄鬼簿續編》，斷為永樂初年，與「三十有餘載」大致相符。但如斷在一、二、三年，以《正音譜》所載朱權雜劇及曲學著作數量而言，似為時過短；又《獨步大羅天》一劇，也似受道家感染已較深之後所作。綜合以上各方面，我以為《正音譜》約完成於永樂四、五年。

基於以上種種論述，已可順理成章地得出《太和正音譜》沒有所謂「洪武本」的結論。退一萬步，即令有所謂「洪武本」，也絕不可能是今存的「藝芸書舍本」這個面目。將「藝芸書舍本」稱作「影寫洪武間刻本」始於1920年的孫毓修，他在《涵芬樓秘笈》第九集所收此本的跋語中說：「此尚是從洪武本影寫，精雅絕倫。」從此學界即沿襲此稱，另一與此本相近的，即經沈復粲鳴野山房收藏的版本，則被稱作「別本影寫洪武間刻本」。影響頗大的《中國古典戲曲論著集成》收《太和正音譜》，即在「提要」中作如此介紹，進一步以訛傳訛。也許目前我們還不能就《正音譜》的成書時間得出統一的認識，但為「藝芸書舍本」等版本正名的根據已很充分。它們仍以稱「藝芸書舍本」、「鳴野山房本」為是。

原載《文學遺產》1994年第5期

《太和正音譜》的另一版本
——《御定曲譜》本

明初朱權撰寫的《太和正音譜》(以下簡稱《正音譜》)在南北曲的發展史上起過重要作用。但是由於朱權家族在宸濠之亂以後的特殊遭際等原因,朱權的許多著作失傳。《太和正音譜》初刻本同樣也沒有流傳下來,後來民間流行的《正音譜》版本不多,也比較混亂。

但到清代出現了一件值得關注的事情:康熙五十四年詹事王奕清等奉勅撰寫了一部曲譜,至乾隆皇帝主編《四庫全書》將此譜編入,稱作《御定曲譜》(《四庫總目提要》作《欽定曲譜》)。這部曲譜北曲部分,實則是以《太和正音譜》為基礎的,雖然該本沒有標明它和《正音譜》的關係,面貌也有所改觀,但全書主體——曲譜三百三十五章,沿自《正音譜》,可以認定為另一種《太和正音譜》的版本。

《御定曲譜》雖然社會地位很高,但是數百年來在曲學界影響卻不大,在相關的文章著作裏少有人提及。在收入《四庫》之前,未發現有刻本流傳。影響不大的原因應該是這個版本係奉旨所編,長期只收藏在宮中,沒有單行本面世。收入《四庫全書》後,由於《四庫》版本的稀少與封閉,極少有人見到。更重要的是曲界的人重視曲譜,在其作曲、唱曲的實用價值。明末以來,曲唱在歌臺舞榭不斷變化帶來許多新曲譜產生,特別是《九宮大成南北詞宮譜》的面世,使得《正音譜》系列的北曲譜重要性降低,而學術性的曲譜研究則還未展開。等到十九世紀末《四庫全書》面對大眾時,曲學研究已經有了許多優良的版本,特別是《太和正音譜》直接傳承的版本出現,這部《御定曲譜》就更沒有多少人過問了。

其實我認為，作為《太和正音譜》的版本研究，特別是康熙敕命編撰並收進《四庫全書》這件事顯示出的訊息，在曲學史上都有值得關注的價值。

現就我的初步探索，談些粗淺的認識。

一、《御定曲譜》北曲譜的版本面貌

《御定曲譜》被收入《四庫全書》集部詞曲類。卷首於凡例之後，冠以「諸家論說」。之後即是北曲譜四卷，南曲譜八卷，失宮犯調諸曲一卷。

本文要討論的是前四卷——北曲譜。

（一）以《嘯餘譜》北曲譜為底本

《御定曲譜》北曲譜是以明程明善《嘯餘譜》北曲譜為底本進行加工的。這在《御定曲譜》卷首就作了說明：

參考《嘯餘》舊譜及臧懋循《元人百種》選本所列稍加刪節。

這裡雖然是指「論說」，其實就包含了全書。曲譜中附加的一些說明中提到的「舊譜」就是指明程明善《嘯餘譜》。除了《元曲選》以外，全書未見提及其他版本。特別是《御定曲譜》沿襲了《嘯餘譜》本中的許多誤漏就說明問題。如：《嘯餘譜》中遺漏無名氏仙呂〔上馬嬌〕一曲，《御譜》中同樣遺漏。越調〔天仙令〕應列《楚天遙》之後，《嘯餘譜》卻在該卷尾，明顯是在刻板過程中發現遺漏，程明善將其補入了卷尾，只是未加說明。而《御定曲譜》也在卷尾，沿襲了這一誤漏。顯然《御定曲譜》沒有找到更好的版本參校。

並且，它使用的《嘯餘譜》北曲譜也不是一個完整的版本。如《正音譜》譜式前有屬於曲論和文獻史料（姑稱之為「敘論」）的許多文字。《嘯餘譜》因其主要功能在譜，所以將「論」的部分改附在曲譜三百三十五章之後，而《御定曲譜》正文卻沒有收「敘論」的文字。是不是有意不取這一部分內容呢？也不是。因為它在卷首「諸家論說」中引用了臧晉叔《元曲選》卷首所收「元柯丹丘論曲」和「涵虛子論曲」兩條。這兩條正是朱權《正音譜》敘論中的文字，包括沿襲臧晉叔以丹丘先生為元柯丹丘，且與涵虛子為二人的錯誤。如果底本用的是完整的《嘯餘譜》本，就不會出現這樣的情況。

（二）不以《太和正音譜》為底本的原因

這部書的主體是曲譜三百三十五章（漏一章，說見前），曲譜主體全部來自明初寧獻王朱權所著《太和正音譜》，為什麼《御定曲譜》不直接用《太和正音譜》作為底本呢？原因很簡單，就是沒有得到這部書。這一點在總纂官紀昀、陸錫熊等寫的說明中已經說到：

向來曲譜從無善本，惟《嘯餘譜》舊所盛行。

以當時王奕清等編纂者的學識，如果得到善本，他們不會放棄不用。而是這種善本在民間雖然還有，但十分稀少。這種稀少從明中葉就開始了。主要原因是正德間朱權四世孫朱宸濠叛亂被誅，殃及其高祖朱權，使他的大部分著作都不得流傳。《正音譜》因其實用價值而沒有絕跡，但也被改變了面貌。《嘯餘譜》將書名改成了《北曲譜》。刪除「丹丘先生涵虛子」署名。連臧晉叔這樣的曲學大家都不知道「丹丘先生」為何人，從而在《元曲選》卷首將《正音譜》「敘論」的部分內容誤為二人所作，其中一稱「丹丘先生論曲」，一稱「涵虛子論曲」。程明善則應該是知其為何人而有意迴避。為什麼這樣說呢？有兩點值得注意：一是它沒有收《正音譜》朱權的原序，有可能是因為此序作者身份信息太明顯了；二是在「敘論」開篇第一章首行原來所冠標題是「予今新定樂府體一十五家及對式名目」，《嘯餘譜》本刪除了其中的「予今」二字。《嘯餘譜》本與《正音譜》其他出入，有校訂粗疏或知識性錯訛的可能，但首句句首「予今」二字決無可能是無意遺漏。

程明善只是天啟年間的一個監生。他出於對詞曲的愛好出版《嘯餘譜》，北曲譜只有《正音譜》一種不得不用，只得對其編纂者寧獻王朱權加以迴避。作為一個民間版本，質量較差在所難免，而終於使北曲之譜得以延續還是有功的。但是造成《御定曲譜》不得不以《嘯餘譜》本為底本。後來《正音譜》善本終於出現，然而已是很久以後的事情了。

二、《御定曲譜》北曲譜的版本價值

《御定曲譜》北曲譜在作曲和表演實踐方面所起作用今天已難以考察，僅從文獻角度看，它糾正了《嘯餘譜》本的大量錯誤，補充和改善了它的不足。其中還包括一些對《正音譜》不足之處的糾正，是很有價值的。

《御定曲譜》本於三百三十五章中有有近二百章有增減修改，凡改動在該章後綴中皆有說明，說明中指出的錯誤涉及字聲、用字、詞義、斷句、體例等諸多方面。下面試作例舉：

（一）字音（包括聲調、開閉口）

南北曲的旋律是依字聲行腔的，所以字聲是聲調譜的第一要義。《嘯譜》中聲調錯如平誤上。上誤去，入作平、上、去之誤等是大量的，量多不舉。值得特別提出的是漢字是一字多音多義的。聲調不同不僅關係唱法，還關係到字義的理解。如：

王和卿散套〔驀山溪〕「似恁的厮禁持」句，《嘯譜》「禁」字標去聲。《御定曲譜》校云：

禁字訓「禁持」者，應平聲。作去聲，非。

王和卿這一首〔驀山溪〕題目作《閨情》，寫一個女子在家中等待久不歸家的丈夫紛亂難以自持的心情。所以不是禁止之意。《嘯餘譜》標去聲，對詞義理解有誤。《御定曲譜》糾正是。

又關於字聲。《正音譜》原不標閉口韻。《嘯餘譜》對閉口韻字加圈標誌，是一種改進。但沒有加圈的閉口韻字也很多，如大石調中和樂章〔百字令〕中「庶民咸仰仁政」的「咸」字；曾瑞卿散套〔催拍子〕中「冷餐重餡」句中的「餡」字等，皆為閉口韻而《嘯餘譜》未加圈，《御定曲譜》皆予以指出。也有不應加圈的《嘯餘譜》加了圈，如：白仁甫《梧桐雨》「忽見掀簾西風惡」，《御定曲譜》指出：「『掀』字非閉口音，舊譜誤標圈。」是。

（二）錯別字

《御定曲譜》對《嘯譜》錯字校正也不少，如：

馬致遠〔離亭宴帶歇指煞〕有句：「急攘攘蠅競血」。《御定曲譜》校曰：

攘字訓紛擾者音奴，當切。舊譜訛作穰。

此句中的「攘」嘯譜作「穰」。且《正音譜》（藝芸書社本）也作「穰」。但是「穰穰」與「攘攘」是有重大區別的。按「穰」是眾多之意，從禾。初為描寫豐收。故《詩經・商頌》有「自天降康，豐年穰穰」之句。而「鬧」只能是「熙熙攘攘」之意。《正音譜》本此字亦誤作「穰」。

（三）斷句

句式長短、字數也是譜式的要件。《嘯餘譜》誤而《御定曲譜》糾正者如：

曾瑞卿散套〔催拍子〕有句：「大筵徘回雪韋娘，小酌會竊香韓壽。」《御定曲譜》校曰：

徘字與下句會字參校，疑訛。蓋兩句皆上三下四句法，應「回雪」二字連，不應「徘回」二字連也。

《御定曲譜》這裡沒有改，但提出懷疑「徘」是「排」之誤。因為這兩句是俳句，上下句應該對應。下句「竊香韓壽」是典故，全句只能是上三下四句法，若以「徘回」作徘徊解，全句就成了「大筵徘回一雪韋娘」，即上四下三句式，與上句不偶。《正音譜》此處正作「排」。

（四）補充曲名

還有一曲多名的。原譜（含《正音譜》）有的注明，有的沒有注明。原譜未標明的，《御定曲譜》作了補充。如：〔掛玉鉤序〕，加注「即〔掛搭序〕」。

曲名同宮調不同、譜式不同的，如：

黃鍾與越調皆有〔寨兒令〕。在越調〔寨兒令〕即〔柳營曲〕下《御定曲譜》補注：「與黃鍾不同」。

中呂與越調都有〔鬥鵪鶉〕。《御定曲譜》在越調〔鬥鵪鶉〕下補注：「與中呂不同。」

（五）完善作者署名體例

曲譜三百三十五章調名下皆署有該曲作者名，劇曲有劇名、折數。前後曲為同一作者時，《正音譜》與《嘯譜》於後一曲皆署「前人」，實有不妥。因為實際上存在兩種不同情形：有的前後曲為同套，有的作者同卻不同套，甚至有的是一是小令一是套曲。皆標「前人」，造成讀者誤以為都是同套套曲。《御定曲譜》對此有一個很重要的修改從而使之完善。即前後作品屬同套者，後作署「同前」；前後作品為同一作者，作品不相關者，署「前人」。例如曲譜開篇黃鍾的前三曲都是丹丘先生之作。〔醉花陰〕與第二曲〔喜遷鶯〕是同套，第二首原標「前人」，看不出與前一首作品的關係。《御定曲譜》在這裡改「同前」，就標明與前一曲屬於同套了。

上面這些糾錯使曲譜在文化檔次上跨越了一大步，擺脫了明後期出版物粗製濫造的普遍現象。

（六）《御定曲譜》校正的失誤

《御定曲譜》在字聲校正中也有某些失誤，如：

〔玉蟬翼煞〕中「凹凸岩壑」句，「凹」《嘯餘譜》作去，《正音譜》亦作去。《御定曲譜》曰：「凹字同坳，《正韻》無去聲。」「正韻」指《洪武正韻》。但《洪武正韻》不是曲韻書，並且有許多失誤，一般不以為據。如王伯成〔雙鳳翹〕中「桃杏花勻」，《御定曲譜》校云：「杏字只有上聲」。查朱權專為北曲所作的《瓊林雅韻》：「杏」字在「清寧部」，去聲。可見《御定曲譜》也有只知其一，不知其二的問題。原因可能與《瓊林雅韻》一書較少流傳有關，與前述《正音譜》版本缺少原因相同。

還有所據參校本有誤造成的誤校，如：

《御定曲譜》谷子敬〔城南柳〕雙調〔滴滴金〕中有句：

> 寶殿參差，蓬山掩映，瑤池搖漾。

《御定曲譜》校曰：「『蓬山』二字舊譜作『瑤池』。『池』字舊譜作波，今按《元人百種曲》改正。」

查《正音譜》本作：

> 寶殿參差，瑤池掩映，瓊波搖漾。

《嘯餘譜》無錯。其實《元人百種》對前人作品是有許多改動的。《御定曲譜》對此缺乏瞭解，作了錯誤的校正。

可以看出，《御定曲譜》出現的錯誤乃是沒有優質版本作底本或參校造成。但從整體上，它對北曲譜版本改善的努力是毋庸置疑的。

三、《御定曲譜》（北曲譜）的文化與社會意義

（一）「御定」——提升曲文化的社會地位

我國傳統文獻中，占主流乃至統治地位的，是「經」、「史」，其次是「子」。《四庫全書》的編纂也是如此。直到「集部十」才有「詞曲類」，收了八十餘種詞集、詞話，與曲有關的書收入了三種：這還是清朝曲已經雅化，出現了崑曲。《顧曲雜言》（明沈德符撰）、《御定曲譜》（明朱權撰）與《中原音韻》（元周德清撰）。即使這樣，《四庫簡明目錄》按語也說了：

> 南北曲非文章之正軌，故不錄其詞，惟存其論曲之語與曲譜、曲韻，以備一家。

元明是曲文體成長和成熟時期，出現了大量曲作、曲論、曲譜和曲韻著作。但是這幾種書，還有其他有關曲的著作，元明的官修史志都從未收入。到了清代，康熙皇帝竟親自指示修曲譜，後來乾隆又主持將有代表性的三種曲學著作收入這部官修大型叢書——《四庫全書》，這不僅僅是關乎一種書的取捨，也應該視為曲文化觀念的一種歷史性跨越。

我國詩詞曲文藝的發展，歷來存在由民間到上層，由通俗到文雅的進程。而後起的通俗文藝——曲，經歷元明兩代還未真正進入高雅，明後期，俗樂進入了宮廷，禮樂也受到俗樂的干擾。清取代明朝統治以後，有鑑於此，於是努力加強禮樂的建設。據《清史稿．禮樂志》記載，從努爾哈赤還在瀋陽即

位開始，就十分重視朝廷禮儀和宮廷音樂。進入北京後的順治朝同樣如此。到了康熙，就不僅是實踐中重視儀節，並且重視律制的研究和建設，以提高禮樂的文化素質。康熙三十一年，在乾清宮召大學士、九卿等，親自講說律呂規則。康熙五十二年又召李光地等募集天下學士修撰律呂之書，包括《律呂正義》、《御定曲譜》等。至乾隆時期，又由弘曆敕命莊親王允祿、周祥鈺等編纂了一部超大型的曲譜《九宮大成南北詞宮譜》。這部《九宮大成》成為後來曲譜之庫，而《御定曲譜》實肇其端。

這樣說，是否應該將此舉看作一種統治術加以否定呢？任何文化藝術的發展都有由俗趨雅的過程。南北曲本是通俗文藝，但是在明代朱權《太和正音譜》開啟的提高南北曲的社會地位和文化素質，主要是推動曲文律化。在他和其他曲家和曲學後繼者的努力下，出現了後來的四大聲腔。其中的崑腔，經過魏良輔的改革獨佔鰲頭，成為曲中之雅，進入社會上層，成為了世界非物質文化遺產——中華民族文化的代表之一。雖然全社會是雅部、花部爭勝，朝廷也不可能排斥南北曲，推動與加強雅部曲文化的建設成為必然。其重要的措施之一，就是進一步規範曲律，以彰顯其雅文化的特性。於是康熙鄭重其事地組織學者編寫了這部《御定曲譜》。雖然崑劇作為一個劇種的發展，有著複雜的原因，崑曲之唱也不是依賴《御定曲譜》，但是皇帝親自提倡與指導曲唱，無疑代表了一種觀念，對曲文化的提高起著推動作用。崑曲在清代大放光彩，與清代宮廷的提倡不會沒有關係，當然與清代倡導的復古與重文獻、重考據的文化政策也是一致的。僅從曲文化的角度，從明初寧獻王朱權編著《太和正音譜》，到清朝皇帝對《正音譜》的繼承，我們看到的是文化上層對曲文化由俗趨雅的推動。

（二）理論表述——「諸家論說」的意義

《御定曲譜》沒有採用《正音譜》或《嘯譜》的敘論部分，是因為版本的原因，而不是不重視曲論。在北曲譜四卷之前，它專門列出一些前人曲論，稱「諸家論說」列在卷首，包括鄭樵《樂府序》、程明善《嘯餘譜序》、周德清《中原音韻起例》、陶九成論曲、芝庵論曲、周挺齋論曲、趙子昂論曲、柯丹丘論曲、涵虛子論曲多種（其中誤周德清與周挺齋為二人，又誤柯丹丘與與涵虛子為二人）。內容有關於曲的性質、發展史——與樂府文學的關係、藝術風格、體制構成等多方面。在有關北曲的論說之後，又有「九宮譜定論說」，並有注云：「《嘯餘》舊譜無一字論及南曲者，故採此補之，稍加芟飾。」可以說，《御定曲譜》的編訂和出版主要不是作為工具——作曲譜式，而在於表達其對曲文化的觀念與認識。

比如關於曲是否屬於「樂府」，在元至明初還是未成定論。周德清在《中原音韻》中說的還是：「古人云有文章者謂之樂府，如無文飾者謂之俚歌，不可與樂府共論也。」周德清所說還指散曲，至於雜劇，更不是樂府。朱權在《正音譜》中才努力將雜劇傳奇列入「樂府」。《御定曲譜》編纂者在卷首按語說：

> 蓋詞曲並樂府之遺則，本原風雅。雖體制不同，而詠歌唱歎，足以抒性靈而感志意，其道同也。

這就將曲作為人們表達情感和意志的詩詞等同了。這方面在《四庫全書》完成以後編寫的《四庫全書總目提要》中說得更加透徹。篇幅所限，只引其中最後一段：

> 乃特命詹事王弈清等，考尋舊調，勒著是編，使倚聲者知別宮商，赴節者咸諧律呂，用以鋪陳古蹟，感動人心。流芳遺臭之蹤，聆音者畢解；福善禍淫之理，觸目者易明。大聖人闡揚風化，開導愚蒙，委曲周詳，無往不隨事立教者，此亦一端矣。豈徒斤斤於紅牙翠管之間哉。

由此可見《御定曲譜》的編定，主要不在於演唱的實用，而是出於其文化追求和社會教化意義，其理念對曲文化的發展的影響，值得注意和研究。

原載《書品》2017 年第 1 輯

朱權的自我意識及其戲曲學貢獻
（之一）

當我們認識一個作家的時候，往往會重視其自我對創作的影響，所以也重視對他的生平和個性的研究。最典型的例子：《紅樓夢》的作者曹雪芹生平的現成資料少得可憐，但由於人們的重視，居然挖掘出了一門博大精深的「曹學」。但對於一個從事理論研究的學者，則一般不會這樣做，這大約因為學術重在其內涵的科學性，排斥主觀性吧。其實任何學者從事學術研究的時候，都不能不帶有某種程度的自我意識。他的出發點、研究領域和方向，他的視角和思維方式，他的全部成就和不足等等，都和這個學者特定的時代、生活環境、生平遭際，以及在這個條件下形成的人格和個性有關係。不過學者在面對研究對象的時候應該是力求從客觀出發，避免主觀，以使自己的研究符合客觀事實和規律。自我意識如果不影響到他對客觀真實的尊重，並不一定給他的成果的價值帶來負面影響。還會使其成果顯現一些與眾不同的個性特色。尤其是人文學科，又尤其是中國古代文人，這方面更是顯而易見（論述起來，非三言兩語所能盡，故此不贅言）。我們面對前人成果的時候，不能不研究他是一個怎樣的人，進而研究他的學術個性，才能更加正確和有效地把握其學術成果。

我的這一淺見不知是否有普遍意義，但我以為至少對於戲曲理論家朱權是合適的。因為朱權是一個個性十分鮮明的學者。

一

朱權是一個個性十分鮮明的學者和作家，這一點當代研究者們在某些方面是注意到了的，例如他的貴族出身帶來的「貴族意識」。人們在研究他時，從來也不曾忘記——他是一位皇子、親王。不曾忽略他的學術著作中那些貴族印記。特別是《太和正音譜》裏「娼夫不入群英」、「娼夫不取」等歧視民間藝人的語言和做法。他甚至說這些藝人連名字也不配有，趙明鏡就不該叫「趙文敬」，張酷貧就不能叫「張國賓」等等。我們現代人指出這些當然是很正確的，由此對他產生反感也是可以理解的，批評他是「貴族階級偏見」亦無不可。但是在我們面對一個作家兼學者的朱權和他的大量著述時，對他的自我意識是否應該作些深入的研究，比如他的「貴族意識」是否僅僅表現為歧視平民的「貴族優越感」？他的「自我意識」是否僅僅用「貴族意識」就能涵蓋？他的「貴族意識」給他的學術成果帶來的僅僅是負面影響嗎？本文就是想在這方面做些探討。

不錯，朱權的「家庭出身」和他個人的社會地位對他的學術影響是巨大的。但我以為其影響主要在於他的自我意識之強烈。這種強烈的自我意識並不僅僅由於皇子的稀有和顯貴，而且由於他這個皇子有著特殊的成長經歷和特殊的生活處境。因此在這裡我們有必要先對他曲折的人生作一簡短的敘述。

朱權的確是一個極其尊貴的皇族，但他從小就不是只知養尊處優的紈絝兒。史書上說他「神姿秀朗，天資聰慧」、「少年奇志，稟賦非凡」。十五歲到了大寧之後，和其他的兄弟一樣，成為一方之主。在參與防衛邊陲的軍事行動中，被稱作「智略淵宏，威震八荒」，是個意氣風發的青年統帥。他的文才在兄弟中也是佼佼者，很早就開始了歷史和文學的研究，十八歲奉旨寫出了史論著作《通鑒博論》。用今天的話說：他曾經是一個有思想，有抱負，才華出眾並且已經嶄露頭角的青年。由於出色的才能和表現，得到了當皇帝的父親朱元璋的喜愛和信任。也不難想見，當年的朱權曾經是何等的躊躇滿志！

「靖難」之後，他的生活道路發生了巨大的轉折。他雖是被迫參加「靖難」，但朱棣對他有過「中分天下」的許諾。他在軍中也為朱棣起草公文，運籌帷幄。大帳上「設二榻」，二人共同議事。朱棣即位被改封南昌後，雖說王位不變，但終其一生，都在朱棣及其侄兒朱高熾、侄孫朱瞻基幾代皇帝的嚴密監視和多方壓制之下。他不僅失去了他原以為應該得到的天下之半，還失去了個人的自由和自尊，失去了身家性命的基本保障。再看看他的一家在削藩靖難中自相殘殺後的一片血肉模糊，他的「貴族意識」中除了鐘鳴鼎食、溫柔富貴之外，難道可能不增加一點比較深刻的東西？時時刻刻「夾起尾巴做人」的現實，能說王位給予他的只是一片陽光，而沒有濃黑的陰影？當然，他首要的是自我保護，他選擇了「託志翀舉」——隱居學道，在當時，這是一種不失體面而能夠保護自己的有效途徑，也是一種有深刻文化內含的生活方式。

但他畢竟是曾經雄心勃勃致力於建功立業的親王，決不是那種甘於平庸的人。既然還是藩王，他君臨一方的姿態中就包括著相應的使命感。除了學道，他還要有所作為，這種作為對於自我保護也是非常之必要的。總之，在有效的自我保護同時充分的自我實現，是他在南昌數十年間的基本生存狀態和心理狀態。當然，他的使命感，他的作為決不能和政治關係密切；根據他自身的特點，他選擇了文化建設。他將青年時期一代藩王的雄心抱負和眼前所可能有的全部精神才智用於開拓一方文化的疆土。

他怎樣開展他的文化建樹的？《明史》本傳說他在南昌曾經「弘獎風流，增益標勝」，這八個字的內容應當是非常豐富的。如今雖然不能一一確考，但大致可以想像。那時他座上的文人墨客應該是很多的，他們不會僅僅是一群清客，而應該是他文化建設的夥伴。他的世子磐烒的老師胡奎有《敬進寧王殿下仙人好樓居》三章，中有「左招梁園客，右引鄒與枚」之句，分明是將朱權與漢梁孝王劉武相比。其具體行動可以略知一二的，包括在王府的刻書館——文英館為當地的文人刻書，以及為他們作序等。嘉靖間朱多焜刊刻的《寧藩書目》收有一百三十七種。《四庫全書總目提要》說：「寧獻王權以永樂中改封南昌，日與文士往還，所纂輯及刊刻之書甚多。」至少是這方面對南昌地區文化的貢獻就不應等閒視之。他還為一些文人的書寫序。收在《四庫全書》中的胡儼的《頤庵文選》、胡奎的《斗南老人集》等就有他寫的序。《頤庵文選》還有他的序言兩篇，中間只相隔四天。大約一序之後，意猶未盡，又主動為之再序。熱情洋溢之狀，可親可敬。

他在文化建設上的領袖作用如以梁孝王相比，歷史地位也許不及，但梁孝王個人並沒有什麼著作，而朱權既有文學創作，也有學術著作。朱權著述纂輯涉及範圍很廣，拙著《朱權研究》曾加以歸納，有歷史、文學、音樂、醫家、農家、道家、兵家、時令、五行、堪輿、隱逸、書目等十多個品類六七十種。有學者認為朱權的著作大多是幕僚代作，我因此作過一些膚淺的考察，我認為從寫作背景、整體格局和行文風格等方面看，有不少著作是他親自撰寫的。即令不是每一種都是親自動手，在某些方面倚仗過幕僚，他主持之功也是不能抹殺的。他的幾十種著述纂輯其學術價值現在還無人予以認定，大抵其宗旨皆不在個人「立言」——建立自己的學說和理論體系，而重在事功——在於在文化上造福一方，比較重實用。就是《太和正音譜》也是以譜式為主體，「庶幾便於好事，以助學者萬一」，即起工具書的作用。這部歷史上的第一種曲譜的開創意義，再加上其理論上的建樹，其長遠效應也許遠遠超過了他的預期。

明代藩王和地方的關係是「列爵而不臨民，分藩而不錫土」，即不在地方享有實權。但他們倚仗皇室之尊，仍然是可以飛揚跋扈的。朱權也完全可以像其他許多藩王一樣，或稱霸一方，干政擾民，或至少是安富尊榮而無所作為。而朱權卻以自己的社會地位和影響在地方開拓文化事業，在精神領域裏為社會做出貢獻。自己也在文壇書海耕耘不輟。他的這一人格的形成既有家庭、社會地位、個人經歷的影響，也來自對中國古代上層優秀文化人的傳統的繼承。

綜合上述表現，我給朱權一生勾勒出的是這樣的一幅輪廓：他是一個少年得志的皇子，失意一隅的藩王，當然的文化領袖，勤奮的貴族文人。也許我給他畫的像不準確，但至少只簡單地把他看成一個親王貴族是不夠的。當然，對朱權的全面評價，應該不僅僅是由戲曲史家來做的事，但他在戲曲史上的貢獻是已經得到了相當程度的認可的，特別是《太和正音譜》。當我們把它放在其作者的人生、人格的全面背景之上來研究，我們是會有不同的體會的。當然這並不意味著要以對學者的人格評價代替對他的成果的學術分析，也不是說，作者的生平及其個性，一定會直接反映在著作中。

二

前面我們已經說到，作為一個親王學者的朱權，在其學術著作中顯示出的個性，最突出的是自我意識之強，這種強烈的自我意識，在同類的著作中確實是少見的。這裡只談《太和正音譜》。

朱權著作《太和正音譜》的目的本來是給作北曲的人提供技術上的幫助，所以它的主體是根據《中原音韻》提供的「樂府三百三十五章」編制的譜式。在此之前有若干章是有關「樂府」的文獻、資料和知識，其中有一定理論成分。全書的對象是元明以來的北曲。在這樣一部書中，朱權是怎樣表現其「自我意識」的呢？

他將自己的「曲論」——關於「雜劇」、「院本」以及腳色名目等——以「丹丘先生曰」的形式附在所引《唱論》文字的後面。這倒是一種通常的做法，不是主要的。然而以下幾個方面值得我們注意。

首先是個人地位的突出。這裡所謂個人地位，是說他讓自己——丹丘先生其人、其事、其言、其作，在這部以元明曲整體為研究對象的書中許多地方出現，並佔據了重要的地位。

先說首章，標題就是「予今新定樂府體一十五家及對式名目」。其中有個「丹丘體」，這個「丹丘體」是並沒有得到社會廣泛承認的，但它卻躋身「十五體」名單並雄踞榜首。這無疑是他突出自己的表現。這一章受到的批評很多。人們總是說他的「十五體」如何如何「不全面」。關於「體」的問題很複雜。什麼是「體」？「體」是個外延無限、內涵又較隨意的詞語。在此實難詳說。但起碼對朱權所擬標題中的「予今新定」幾個字不應忽略。他不是明明白白地說是在原有的（大約是已經約定俗成的）體之外又「新定」了若干「體」嗎？雖然交代不甚清楚，但不是不可以理解的。他可以自我作古，新定出若干「體」來，說明他是在以當時「作曲界」的「權威」自居。又比如：

他編選譜式是為每一個曲牌找一首曲作作為格律範式，並沒有文學選材的意義和為作者樹碑的意義，是比較隨意的。他自己說：「譜中樂章乃諸家所集，詞多不工，不過取其音律宮調而已。」但偶然之中有著某種必然。比如「丹丘先生」也就是他自己的曲作就有五支。第一曲［黃鍾醉花陰］就是「丹丘先生散套」，它們都不是什麼佳作。這種做法，包括將「丹丘體」列在第一的做法倒有點幕僚的作風：有意捧他們的主子。即便如此，也是經朱權過目得到首肯的。又比如：

除他本人外，《正音譜》中的素材還有不少來自他自己生活圈子裏的一些人和事。對此今天已難以全部考證出來，但至少有些是可以知道的。一個是「知音善歌者三十六人」中的「蔣康之」，就是他自己王府中的一名琴生兼「敬賜內侍」（根據在拙著《朱權研究》中有詳說），對他的歌唱評價極高：「如玉磬之擊明堂，溫潤可愛。」他對永樂二年在鄱陽湖上聽蔣康之唱曲的情形作了生動的描寫：「癸未春，渡南康，夜泊彭蠡之南。其夜將半，江風吞洩，山月銜岫，四無人語。水聲淙淙，康之扣舷而歌『江水澄澄江月明』之詞。湖上之民，莫不擁衾而聽，推窗出戶是聽者雜合於岸，少焉滿江如有長歎之聲。」在另一個歌者「李良辰」名下，他還將自己建文五年在遵化聽李良辰唱曲的情況作了描寫。李良辰不知是什麼身份，既然是在靖難軍中聽到他的唱，當然不是燕王府，就是寧王府裏的人。另一個人是散曲作家柴也愚。他不是當時知名度很高的作家，而是南昌西山的一位隱者，當然很可能是寧王府的一位座上客。朱權把他的散曲選進了曲譜，從而使他名垂後世。又比如：

譜中收有數首《中和樂章》，大家都說這是雅樂曲，當然不錯。可是是哪裏的雅樂——是朝廷或宮廷的還是他自己的王府的呢？我以為正是他自己的王府中的。《明史・樂志》中載有洪武初年的《中和樂章》雅樂歌詞都是板板正正的齊言，不是南北曲。用北曲寫雅樂歌詞正是寧王朱權的作風。從《神奇秘譜》中，我們知道了寧王府中有個「中和琴室」——大約可以稱之為「寧王府音樂工作室」的，此曲恐怕正是在那裡作出來的。

他將自己的生平和言論涵納在像《太和正音譜》這樣的學術著作中如此之多，說明了他的「自我意識」之強，在音樂和文學創作中直接以自己的生活為素材，就更不足為奇了。我們可以引一、兩件作為旁證。如果說在琴曲《秋鴻》（見他匯輯的古琴曲譜《神奇秘譜》）中他用的還是「比興」手法——以鴻雁的品格和它們南飛的旅程來比喻自己的品格和遭際（此說僅為筆者之拙見，雖尚未獲學界之首肯，然竊自堅信不疑，詳拙作《朱權研究》）的話，雜劇《沖漠子獨步大羅天》就完全不加掩飾地把自己作為了主人公——這位「濠梁人也」名叫皇甫壽，別號「沖漠子」的先生，「生於帝鄉，長居京輦」，在「匡廬之南，彭蠡之西」的「洪崖洞天」修行，最後被東華帝君派神仙度脫上天，封為「丹丘真人」……這不是朱權自己，還會是誰呢？他簡直是在以雜劇為自己作傳了。這種手筆，恐怕算得上絕無僅有。

他不自諱避甚至是有意突出自己，僅僅是王爺的妄自尊大麼？是不是可能有什麼別的意義呢？實在是值得我們鄭重思之。

三

如果說他在曲論著作《太和正音譜》中突出自我的地位很有點不一般的話，他在其中表現自己的思想傾向就應該看做是正常的了，但他的思想傾向——甚至可以叫做「個人好惡」——色彩卻也是過於鮮明的。那就是他通過對曲的文辭和音樂的美學評價表現的對中國傳統三大思想支柱的態度：「崇道、尊儒、斥佛。」他突出道家，把「黃冠體」放在樂府體之前列。在「群英樂府格勢」裏，把以寫神仙道化劇出名的馬致遠列第一，給予極高評價，這是大家熟悉的，不必詳說。但他在崇道的同時「尊儒」和「斥佛」，則不大為人所論及。這裡試作探索。

從「群英樂府格勢」等數章裏可以知道，朱權在對作家作品作順序排列時，並非隨心所欲，而是體現了他的是非高低評價的。所以在「雜劇十二科」裏，這種詞序頗值得注意。他以「神仙道化」、「隱居樂道」為第一、第二，第三至第七分別是：「披袍秉笏」、「忠臣烈士」、「孝義廉節」、「叱奸罵讒」、「逐臣孤子」，都是儒家道德倫理色彩濃重的科目。其餘幾種關係不大，不說。最值得玩味的是第十二也就是最後一科是「神佛雜劇」——這是民間的用語，他則不嫌費事地用了一個——「神頭鬼面」代替，而以「神佛雜劇」作注釋，雖說是為名目構詞之一致，貶斥之意卻也是明顯的。

在「古之善歌者」一章中，他大段地引用燕南芝庵《唱論》，但對《唱論》中「道家唱情，僧家唱性，儒家唱理」三句大加發揮：

> 道家所唱者，飛馭天表，遊覽太虛，俯高八紘，志在沖漠之上，寄傲宇宙之間，慨古感今，有樂道徜徉之情，故曰「道情」。
>
> 儒家所唱者性理，衡門樂道，隱居以曠其志，泉石之興。
>
> 僧家所唱者，自梁方有「喪門」之歌，初謂之「頌偈」，「急急修來急急修」之語是也。不過乞食抄化之語，以天堂地獄之說，愚化世俗故也。至宋末，亦唱樂府之曲，笛內皆用之，元初，贊佛亦用之。

三者之間，臧否之意昭然。雖然止於對於三家音樂的美學評價，不能說與對三家的總體態度沒有關係。

他對三家的好惡出自什麼原因呢？崇道不難理解。史籍說他「少有奇志，好道術」。當時道教的活動非常活躍，朱元璋又對道教非常熱心，他是有條件接觸許多道家名流的，起初的接觸多半與少年好奇探勝的心理有關。到南昌後，學道正好是他韜光養晦的絕好途徑。南昌西山又是所謂「上下神仙一大區宅」，廟觀成群。符籙派、淨明道派在南昌的勢力都很大，他的美學趣味又是與莊子相近的「豪放不羈」，自然一拍即合。儒家是千年正統的統治思想，他是無法擺脫的。他不能也無須攻擊儒家，但也止於尊重而已。他不研究經學——著述中沒有一種屬於經學的。可以說他與儒家思想在尊重的前提下似乎存在一定程度的偏離。只有何以對佛家如此深惡痛絕（這種態度在其他著作還有表露，言多不贅），則還有待探討。是不是與僧道衍在燕王的事業中的作用有關呢？暫時只能存疑。

對朱權在《太和正音譜》中如此突出自我，究竟應該怎樣理解？是不是只是王侯之尊的狂妄心理？對於有這樣經歷和處境的朱權來說，這樣理解似乎也是過於簡單了。

四

我以為在——當然是僅僅在《太和正音譜》中顯示出了朱權主觀上在致力於提高「曲——樂府」社會地位的故意。為什麼這樣說呢？

以朱權種種著述的性質，如果要將他歸入諸子百家的話，大約只能算個「雜家」。可見他並不倚賴以文字之業提高身價。如果他認為王侯之尊還不能滿足千古留名的願望而要借助文字的話，他應該選擇「經」、「史」，經學家才是當時學術領域倍受推崇的。史學地位也很高。然而他不解經。在史學著作例如《通鑒博論》、《漢唐秘史》中也並沒有看到有類似的突出自我的表現。

再談至今人們以為最值得稱道的「曲」和「曲學」。即令時興繁榮如元代，「曲」是也並沒有取得和詩文一樣的正統地位的。這不難理解，因為曲是通俗文藝，是娛樂品，它與經國大業的文章不能相提並論，和已經有千百年文人士夫言志抒情傳統的詩詞也不是同一等級。曲，特別是雜劇。雖然它們的作者大部分是文士，雖然它已經進入宮廷。也並沒有改變其「娛樂品」的原始性質。

那麼明初又如何呢？一件大家都知道的事：明太祖朱元璋儘管賞識《琵琶記》，說它是「富貴家不可無」的珍饈，但仍然為它的作者高明「以宮錦而製鞋也」而惋惜，並不認為他是一個偉大的文學家。另一件是大家也都熟悉的一本書《錄鬼簿續編》，其中有一個現象大家似乎沒有予以注意：它記載了明初的曲家七十餘人，作品一百餘種。但恰恰沒有記載當時作品數量最大，最有名氣，最有影響的兩位親王：周王朱有燉和寧王朱權。朱有燉有雜劇三十一種，演出之轟動有「齊唱憲王新樂府，金梁橋外月如霜」的形容。朱權有雜劇十二種，還有《太和正音譜》這樣有影響而又實用的著作。為什麼《錄鬼簿續編》不予著錄呢？只能有一個解釋：王爺們「清宴之餘」，願意寫個戲、看個戲玩玩完全可以，但要把它們載入史冊是完全用不著的。至於把他們和那些曲作家（已死、將死的「鬼」們）並列在一起，更是對王爺們的不恭甚至是褻瀆。還有，《太和正音譜》著錄明初作家十幾人，也是沒有朱有燉的。朱有燉是朱權的侄兒，年齡則相仿。他們雖然住得比較遠，但見面的機會是很多的。早在大寧時期，他們就曾在一起「巡邊」。後又有文學上的唱和，而共同的文學愛好——作「樂府」，豈有相互不知之理？但他和《錄鬼簿續編》的作者採取了相同的態度：隻字不提。原因也只能是相同的了。

這樣再來看朱權在《太和正音譜》中將自己大書特書，其意義實在非同一般。不能不說他主觀上有借自己王侯身份提高曲的地位的「故意」，客觀上也起到這種作用。他決不在乎自己被褻瀆。不，不是不在乎，而是他並不認為這是褻瀆。當然我們不能說朱權已經預見到幾百年後「曲」的地位如此之高而有了「超前意識」，但哪怕只是為了自己的文藝愛好而不惜降尊紆貴（當然並不僅僅如此）。僅此一節，也不能只看到他對「娼夫」的偏見，而過分指責他的「貴族意識」了。

五

他也知道，僅僅是他個人降尊紆貴作用是有限的，他還應該作更大的努力，來改變世俗對「樂府」的偏見，至少是為了自己的愛好和事功能夠站得住。他沒有站在平民立場上對待「通俗文藝」的正確認識，並在此基礎上提高「樂府」的地位——是不是能夠做到，大是疑問。他採取的做法是：對「樂府」的性質和功能作出上流社會所能接受的解釋。這就是他在《太和正音譜》序言中所做的。

在這篇《序言》裏，朱權先大大地歌頌了一番父皇創業以來「天下之治」的盛況：「禮樂之盛，聲教之美，薄海內外，莫不被仁風於帝澤也。」「近而侯甸郡邑，遠而山林荒服，老幼聵盲，謳歌鼓舞，皆樂我皇明之治。」也就是說，樂府的普及是歌舞升平的表現，是太平盛世的標誌。當然也就是統治者治世之功啦！從另一方面還可以說，樂府能夠起到教化百姓，使之樂於服從朝廷統治的作用，當然也就是不可或缺的了。這是數千年前「聲教」觀念：「東漸於海，西被於流沙，朔南暨聲教，訖於四海。」（《尚書・禹貢》）的翻版。它是作為統治思想的儒家千年以來一以貫之的，只是後來僅僅指雅樂，當時的流行音樂——俗樂是不包括在內的。至少觀念上是如此。

《序言》以下關於「禮樂之和與人心之和」的關係一段是對這一思想的充分發揮：

> 是以諸賢形諸樂府，流行於世，膾炙人口，鏗金戛玉，鏘然播乎四裔，使鴂舌雕題之氓，垂髮左衽之俗，聞者莫不欣悅。雖言有所異，其心則同，聲音之感於人心者大矣。

總之是說，樂府是治理天下的有力工具，以之論雅樂此說當然順理成章，其中也並非都是謬誤。問題在於《太和正音譜》一書所謂「樂府」是不是雅樂呢？不是。它基本與雅樂無涉。尤其是雜劇，地位比散曲更為低下。它的作者多是才人，少有名公的。《太和正音譜》雖然宣布「娼夫不入群英」，將其區別出來，但並未真正入另冊。譜中甚至連「綠巾詞」也有。至於音樂，金元以來的「曲」屬於俗樂迨無疑問。這裡是朱權為了提高曲的地位，耍了一點「偷換概念」的手法。

關於雅樂與俗樂，觀念上歷來是界限分明的，實際使用中則有過混淆不清的時候。但《明史・樂志》上記載明初的雅樂歌詞仍是那種呆板的齊言句式，至洪武十八年才出現進膳曲用《水龍吟》。終洪武之世，廟享祭祀未見用南北曲。到了永樂十八年「更定宴享樂舞」之後，在一些慶典和宴會中就大量用這類曲調了。如「平定天下舞」用［四邊靜］［刮地風］，「黃童白叟鼓腹謳歌」承應曲用［豆葉黃］，「車書會同舞」用［新水令］［水仙子］等等。朱權用北曲寫「中和樂章」，在「群英樂府格式」中評谷子敬時，還說他：「其詞理溫潤，璆琳琅玕，可薦為郊廟之用，誠美物也。」可見在朱權，二者乃是通用的。他所作雜劇《大羅天》結尾天宮舉行的慶典上，東華帝君命嫦娥起舞，這裡的科範提示：「群仙作雅樂科。」接著唱［沽美酒帶太平令］［三換小梁州］［折桂令］等。《明史・樂志》說：「明代之制作，大抵集漢、唐、宋、元人之舊而稍更易其名。凡聲容之次第，器數之繁縟，在當時非不燦然俱舉，第雅俗雜出，無從正之。」恐怕說的就是這種情況。其濫觴與朱權、朱有燉有無關係？他們是皇室子弟，又是這方面的行家，他們的影響力應該是勿庸置疑的。到嘉靖年間，就有思想正統守舊的正人君子出來反對，於是進行了整頓，內府演的傳奇，過錦戲、打稻戲，其音樂和雅樂當是涇渭分明的了。

明初的劇壇，南戲隱入民間，文人由於殘酷的政治株連而噤若寒蟬。如果沒有兩個親王的身體力行大力倡導，恐怕是連現在我們知道的這幾聲空谷足音也沒有而更顯寂寞的，以後呢，也許更加難以為繼。而他們如果不是顯貴，怕也是很難有真正的作為的罷。

原載《戲史辨》第一輯，中國戲劇出版社，1999 年

審視《太和正音譜》在曲體史上的作用
——朱權的自我意識及其戲曲學貢獻
（之二）

《太和正音譜》在曲學史上大多作為「第一種北曲譜」被肯定，而對其具體理論則評說不　，例如認為它的「樂府體十五家」不夠完備；其「群英樂府格勢」過於空疏，理論性不強；「雜劇十二科」不列綠林雜劇；文字中還有不少歧視藝人的「貴族階級偏見」等等。對古人的理論見解，如果不把它放在當時特別是歷史進程中來觀察，而是以今人的理論框架來衡量，那古人多半會在今天各種「主義」、「學說」面前「相形見絀」。本文對《太和正音譜》理論的內容和價值不擬討論，只想從另一方面來加以審視。一種理論具體見解的價值，有時不如一種新的觀念的建立來得重要。我們如果對朱權《太和正音譜》作如是觀，即主要觀察其在觀念上的建樹，或者更可能看出它在戲曲史上的特殊意義。

一、「元曲」概念的錯亂

首先要說明的是：《太和正音譜》並沒有用「元曲」這個概念，元人也不用「曲」這個詞語來概指散曲和劇曲。而我們今人卻是這樣使用「元曲」概念的。這種指稱應該說還是比較科學的。但是發明這個概念的不是元人，也不是今人，而是明人。它在形成與使用過程中曾經模糊了某些歷史真相。所以首先加以廓清，對本文討論問題是必要的，對今後的曲學研究也是必要的。

先從一個「無意識」的錯誤說起。《中國古典戲曲論著集成》為《太和正音譜》寫的《提要》中說《正音譜》的曲譜「是專門填製北曲雜劇的規範」；

浙江教育出版社 1997 年出版的《中國曲學大詞典》「太和正音譜」條目中也說它是「現存惟一最早的北雜劇曲譜」。他們都只說「雜劇」，忘記了散曲。事實是《正音譜》曲譜 335 章用作譜式的文詞，劇曲只占三分之一弱，散曲占三分之二強，這是一目了然的。所以我說這一個「無意識的錯誤」，是偶然的疏忽。然而偶然之中應該有著某種必然，那就是元雜劇的確取得了巨大的成就。

今人使用「元曲」這個概念，是從王國維先生那裡直接承襲而來。王國維先生在《宋元戲曲考》中論元劇，時而用「元曲」二字取代。比如他說：「元曲之佳處何在？一言以蔽之，曰自然而已矣。」又說：「然元劇最佳之處，不在其思想結構，而在其文章。其文章之妙，亦一言以蔽之，曰有意境而已矣。……古詩詞之佳者，無不如是，元曲亦然。」王先生讚美元曲時，雖然指的是劇曲，但並不意味著在觀念上否定散曲也是曲。大約由於王先生評元劇的見解和語言太精闢了，遂使後人頭腦裏沉澱下似乎「元曲就是或主要是指的是元雜劇」的錯覺。而且將「元曲」僅用以指元雜劇的始作俑者也不是王國維而是明人。從明代開始，人們就注意到元代劇曲成就遠高於散曲，不斷地在曲論中加以評說、誇讚，大大地強化了後人的意識。臧晉叔將一個純粹的雜劇選本叫做《元曲選》，這個選本廣為流傳，對後世影響極大。他還在《元曲選》的序言中說：「元曲妙在不工而工，而其精者採之樂府，粗者易以方言。」這裡「元曲」僅指元雜劇，而以「樂府」指元散曲。但明人又並不都是這樣的用法。王世貞《曲藻》中品藻元曲時，時而馬致遠的「百歲光陰」（散套《秋思》），時而王實甫雜劇《西廂記》，一例看待，不加區別。包括王世貞、何良俊、徐復祚等人在內的許多曲論家，在談到《西廂》、《拜月》、《琵琶》這些元劇孰優孰劣時，對元曲的性質也沒有明晰的準確的把握。可以說，自明以來「元曲」概念和詞語的使用中存在著錯亂。不過錯亂中有一點是明確的：在明人的眼裏，元代散曲和雜劇都是曲。他們是把它看作一類事物。明人已經多處有「唐之詩，宋之詞，元之曲」的提法，其中「曲」是一個散曲雜劇一統的概念。

這種一統的「元曲」概念是不是元代社會中散曲和雜劇的原生態？是不是元人自己的曲體觀？弄清這一點是重要的，因為它是一種歷史現象，已經不只是元人自己的事了。

二、元曲的原生態和元人的曲體觀

元時散曲和雜劇的原生狀態，特別是二者的關係，究竟是怎樣的呢？

我們還是先從梳理元時文籍中的一些名詞概念入手：

在《青樓集》中有這樣一些記載：

> 解語花……歌《驟雨打新荷》曲。
>
> 珠簾秀……胡紫山宣慰以《沉醉東風》曲贈云……。
>
> 周人愛……元文苑賞贈以南呂《一枝花》曲。
>
> 一分兒……時有小姬歌《菊花會》南呂曲……。

這裡使用的「曲」即後人所謂的「散曲」（這個詞語在明初才出現）「小令」，（元人用「小令」指「街市小令」，是俚歌，須加區別），元人只在這類情況下使用「曲」這個詞，顯然，其指義主要是「歌曲」，並且指的是歌唱藝術，不是指文體。在說到雜劇時，則從未用「曲」這個詞語。看來元人所謂「曲」比今人所謂的「曲」指義要狹小得多。

元人在文學體裁指義上稱散曲小令為「樂府」。《唱論》明確告訴我們：「成文章曰樂府。有尾聲曰套數。」可見不僅劇曲不是樂府，散套也不是樂府。元人使用「樂府」這個從漢魏六朝樂府以及唐宋詞繼承而來的稱謂，有明確的文體指義，並且有提高其文學地位的用心。在元代史料中以「樂府」指稱散曲小令文本，這是隨處可見的。比如《青樓集》記：

> 梁園秀……所製樂府，如《小梁州》、《青哥兒》、《紅衫兒》、《側磚兒》、《寨兒令》等，世所共唱之。

這裡「製」是「製」，「唱」是「唱」。「製樂府」當然是指文本寫作。

值得指出的還有：雖然樂府就是可以唱的歌詞，但元人只說「唱曲」，從不說「唱樂府」，更說明元人對作為文學的「樂府」和作為歌唱藝術的「曲」界限是分明的。

將同一文藝的文體指義和演藝指義分開用不同的詞語表示，同樣也反映在雜劇身上。「雜劇」這個詞是繼承宋金雜劇而來的，宋金雜劇本來就是一種演藝。元人使用「雜劇」一詞集中在《青樓集》中。比如：「××，善雜劇」，「善花旦雜劇」，「閨怨雜劇」，「綠林雜劇」，「雜劇為當今獨步」等。顯然都是將其作為演藝來指稱的。而指其文本時，則有一個專稱：傳奇。《錄鬼簿》稱雜劇作家是「有所編傳奇行於世者」。「編」就是編故事，當然是傳奇寫作。

但是，上面種種概念指義界限分明是不是說明元人有清晰的曲體理論意識呢？並不，我們沒有看到任何有關的論述文字。應該說，這都是元代曲體原生狀態在人們腦中的自然反映。

這種原生態的自然表徵是十分明顯的：它們的演出場所大不相同。散曲演唱場所是「花間、尊前」。燕南芝庵在《唱論》中有「凡歌之所」條，說「桃花扇，竹葉樽……華屋蘭堂，衣冠文會，小樓狹閣，月館風亭，雨窗雪屋，柳外花前」等等，一看便知大都是文人雅士的聚集場合（「牛童馬僕」等少數場所可能是唱小曲、俚曲的地方）。《青樓集》中載許多歌妓唱曲的故事也幾乎都在上層文人宴集中。雜劇表演的場所則在舞臺戲場。城市裏是勾欄瓦舍，如杜仁傑《莊家不識勾欄》中描寫的就是勾欄的雜劇演出。《太和正音譜》中也說：「雜劇，俳優所扮者，謂之娼戲，故曰勾欄。」村鎮演出雜劇則有露臺，山西等地現存有大量舞臺建築實物足以為證。演出場所的不同則說明其享用者即受眾是不同的。「花間、尊前」的接受者主要是文士，勾欄露臺的接受者則是廣大民眾。

接受者的不同則決定了他們的審美趣味趨向的不同。散曲的審美趣味是文士的，雜劇的審美趣味是大眾的。

根據上述情況，我們可以歸納出幾點認識，這幾點認識是非常重要的：

第一，元代散曲和雜劇分屬不同的文化圈。在社會屬性上它們屬於不同的兩類文藝，前者屬於「文士文藝」，後者屬於「大眾文藝」。

第二，它們的社會地位自然也不同。前人已經指出，《錄鬼簿》中那些「有樂府傳於世者」的名公即達官顯宦們是不編傳奇的，而傳奇作家一般都是不得於時的才人，沒有多少官宦人士。這種不同說明在元代，散曲的社會地位遠高於雜劇，而實際上成為主流文藝。主流文藝並不是擁有人數最多的文藝，而是文化層次最高，文化含量最多，是上層社會推崇和認可的文化。主流文藝也不等於成就最高的文藝。因為成就高低往往要經由歷史的檢驗和後人的評論。後人認為元時雜劇的成就高於散曲是正確的，但以為雜劇在當時是主流文藝則是一種誤解。

第三，既然散曲是主流，它在發展上就必然會起某種導向作用。是他們使得散曲的發展趨向文人化、文雅化，也使得雜劇向散曲方向靠攏，最終出現二者的整合。

三、體的整合趨向和《中原音韻》

如上述，元曲的原生態散曲、劇曲乃是兩種不同的文藝，歸屬於兩個不同文化層，二者存在著相當的距離。但是不容否認的是他們又有著極為密切的親緣關係。

首先它們都是一種演藝，並且都以歌唱為主。散曲就是歌曲。雖然後來文人曾經企圖使之純文學化，但在整體上它並沒有完全脫離歌唱。雜劇也不是後人理念中以敘述文學體制為基礎的表演藝術，它以套曲之唱為基本體制（所以洛地先生稱之為「曲唱文藝」），所唱曲的來源也大致相同。周德清《中原音韻》「樂府」335 章中僅有 32 調只作散曲小令的，其餘多是共同使用，或者為雜劇專用。它們的演唱者也大不相同。《青樓集》中記載許多演員既唱散曲，也演雜劇，可以想見其唱法必然有共同之處。

其次，作為音樂來源相同的歌詞文學，他們的形式當然也有許多共性，雖然其共性不像後人認為的那麼大，更主要的是其創作者都是文人。無論雜劇作家或者散曲作家（他們常常是集二者於一身），他們都是中國傳統文化陶冶出來，文化素質是相同的。他們致力於提高文學藝術水平，使之文雅化、精純化的基礎必然是共同的堅固而又深厚的傳統民族文化。

上面兩點，使曲體走向整合成為必然。前者是基礎，後者是決定因素。

什麼是曲體的整合？這裡指的觀念上散曲和劇曲一體的曲體觀，形式規範方面則是格律體制的進一步規範，文學審美方面將傳統的詩詞審美內含引入曲的審美範疇。

從元至明初，這種整合可分為兩個階段：

前一個階段主要是散曲自身的發展，這種發展是由文人推動的，其標誌是周德清的《中原音韻》。《中原音韻》寫成於元末，即散曲已經流行於世之後的幾十年。這本書的寫作目的與散曲的發展歷史和現狀有密切關係。散曲的發展狀況十分複雜，後人對此又眾說紛紜，明人發明而至今流毒甚深的「曲者，詞之變」的謬誤論斷影響至大，這裡不能詳加辯說，只能作點簡單的正面敘述。

中國的韻文其形式成熟的標誌是格律譜式的完善，其代表文體是詞。詞的源頭是民間曲調，在文人的參與下，於唐宋五代逐漸形成一種具有固定形制的文體，其字聲、字數、句數、句式、篇章、結構、用韻、修辭等都有精整的規範，從而在兩宋取得極高的成就。上述歷史過程，在金末元初散曲的形成史上似乎又來了一番重演。宋詞的突然近乎滅絕，大量生動新鮮的民間小曲、俗唱遂引起文人的注意。這種歌唱藝術，成為他們世俗生活中的一種享受。作為這種文體寫作的文人，他們又幾乎出於本能地要按照自己的審美情趣和價值觀念使之得到提高，於是散曲從他們手裏產生並日臻完善。《中原音韻》正是這種努力的結果。

散曲既出身於俚曲俗唱，其唱法最初乃是「隨心令」式，其特點，一是使用的是方言，二是字句沒有規範，三是不講音律宮調。經過文人幾十年的努力，在這幾個方面都取得了進步，使散曲成為「樂府」，脫離了民間俚歌小曲的範疇。但在文人看來，還未能盡如人意。周德清《中原音韻》中尖銳批評一些作家作品的種種不規範的現象，比如：「有遵音調作者；有增襯字作者。」「有用韻錯誤者；有字聲用錯而不能歌者」；「有板行逢雙不對，襯字尤多，文律俱謬……者」如此等等。應該說，這些現象並不是那些文人如楊朝英等的文化水平不夠——這些都是中國古代文人最起碼的知識和技能修養——而是一些作家還在遷就散曲原生狀態的種種隨意性。

《中原音韻》的主要部分是曲韻。曲韻就是曲中使用的字聲。它將 6 千多個字分為 19 韻部列出，每字再分陰陽上去，入派三聲，再在其下按聲紐分列。還有許多有關認字、用字的知識和法則作補充。這樣的做法其意義有：一是取消方言（主要是南方方言），用中原「正音」統一字聲。二，使散曲擺脫順口而歌和以腔傳辭的影響，逐步模仿比較高級的詞唱依字聲行腔的唱法。

《中原音韻》還用了 40 支曲（標題謂 40 首，實際拆分帶過曲、套曲。汰去重複，實有 44 曲）作為定格，來統一句、調。其意義和以前以某些影響大的詞作作為詞牌的定格相同。此外還有「末句」句格 22 種，含曲牌 60 餘個，也具有格範的意義。這證明元曲的唱實際沒有嚴格的規範，以腔傳辭的——猶如今之高腔，定腔也就是周德清特別強調的「務頭」。（這方面洛地先生有詳說，見於《戲曲與浙江》、《詞樂曲唱》等著作。）

在散曲文詞審美方面，《中原音韻》在「作詞十法」中有許多具體要求，總的是要求擺脫民間詞過分的俚俗語氣，比如反對「俗語」、「蠻語」、「謔語」、「市語」、「方語」之類，做一定程度的雅化和普通化，在風格方面則提出「文而不文，俗而不俗」，即雅俗共賞。

《中原音韻》的影響極大，可以說在使散曲走向雅化方面前進了一大步，為下一步散曲和戲曲在新的更高的水準上整合創造了條件。

但是我們必須強調指出的幾點：

第一，《中原音韻》完善的只是「樂府」，並且只是散曲小令，是不包括套數更不包括劇曲的。比較早期的《唱論》一書已經表現了這一傾向，比如其中提到的：「套數當有樂府氣味，樂府不可似套數。」《中原音韻》則進一步申說：「有文章者謂之樂府，如無文飾者，謂之俚歌，不可與樂府共論也。」說明套數和俚歌一樣，是一種俚俗氣味很濃的文藝。這種看法是符合實際的。像著名的《莊家不識勾欄》不就很俗麼？關漢卿的《不伏老》又有多少襯字！劇曲則更甚，無需例舉。周德清在定格中也選用了馬致遠《雙調夜行船・秋思》套曲和兩支劇曲（馬致遠《黃粱夢》中的《仙呂・雁兒》和鄭光祖《王粲登樓》中的《中呂・迎仙客》），但明顯是套曲和雜劇作品中極雅致的。他也是完全按照「樂府」標準對待的。

第二，他對曲體所作規範也還是有限的。他的音韻理論和韻譜在開創性方面儘管語言學界評價很高，但他們也指出了其所列韻字也不是完全正確的。樂府 335 章問題也很多，比如數量上就有不少遺漏。還有的是重複，如《憶王孫》、《柳外樓》、《一半兒》，本來是一曲多名，也列為三曲。如此等等。一門學術要在一人手中完成是不可能的。更重要的是，當時曲總體上還是處於通俗文藝的狀態，不規範處還很多。特別是雜劇，在演唱上還很原始。前面已經說過所謂「務頭」就是民間曲「以樂傳辭」方式。周德清列出這些務頭，是要將這些定腔用格律固定下來，即將「以樂傳辭」和「依字聲行腔」相結合。說明《中原音韻》在散曲格律方面還只可能是初步的，遠沒做到高度格律化。

從上面兩方面看，《中原音韻》自身並沒有明顯使戲曲和散曲整合的趨向，更不以提高戲曲的藝術水準和社會地位為目標。所以它直接作用於戲曲的意義並不大。

四、在整合中致力於提高戲曲地位的《太和正音譜》

《太和正音譜》的曲體整合包括這幾方面的內容：一統的「曲」體觀念，共同的審美標準，統一規範的格律體制。表面看它對散曲和雜劇一視同仁，其實質與核心是大力提高雜劇的藝術水準和社會地位。

前面已經說過，元至明初，散曲和雜劇是兩種性質很不相同的文藝，根本沒有形成一統的「曲」這個事物，也沒有成為統一的研究對象。《太和正音譜》中也沒有用「曲」這個名詞來統一指稱，但它將散曲和雜劇列為共同的研究對象，也就是作一體觀的體現。

這裡特別要指出《太和正音譜》中「樂府」概念擴大並起了質的變化，對人們的頭腦中形成一統的「曲」觀念起了重大的作用。元人用「樂府」指稱散曲，《中原音韻》更是惟「樂府」是尊，其「樂府」僅指散曲小令。《太和正音譜》用「樂府」這個詞，卻將散曲和雜劇都包含在內了。這是全書自始至終，處處可證的。僅舉一例：其《序言》中說，「余因清宴之餘，採摭當代群英詞章，及元之老儒所作，依聲定調，按名分譜，集為二卷，目之曰《太和正音譜》……以壽諸梓，為樂府楷式……」，而這 335 章譜式中有近三分之一取自雜劇。《群英樂府格勢》一章有的先生（如任二北）以為僅指散曲，但我認為是包括戲曲的。原因很簡單，《太和正音譜》全書「樂府」概念就是如此，這裡何必例外？再一個顯例是《群英樂府格勢》中被「卓以前列」的作家，其雜劇大都在曲牌 335 章中選得比較多(只有關漢卿是例外，俱見後面的統計)。前列十二人中的費唐臣，至今我們還沒有見其有散曲作品，但他的雜劇《貶黃州》在曲譜中選了 5 支，占選曲數量的第四位。他的這種做法，也明顯提高了戲曲的地位。

如果說周德清力圖使散曲雅化，還是用的詞的標準，並最終還是將散曲留在了通俗文化圈，而朱權則將詩歌美學的觀念與方法引進了曲學範疇，不僅是使曲的研究方法進一步豐富了，更重要的是從文學角度提高了曲的地位。

在兩千多年的中國文壇上，詩的地位是很高的。歷來史籍都說孔子刪訂《詩經》，還有「詩可以興，可以觀，可以群，可以怨」和「詩言志」等聖訓。在儒家的文學觀上，詩是正統文學。詩論開始得也很早，並且兩千年以來一直在文人學術中佔有崇高地位。所以詩的地位遠非通俗文藝的「曲」——哪怕是已經雅化的散曲，更不必說最為俚俗的戲曲所可比擬。《太和正音譜》對「樂府」的文學審美研究，用詩歌美學的審美標準和方法，意味著什麼，自不待言。

在《太和正音譜》第一章「予今新定樂府體式一十五家及對式名目」中，列舉了「樂府」的十五種「體」。文學上「體」的研究可以追溯到曹丕的《典論・論文》、陸機的《文賦》、鍾嶸的《詩品》。對「詩體」集大成的著作是嚴羽著名的詩論「滄浪詩話」。《正音譜》「樂府十五體」是遠祧《文心雕龍・體性篇》，近則直承《滄浪詩話・詩體》的。對此拙著《朱權研究》有詳細論說，這裡只指出一點：「樂府十五體」以時、以人、以書名等等分類和稱名的方式，都來自《滄浪詩話・詩體》。有些名稱係直接取用，如「香奩體」。列「對式」的方式也是同一來源。

在《群英樂府格勢》一章中，朱權對元明 203 位曲家分別作了品評，品評的詳略不同，但都屬於藝術風格，特別是語言風格理論範疇。這也是從詩論而來。所謂「格」，即品格。王昌齡說：「詩意高謂之格高，意下謂之格下。」「勢」在《文心雕龍‧定勢》中說：「夫情致異區，文變殊術，莫不因情立體，即體成勢也。」唐人詩論中分別談「格」、「勢」的都很多。再說他使用的語言，如「馬東籬之詞如朝陽鳴鳳」，「張小山之詞如瑤天笙鶴」之類，在鍾嶸《詩品》、司空圖《二十四詩品》中都可以找到類似的方法和語言模式。這些評論個別看或者不夠貼切，或者華而不實，而整體看來，卻使人產生出這樣的驚歎：「元明人的曲是何等的文采輝煌！」這正是朱權要取得的效果。這些評語被後人一再引用，與其說是因了其評價的準確而受啟發，無寧說是出於對其盛讚和感佩之情的共鳴。

除了上面兩方面提高戲曲地位的意圖十分彰明之外，朱權還為雜劇專列了數章：雜劇十二科、群英所編雜劇等討論或著錄戲曲文學作品，在各章附錄文字中分說雜劇的作家、演員、腳色以及雜劇的形成史等等，這更是有意突出戲曲。所以即使從篇幅看，朱權的重點也在雜劇而不在散曲。其中「雜劇十二科」是在研究雜劇的題材，應該予以特殊評價。這種分類內容完全是從元代雜劇作品中來，方法部分源於民間，朱權加以吸收改造，成為了真正的戲劇文學的觀念的反映和理論的研究。這在我們看來，是再明白不過的事，而終明清兩代竟然沒有人能夠理解，這些被八股科舉迷了心竅的士人甚至誤以為「十二科」是元代「以曲取士」的科目，真是不可思議。僅此一端，也可見朱權在戲曲文學理論方面邁出的步伐是踏實和有力的，決非虛張聲勢。

《太和正音譜》之編寫主要動機在於提供樂府 335 章的譜式。作為歷史上第一個北曲譜，其工具作用不必說。但是除此之外，譜式是不是還有更多的意義呢？

這裡要先說說「譜」的意義。人人皆知中國的詩歌源頭在民間，但代表全民族最高水準的詩歌並不是民歌，而是文人詩。文人詩歌的特點除了思想和審美的文化內涵更加豐富之外，就是形式的規範和精整，其最高形式就是格律化。格律化也是文化，是漢語言文字音樂性最集中和最精緻的表現，是文學與音樂最美妙的結合，是中國文人對民族文化的偉大貢獻。在詩、詞這兩種文體被創造出來之後，一種新的文體——曲又誕生了。但時至元末明初，它的形式還沒有定型。這時，一個「譜式」被創造了出來。它意味著什麼，不是不言而喻嗎？

《太和正音譜》的具體做法可以歸納出下面一些特點：

1. 完全按照《中原音韻》提供的「樂府 335 章」，宮調、曲名，不加變動。每曲只取一式，不收「又一體」。

2. 為每一個曲牌在元明作家中尋找一個作品作為譜式。找不到作品或作品較少或不宜作譜式者，則由自己（如《天上謠》）、王府中的中和琴室補作（如《中和樂章》9 支），有的是朱權請他的朋友補作的（如柴野愚的《河西六娘子》、《枳郎兒》、《般涉調尾聲》）。

3. 在句式中分出正、襯字，正字標出字聲（平、上、去和入聲派入何聲，字聲皆依《中原音韻》，並按其定格，平聲不分陰陽）。

4. 大量選入雜劇和散套作品。335 章中劇曲 95 支，涉及劇作家 79 人，除無名氏外，作品被引用最多的是馬致遠等的《黃粱夢》（12 曲），白仁甫的《梧桐雨》（7 曲），喬夢符《金錢記》6 支、費唐臣的《貶黃州》（5 曲）。散套 135 支，其中關漢卿 23 支最多，其次是王伯成《天寶遺事》11 支。小令 105 支，其中最多的是張小山 22 支。

5. 例曲選用無名氏小令 27 支。參考近人所編《全元散曲》，其中 17 支沒有其他署名作家的作品。有 1 支《青杏兒》有其他 7 人所作，但都用的是另名《青杏子》。有 9 支（6 支是 3 支帶過曲）作者有 1 人或 2 人套曲未作統計，可以類推其動機及做法。

6. 將《中原音韻》末句所列各式與譜式中相應曲牌的末句比較，最後的兩個音步完全相同，全句相同的占三分之二。

7. 定格 40 曲（將帶過曲及套曲拆分並汰其重複）為 44 曲。與《太和正音譜》中該曲比較，末句情況與以上第 6 條相同，全曲基本相同，有些不同可以看出是襯字的處理不同。《中原音韻》不標襯字。

8.《太和正音譜》中與《中原音韻》定格 40 曲最後馬致遠的套曲《秋思》相同的曲牌。一曲（《喬木查》）用白仁甫作，部分用張小山小令，其餘與《中原音韻》同，即用馬致遠的套曲《秋思》曲，顯示了對《中原音韻》遵從。

9. 所選作品在內容上是經過挑選的。不但與朱權在樂府十五體中體現出來的標準基本相合，而且在文詞方面也是儘量避俗趨雅。那些大量襯字又非常俚俗的劇曲，在譜中是沒有的。

10. 全譜開頭的三章用「丹丘先生」即朱權本人的作品。這是寧獻王朱權十分不尋常的一種姿態。

根據上面的一些情況，則《太和正音譜》編制的特點可以肯定的至少有三點：

1. 非常嚴肅認真。雖然朱權在譜式開頭說：「譜中樂章，乃諸家所集，詞多不工，不過取其音律宮調而已。」但在「取其音律宮調」時，是頗費苦心的。曲的內容選擇也是很費經營的。它雖然算不上一部可讀的「曲選」，但曲內容不是完全不經意的。它與《太和正音譜》「樂府體式一十五家」中體現出來的朱權的思想是吻合的（本文限於篇幅，難說其詳）。

2. 他充分利用了前人特別是《中原音韻》的曲學成果，但又有重大超越。

3. 他的目標是建立一統的「曲體」觀念，側重點則在於將戲曲提高到正統文學的地位。

五、《太和正音譜》對戲曲發展的影響

《太和正音譜》基本完成了從曲體觀念、審美特點、和曲體規範三個方面對曲體的整合。但整合並不是二者的「合併」，此後在實際生活中依然戲曲是戲曲，散曲是散曲。戲曲地位的確提高了，但是就北曲雜劇而言，也沒有取得超過元代的成就。那麼《太和正音譜》究竟產生了多大的影響呢？

作為工具書，它的作用是最明顯的。它在明代就多次被重新刻版重印，被各種書籍轉載或收入各種叢書，前者如臧晉叔《元曲選》卷首，後者如《嘯餘譜》、《學海類編》等。李開先《詞謔》中講了一則普通百姓中的故事：有兩人，一借《太和正音譜》，吝而不與，以《朝天子》譏之：「麗春園可誇，梁山泊撒花。曾許借，牢牽掛。易打散，難抄化。《太和音譜》出君家。往取了幾回，思量了幾夏。不賺來敢是夢撒？狗嘴裏象牙，小孩手裏螞蚱。有則借，無則罷。」雖是笑話，說明了這種書流行的普遍和普及。作為審美研究成果的「群英樂府格勢」，在明代甚至今天的曲論中，被頻頻地引用，因為它幾乎是相當多曲家得到的最早的，甚至是惟一的評價。

它既然是最早的北曲譜，實際上也是所有曲譜中最早的。所以也就可以稱之為曲譜之開創者。後來的許多曲譜家編制北曲譜，都是在它基礎上進行的，例如《北詞廣正譜》、《南北詞簡譜》等等。王驥德在《曲律》中說：「元周高安氏有《中原音韻》之創，明涵虛子有《太和詞譜》之編，北士恃為指南，北詞稟為令甲，厥功偉矣。」南曲本來沒有格律，後來受北曲影響有了格律，南曲譜之編和後來種種南北詞譜的出現和編制，莫不是受其直接影響。

現在有人稱有了一門「曲譜學」，朱權當然也可說是有開創之功了。上述兩項也許還不是最重要的。最重要的是什麼呢？那就是中國戲曲在明代出現了最高峰——傳奇，與朱權及其《太和正音譜》是分不開的。

傳奇是在宋元南戲而不是元雜劇基礎上產生的，這是眾所周知的事實，難道和北曲雜劇，和《太和正音譜》也有關係？是的。大家知道南曲戲文在宋時就出現了，在元代直至明初在民間也沒有中斷。但它是一種什麼狀態呢？徐渭在《南詞敘錄》裏說得很清楚：「本無宮調，亦罕節奏。」「大家胡說可也，奚必南九宮為？」它在明初還只有《琵琶記》和所謂四大南戲等少數幾部文人的作品，何以到明中後期吸引了眾多文人參與創作，發展成全民族的戲劇形式？其中有兩個條件是不可忽視的。

一是廣大上層文人的重視和參與。元代雜劇有那麼多文人參加，何以沒有能夠使雜劇藝術走到社會上層？原因是那些參與創作的文人都在社會底層，他們是沒有左右社會文化導向的能力的。到了明代戲曲作家大部分是大文人，其中許多達官貴人。上層文人要參與其間，必須社會上和自己思想上對之沒有排斥和歧視心理。明中後期文人關注並參與戲曲寫作說明他們已經具備了這樣的條件：戲曲不被歧視。明代的官僚、文人，不僅不以寫作戲曲為恥，反以為是展示其博學和才情的手段。在這樣的條件下，戲曲得以在上層社會立足，而獲得大的發展。觀念轉變得如此徹底，和朱權的大力倡導和身體力行不是沒有關係的。這就是觀念而不是理論的威力。

二是這種藝術要具備高雅文化的基本素質。朱權在《太和正音譜》中樹立的戲曲是正統的、高雅文化的觀念已經確立，在技術上又有了將其與詩詞文學一樣規範的格律——曲譜。在這一基礎上，魏良輔改造了崑山腔，使音樂與文詞結合的曲文化達到頂峰。

一部不算完備的理論著作加上一部也不夠完善的譜式，就能對一種文化發生這樣大的影響力嗎？如果其作者是一個普通文人，大約是不可能的。但是他不是一個普通文人，而是一位皇子、親王，儘管他沒有利用皇權推廣他的著作和學說，但在皇權至上的封建社會裏，這種影響會自然發生。我們今天的中國人，對此還有什麼不可理解的嗎？

原載《戲史辨》第二輯，中國戲劇出版社，2001 年

朱權「群英樂府格勢」得失論

寧獻王朱權《太和正音譜》中有一節題名「古今群英樂府格勢」〔註 1〕，對元及明初 203 位曲家分別作了品評。品評的詳略不同，對元馬致遠等 12 人，明王子一等 4 人每人給予四字品題並圍繞這一品題予以數句評說；對元貫酸齋等 70 人，明藍楚芳等 12 人只有四字品題，其餘元曲家 105 人則只給了一個總的評語。對朱權的這一做法，自明以來就存在不同看法。王世貞是肯定這一做法的，並認為「虞道園、張伯雨、楊鐵崖輩，俱不得與，可謂嚴矣」〔註 2〕。王驥德則可以說是一筆抹倒。他說：

> 《正音譜》中所列元人，各有品目，然不足憑。涵虛子於文理原不甚通，其評語多足付笑。又前八十二人有評，後一百五人漫無可否，筆力竭耳，非真有所甄別其間也。〔註 3〕

朱權所列三類即三等，大致代表著他對這些作家的高低評價（有特殊情況，見第三類總評）。本文不擬討論他的等列是否公允，只想對他品題與評說的意義及得失作些粗淺的探索。我的基本看法是：應該給予充分的肯定，同時也要指出它的不足。

一、「曲話唯此最先」

清戲曲理論家李調元《雨村曲話》謂：「涵虛《曲論》，古今群英樂府各

〔註 1〕本文所引《太和正音譜》原文，均據《涵芬樓秘笈》影印本。

〔註 2〕王世貞《曲藻》，見中國戲曲研究院編《中國古典戲曲論著集成》冊四，中國戲劇出版社 1959 年版，第 32 頁。

〔註 3〕王驥德《曲律》，見中國戲曲研究院編《中國古典戲曲論著集成》冊四，中國戲劇出版社 1959 年版，第 147 頁。

有其目：馬東籬如朝陽鳴鳳，……按：曲話惟此最先。自王弇州《曲藻》以前，未有論及者。今各家曲雖多失傳，存此猶有考其萬一。」〔註4〕

詩話、詞話、曲話是中國詩、詞、曲理論的一種形式，它自由靈活，內容寬泛，許多史料、議論、品藻都包括在內。早於《正音譜》的《中原音韻》「作詞十法」部分，《錄鬼簿》中關於曲家史料的記載雖都可算曲話，但《中原音韻》「作詞十法」主要在於對作曲「造語」和音韻方面的指導，對所舉「定格」40支曲的評語，也重在格律：何字屬陰、何字屬陽，用得「妙」；何字「上去」、「去上」，「尤妙」等等。《錄鬼簿》雖以作家為中心，但重在作家生平的陳述和創作成就的介紹，很少涉及作家藝術風格。嚴格地說，這些都還不是文學理論，李調元「曲話唯此最先」的說法，正是在這個意義的基礎上提出來的。他肯定了「群英樂府格勢」的理論價值。

朱權的這一品評問世之後，發生了很大的影響。儘管有人指出了它的某些欠妥處，但它還是廣泛地被應用。例如它被抽出作為《元曲選》卷首附錄，稱作《涵虛子論曲》；被清陶珽收進《重校說郛》，題名《詞品》；《古今圖書集成》等一些叢書要籍和曲學著作都收錄這種《詞品》。《四庫全書總目》「集部詞曲類存目」也予以著錄並編寫了「提要」。明清以來的學者在評價這些曲家時，幾乎無例外地要引述這些文字說明了它無可替代和不可或缺的價值。

二、民族詩歌批評和風格學在曲論中的創造性應用

文學藝術的美，有時可意會而不可言傳。中國的詩歌重神、氣、韻、味，等等，用理性的語言很難把捉，往往下筆千言，卻捉襟見肘，不得要領，甚至使讀者意興索然，而用一兩句詩情畫意的比喻，反而使讀者心領神會。

中國古代美學家把美分為兩大範疇，即陽剛和陰柔。對曲的美學風格，劉熙載說：「《太和正音譜》諸評，約之只清深、豪曠、婉麗三品。清深如吳仁卿之『山間明月』也，豪曠如貫酸齋之『天馬脫羈』也，婉麗如湯舜民之『錦屏春風』也。」〔註5〕任二北先生在論及「樂府十五體」之後也說：「僅列豪放、端謹、清麗三派，事實上已可以廣包一切。」〔註6〕他們用的是「歸納」的方法。因為事實上，千差萬別的事物中，又存在著許多共性，歸納這些共

〔註4〕李調元《雨村曲話》，見中國戲曲研究院編《中國古典戲曲論著集成》冊八，中國戲劇出版社1959年版，第10頁。

〔註5〕劉熙載《藝概》卷四，上海古籍出版社1978年版，第125頁。

〔註6〕任訥《散曲概論》卷二「派別」，中華書局聚珍本，第29頁。

性，找出規律，這在學術研究中，無疑是必要的。但是文學欣賞在對個別作家的認識和對他們各自作品的品藻中，就要儘量抉隱發微，找出各個作家的獨特個性。朱權「群英樂府格勢」，做的正是這樣的工作。

對一個時期的作家廣泛品評的做法發端於梁鍾嶸的《詩品》。《詩品》將自漢李陵以來的著名詩人分為上、中、下三品，逐一評說，成為我國最早的文學枇評專著。它兼述詩人生平閱歷，指出各家師承源流、成就與不足，它還指出各個作家的不同風格，如曹植「骨氣奇高，詞采華茂，情兼雅怨，體被文質」；劉楨「真骨凌霜，高風跨俗」；陸機「才高詞贍，舉體華美」〔註 7〕等等，一兩句話，精警確當，極富概括性，勝過許多述說的筆墨，這也就形成了中國詩論的一大特色。經過劉勰《文心雕龍》對文學理論的深入探索及唐代詩歌創作的蓬勃發展，人們對文學風格的認識又大大豐富和提高了。司空圖將詩歌風格歸納成「雄渾」、「沖淡」、「纖濃」、「沉著」等二十四品，對每一種又用十二句四言詩來描述，其中用了許多形象的比喻，如關於「纖濃」：

> 采采流水，蓬蓬遠春。窈窕深谷，時見美人。碧桃滿樹，風日水濱。柳陰路曲，流鶯比鄰。乘之愈往，識之愈真。如將不盡，與古為新。

這是非常具象化的。它引導讀者從詩情畫意中去領悟詩的風神，這就是中國民族化的詩歌風格學。這種方法運用在曲的批評中是自然而然的，因為曲同樣是詩，與傳統的詩詞具有共同的特性。我們見到較早運用這種批評的是貫雲石，他在《陽春白雪序》中說：

> 比來徐子芳滑雅，楊西庵平熟，已有知者。近來疏齋媚嫵，如仙女尋春，自然笑傲；馮海粟豪辣灝爛，不斷古今，心事天與，疏翁不可同舌共談。關漢卿、庾吉甫造語妖嬌，卻如小女臨杯，使人不忍對殢。〔註 8〕

可見朱權的品題方式不是憑空結撰，而是對中國民族詩歌批評方法的繼承，同時朱權將它發展成一種規範的模式，對近百位作家逐一擬出四字品題，形成了一項大的工程。

朱權的這種品題取象於大千世界，大自然和人類的藝術創造：日月山川，風霜雨雪，花草樹木，金玉珠翠……，有的訴諸視覺，有的訴諸聽覺、嗅覺。

〔註 7〕鍾嶸《詩品》，見《中國歷代詩話選》(一)，嶽麓書社 1985 年版，第 15 頁。
〔註 8〕王文才編《元曲紀事．總評》，人民文學出版社 1985 年版，第 1 頁。

它們形體美麗、色彩繽紛，又陰陽剛柔、各具稟性，以之交叉結構，就組合成無數給人以不同美感的具象，使讀者在閱讀作品時因通感的作用，領略到各個作家作品的特殊風味。「朝陽鳴鳳」的高貴，「瑤天笙鶴」的不吃煙火食氣，「鵬搏九霄」的氣勢滂沛，「洞天春曉」的變化幽玄，幾乎是不必加以解說就能了然有會於心的。尤其是對於風格相近的作家作品的辨析，借助於形象的語言，就更為簡捷。如關漢卿和貫酸齋都屬豪放一類，但讀起他們的作品，給人感受又確乎不同。請看：

> 我是個蒸不爛、煮不熟、捶不扁、炒不爆、響鐺鐺一粒銅豌豆。恁子弟每誰教你鑽入他鋤不斷、斫不下、解不開、頓不脫、慢騰騰千層錦套頭。（關漢卿【南呂一枝花】《不伏老》）

> 怕西風。晚來吹上廣寒宮。玉臺不放香奩夢。正要情濃。此時心造物同。聽甚霓裳弄。酒後黄鶴送。山翁醉我，我醉山翁。（貫雲石【雙調殿前歡】）

朱權以「瓊筵醉客」題關漢卿，以「天馬脫羈」題貫雲石，使我們對一個是落魄江湖的下層文人放浪形骸，一個是退隱山林的上層知識分子的疏狂瀟灑，有了比較鮮明的區別。所以中國文學這種審美方式確有獨特的功效。

不過，這種方式是有侷限性的。由於它的最大特點是精練和形象，而過於精練卻往往使讀者產生難得其詳的悵惘。我們在讀「群英樂府格勢」時，覺得收穫最大的仍然是那 16 位既有品題，又有評說的作家。例如他題「費唐臣之詞如三峽波濤」，如果沒有他的解釋，我們或者只會想像出它氣勢奔騰、波濤洶湧的一面。但他評說曰：

> 神峰聳秀，氣勢縱横。放則驚濤拍天，斂則山河倒影。自是一般氣象，前列何疑？

原來朱權心目中的三峽氣象有「放」與「斂」兩面。沒有解說，就容易發生誤解。雖然審美接受總是千差萬別的，但在審美主體表述自己的審美感受時，仍然力求準確清晰，以取得更多的共鳴。其次，形象比喻總是帶有一定的模糊性的。因為審美主體對文學作品除了美感體驗之外，還要尋求更深入的理解，知其然還要知其所以然，還要總結出規律以幫助藝術欣賞的提高和推動創作的發展。這就需要邏輯思維的幫助。所以應該說朱權這種題評方式，是一種很好的文藝批評方式，但卻不應該視作唯一的方式，它應該與理性思考方式相輔相成。

在朱權的時代，人們對曲的藝術經驗還未作深入思考，朱權能給我們提供這樣的題評，已是難能可貴。當然它還有賴於此後的進一步發展。遺憾的是，數百年來這項工作並沒有更大的進展。還沒有發現其他評論家有朱權這樣的氣魄，對上百年的整整一個時代的重要作家，逐一地進行品評。隨著作品的散佚，這種可能性愈來愈少，人們似乎也失去了朱權那樣的熱情。但即使有人去模仿這種做法甚至比他作得更精細，也是不能取代他的，因為歷史的權威性勿容取代。明初與元相承，元曲餘緒繚繞，人們對曲的審美直感，是別的時代接受者不能完全具備的。這也就是人們承認朱權題評權威性的重要原因。

三、品評的得失

以上我們將「群英樂府格勢」放在文學批評的歷史進程中作了若干描述，下面我們將再就其自身作些探討。朱權對他「卓以前列」的十幾位曲家的題評，是傾注了他的心血的，以之窺探朱權對曲的藝術審美思維之全豹，或者不至謬以千里。

首先談談大家一致公認的對王實甫的成功題評。王實甫以雜劇《西廂記》取得千古不朽的地位，而《西廂記》令持不同道德觀念和文學觀念的人都為之心醉的是它的曲辭。然而數百年來，凡言及《西廂》文辭之華美者，鮮有不引用《正音譜》中「花間美人」這一四字評語的。再加上「綠珠之採蓮洛浦，太真之出浴華清」兩幅色彩絢爛的畫面作為補充，《西廂記》那文采的華麗富贍、充滿生機而又純乎天然的風韻，便能使所有傾心於這部劇作的讀者有所會心，而不必再置一辭。

其次是關於馬致遠和關漢卿。過去人們對關、馬之高下有過許多論爭。在元、明兩代的讀者群中就有或彼或此的偏愛，近數十年來揚關抑馬一邊倒，使朱權在「群英樂府格勢」中對關、馬的態度，成為人們評說其人其書的一個要害，因之多作些討論是必要的。「格勢」說：

> 馬東籬之詞如朝陽鳴鳳。其詞典雅清麗，可與《靈光》、《景福》相頡頏，有振鬣長鳴、萬馬皆喑之意。又若神鳳飛鳴于九霄，豈可與凡鳥共語哉！宜列群英之上。
>
> 關漢卿之詞如瓊筵醉客。觀其辭語，乃可上可下之才。蓋所以取者，初為雜劇之始，故卓以前列。

從上面的評語可以看出，他推崇馬致遠幾至於獨尊的地位，卻貶關漢卿為「可上可下」之才，以我們對關漢卿數十年的研究，自然不能接受朱權的結論。但是朱權的結論出入究竟有多大？為什麼會這樣看？是不是事出有因？有沒有合理因素？還是可以討論的。

先談馬致遠。當代時勢風雲的變幻，常常波及千百年前的古人。對馬致遠的在二、三十年前被貶低是有其特殊背景的。時至今日，當然應該重新估價。平心而論，他的雜劇在為下層人民的吶喊方面，的確遠不能與關漢卿相比，但在揭示知識分子的內心世界方面，卻又為關漢卿所不及。神仙道化劇在元代特盛，可說是元劇的一大奇觀。神仙道化劇中有許多拙劣的作品，但馬致遠的神仙道化劇恐怕不能簡單地與之等量齊觀。我以為其中實在包含著作者對人生的深層體驗和睿智的哲理思考，其成就應另眼相看。撇開這一點，僅談其曲辭的成就，那讀者取得的共識就更多了。在散曲方面，應該說馬致遠成就確在關漢卿之上。過去人們因為關漢卿雜劇的成就，而對他的散曲作了過高的評價，這是對「群英樂府格勢」指謫過當的原因之一。對馬致遠的散曲，目前研究還不甚充分，但僅就其已得到廣泛承認的兩種《秋思》以及套曲［般涉調耍孩兒］《借馬》等作品來看，已可以雄踞群英之上。朱權將其列在首選並未失之過高。他的文辭在本色與文采兩派之間，大多數作品清麗之中有「書卷氣」（青木正兒語）。有一些實在是很「本色」的作品，如《借馬》，通俗之中仍給人以文質彬彬的印象。所以《正音譜》評為「朝陽鳴鳳」突出其高貴的氣質，也是準確的。不過朱權不喜歡民間氣息濃厚的通俗作品，這屬於他的偏愛，在文藝欣賞中個人偏愛是不可免的。

對關漢卿評為「可上可下之才」，很不恰當，原因主要是處於天潢貴胄之尊的朱權，不喜歡關漢卿作品中強烈的平民意識和通俗的風格，這已經許多人指出過，似乎可作定論。但筆者仍存在一個迷惑不解的問題：《正音譜》「樂府三百三十五章」列作範例的 335 支曲中，選關漢卿的作品 28 支，在所有作家中占第一位，其次才是馬致遠（11 支）、白仁甫（10 支）。問題還不在這裡，因為朱權說過，他列舉作品主要是從音律出發的〔註 9〕。奇怪的是 335 章之中，劇曲約占三分之一，馬致遠、白仁甫劇曲數都超過散曲，而關漢卿的 28 支曲，竟全是散曲，一支劇曲也沒有。是不是關漢卿的每一種劇作都受到朱

〔註 9〕《正音譜》「樂府三百三十五章」：「譜中樂章，乃諸家所集，詞多不工，不過取其音律宮調而已。」

權的排斥呢？如《竇娥冤》、《魯齋郎》(如果是關漢卿所作的話)，他有反感是可能的，但還有許多其他劇本。如《單刀會》這樣的歷史劇，是他無須排斥的。所以我斗膽臆測：朱權雖然知道關漢卿「初為雜劇之始」，卻並不熟悉關漢卿的雜劇，他「可上可下」的評語，只是根據其散曲片面作出的。所以我們可以認為「格勢」置馬致遠於關漢卿之前，從散曲成就來說並無重大失誤。

對關漢卿「瓊筵醉客」這四字之評，在朱權主觀上或者以為遠遠比不上「朝陽鳴鳳」、「瑤天笙鶴」以至「彩鳳刷羽」等等之高，我卻以為它下得實在絕妙。它是近百條題辭中，除「花間美人」之外，唯一不是以物而以人為喻的，而比之「花間美人」，它更富想像力和獨創性。我想正因為關漢卿這個作家使他頗費周章，所以他也就用心最多。「瓊筵醉客」比什麼「朝霞散彩」、「花柳芳妍」等熟語要別致生動多了。它相當準確地體現了關漢卿豪爽恣肆，一空倚傍，雖通俗卻決無寒窘之態的風采。即便只指散曲，也是很傳神的。只要我們對「瓊筵」與「醉客」的理解，不執著字面，不膠柱鼓瑟，則完全不必以為這是朱權在給關漢卿抹黑。

其他評得較好的還有張小山、宮大用。他題張小山「瑤天笙鶴」，在評語中突出他「不吃煙火食氣」，有如仙人的境界，是符合他的基本性格的。李開先也說：「小山清勁，瘦至骨立，而血肉銷化俱盡，乃孫悟空煉成萬轉金鐵軀矣。」〔註10〕所見略同。對宮大用的題詞是「西風鵰鶚」，並解釋說：「其詞鋒穎犀利，神采燁然，若揵翮摩空，下視林藪，使狐兔縮頸於蓬棘之勢。」強調的是其文辭犀利尖銳的特色。王國維也評宮大用「瘦硬通神，獨樹一幟」〔註11〕，是元四大家所不能規範。其餘如李壽卿之「洞天春曉」，費唐臣之「三峽波濤」，張鳴善之「彩鳳刷羽」，鄭德輝之「九天珠玉」，白無咎之「太華孤峰」，以及明代諸家，都沒有大的出入。因篇幅所限，不再論述。

疑義最多的是對白仁甫和喬夢符的評介。前者題為「鵬摶九霄」，後者題為「神鼇鼓浪」，而這兩家在元曲中恰是以文采著稱的。白樸以典麗，喬吉以清俊，都不以氣勢勝。不過我們對此不能絕對化。白樸的抒情，並不一味柔婉，它的語言豐富自如，不受拘束，正是朱權所謂「詞源滂沛」，使得它的抒情自有一種雄渾的氣象。青木正兒也說白仁甫之曲辭，「於典麗之中，寓豪放

〔註10〕李開先《詞謔》，見中國戲曲研究院編《中國古典戲曲論著集成》冊三，中國戲劇出版社1959年版，第292頁。
〔註11〕王國維《宋元戲曲史》第十二章，上海人民出版社2014年版，第90頁。

磊落之氣。」〔註 12〕喬吉甫的一些兒女情，有時寫得「生氣潑辣」〔註 13〕，古人也曾說它們「小窗兒女中，卻具銅將軍、鐵綽板之概」〔註 14〕。朱權的批評表面看不很準確，其中未始沒有合理因素。

「群英樂府格勢」的真正不足恐怕還在後面貫酸齋以下的這一類。因為朱權對這眾多的作家所下的評語是不是都經過對作品的深入考察和鑽研，對題詞是否經過精審的推敲是值得懷疑的。由於它並不像「前列」的作家，除題詞之外還有解說，我們就很難作出判斷。從字面上去比較，可以看出其中有許多十分有特色，而有些不免給人雷同的印象。如「百卉爭芳」和「花柳芳妍」，「朝霞散彩」和「晴霞結綺」，「桂林秋月」和「秋月揚輝」，表現在文學風格上究竟有怎樣的不同，恐怕是很難區別的。王驥德批評呂天成《曲品》：「如鄉會舉主批評舉子卷牘，人人珠玉，略無甄別。」於「群英樂府格勢」的這種情況，也頗符合。不過對一大批作家要在對每人的作品認真揣摩的基礎上作出高度概括而又形象準確的品題，這決非易事。朱權於後面 105 人大概是知難而退了。然而朱權所作的這項規模宏大的工程，即使存在這樣的不足，而僅以「多足付笑」來一筆抹煞，卻也是失之輕率的。

原載《江西師範大學學報》哲學社會科學版 1993 年第 2 期

〔註 12〕青木正兒《元人雜劇序說》第五章，山西人民出版社 2015 年版，第 105 頁。
〔註 13〕青木正兒《元人雜劇序說》第六章，山西人民出版社 2015 年版，第 129 頁。
〔註 14〕李開先《詞謔》陸貽典鈔本批語，見中國戲曲研究院編《中國古典戲曲論著集成》冊三校勘記，中國戲劇出版社 1959 年版，第 412 頁。

讀《明代文學批評史・朱權和〈太和正音譜〉》

上海古籍出版社 1991 年出版的《明代文學批評史》是《中國文學批評通史》系列中的一種，全書五十六萬餘字。顯然，這是一部有分量的書，完成這樣一部巨著，作者所下工夫和所作貢獻是勿容置疑的。筆者讀了其中有關朱權及其《太和正音譜》的有關章節，覺得其中確有建樹，但也存在著不可忽視的問題。今就朱權的一些問題提出我的意見。

一、朱權生年作者標以「？」，這大約是從譚正璧《中國文學家大辭典》。但譚書編得很早，那時朱權生平資料還很少，存疑可以理解。而 1958 年江西考古隊發掘了新建縣寧王墓，墓誌當即在《考古》雜誌上發表了。隨後《明實錄》影印出版，其中明載著洪武十一年（1378）五月壬申朱權生。所以後來一些有關著錄署朱權生年是明確的。例如 1983 年江西人民出版社出版的《中國古典文學辭典》（徐州師範學院中文系編）「朱權」條中就標著他的生年。作者如不敢確信，應該去查《明實錄》，不必再存疑。

二、朱權見疑於成祖，以致一生困躓於南昌，因韜晦而學道，鬱鬱不得志，這是朱權平生大節，理應弄清楚。在譚正璧《中國文學家大辭典》和其他一些書中都說朱權「恃靖難功，頗驕恣」，這比較近於事實。可是《批評史》未採取這一說法，而說他是「永樂元年改封於南昌，後以巫蠱事見疑於成祖」。「巫蠱」之說，事出有因，但那是後來的事。朱權與朱棣之間的糾結始於「靖難」，因為朱元璋死後，建文帝繼位，從眾臣之議「削藩」，燕王朱棣起兵抵抗，稱作「靖難之師」。他因恐朱權從旁掣肘，又覬覦朱權部下的胡兵，於是用武力脅持了兄弟朱權，當時許諾「事成，當中分天下」。朱權在燕軍中三年，幫助了靖難的成功。然而朱棣當上皇帝後，隻字不提「中分天下」之事。將朱權改封南昌之後，還十分不放心，時時派人監視，「巫蠱」便是監視者告密之詞，但查無實據。此時的朱權「怨望不遜」是實在的。不過他無力反抗，只得在學道與治學中了其一生。這是明初重大史實，《明史》及各種史籍都曾大書特書。今人有關朱權著述有 1988 年第 1 期《戲劇藝術》上發表的夏寫時《朱權評傳》，對朱權生年及上述史實都論述甚詳，而《批評史》在敘說朱權生平時卻略而不論，這是說不過去的。

三、朱權著作中還有《瓊林雅韻》一種，《批評史》說：「據其自稱，著有《太和正音譜》、《瓊林雅韻》、《務頭集韻》三種，今僅見《太和正音譜》。」其實《瓊林雅韻》也還存在世上，今藏南京圖書館，並且也大名鼎鼎，並非不為人所知。這是一本音韻著作，五十年代學者趙蔭棠所著《中原音韻研究》一書中有專章論述。

四、《批評史》中稱《太和正音譜》第一章為「予今新定府體一十五家」，這個標題是《太和正音譜》原有的，不過不是「府體」而是「樂府體」。這一錯誤始作俑者不是《批評史》而是《中國古典戲曲論著集成》，這當然是由於排印漏字校對未精造成的，其底本「藝芸書舍本」正作「樂府體」。《集成》本這一錯誤貽誤許多人，《批評史》作者當然僅是其中之一。但如果作者當時對「府體」二字作何解稍作思考，便應該去查一查其他版本，例如《涵芬樓秘笈》第九種收的「藝芸書舍本」影印本早已面世，不難查找。

在一個學者的某項學術研究中，很難說對史料的搜集都那麼完整，無缺無誤。但像上文所舉這麼多這麼集中（包括在不到 600 字的文字中）卻是少見的。聯繫到《文學遺產》上一些學者對當前研究界存在問題的一些批評，諸如研究某一專題卻不熟悉前人已有的成果，造成重複勞動等現象，顯然還不只是重複勞動的問題，它關係到一種學風。我願意以此與《批評史》的作者共勉。

原載《文學遺產》1995 年第 6 期

湯顯祖研究

《紫釵記》思想初探

《紫釵記》是偉大的戲曲家湯顯祖著名的「玉茗堂四夢」之一。過去一些研究者在論述湯顯祖時，往往只推重《牡丹亭》，談到其他幾「夢」，不是評價很低，就是語焉不詳。最近有人為《南柯記》、《邯鄲記》鳴不平，但對《紫釵記》仍有些冷落。我以為《紫釵記》的思想內容也很有深入探討的必要。

一

《紫釵記》取材於唐蔣防的傳奇小說《霍小玉傳》。《霍小玉傳》是一篇具有強烈批判精神的小說，寫李益對霍小玉始愛終棄，小玉傷心而死、死後進行報復的愛情悲劇。霍小玉本是皇族霍王的女兒，因為母親是侍姬，霍王死後便被從王府排擠出來，淪落成為倡女。李益由於傾心小玉的美貌而與她暫時結合，得官之後與望族盧氏聯姻就拋棄了她。小說批判的矛頭主要指向負心的李益，從而揭露封建門閥制度的罪惡。

《紫釵記》的情節大部分承襲《霍小玉傳》，但有一個重大的改動：作品中的李益雖然比較軟弱，卻始終愛小玉，算不得薄倖，同時增加了在李、霍二人中設置障礙的盧太尉這個人物。盧太尉是當朝丞相和宦官盧中貴的兄弟，「一門貴盛，霸掌朝綱」，「凡天下中式士子都要參謁太尉府方許注選」。李益不肯阿附，他就奏點李益到玉門關去做參軍，等於發配塞外。他見李益人才出眾，又將計就計，把李益調入自己軍中，意欲招為女婿。他用強制和欺騙手段拆散李益和小玉的婚姻，給李益帶來痛苦，更幾乎置霍小玉於死地。與《霍小玉傳》比較，作品批判的矛頭已改為指向盧太尉這個權貴，從而揭露封建統治階級利用特權欺壓人民的反動本質。

有人認為這樣改動落入明人戲曲、小說「夫義婦烈，小人撥亂」的俗套，不僅沒有什麼特別的價值，反而降低了原作的思想水平。這種看法有一定道理，但是不夠全面的。盧太尉與《荊釵記》中孫汝權這類人不同，他不只是個品質惡劣的小人，而且是一個利用政治勢力作威作福的權臣。這個人物是湯顯祖對明代現實生活中權臣的藝術概括。我們回顧一下湯顯祖的生平遭際，就不難確定這一點。

湯顯祖所處的明末，統治階級日趨腐朽，其重要表現之一就是閹黨和權臣內外勾結，倒行逆施。最著名的奸相嚴嵩從嘉靖二十一年到四十一年專權內閣，造成明朝政治二十年的暗無天日。接著，張居正十年用權。這個一代名相在政績方面雖然有所建樹，但個人品質卻仍然表現出封建官僚權臣的特點。在他掌權期間，「黜陟多由愛憎，左右用事之人多通賄賂……居正三子皆登上第，蒼頭游七入貲為官，勳戚文武之臣多與往還通姻」（《明史·張居正傳》）。如果說少年湯顯祖對嚴嵩還缺乏深刻的認識，那麼青年湯顯祖則因身受張居正等人的迫害而對炙手可熱的權臣深惡痛絕了。湯顯祖二十一歲中舉，文名傾動海內。張居正為了給兒子羅致同榜以張揚學名，兩次以「狀元」為誘餌來收買他。他因拒絕收買而兩試不第，待張居正死後次年，才中了進士。這時，兩位繼任首輔張四維、申時行又為了同樣的卑鄙目的來招收他。他守正不阿，因此失去館選的機會，不得不到南京去做太常博士的閒官。將這些明代權臣的「行狀」和《紫釵記》中的盧太尉作些比照，其「神似」之處是顯而易見的。《紫釵記》正是寫於湯顯祖在南京任太常博士的時候。這時他對統治階級的罪惡已有了切身的體驗和相當的認識。他血氣方剛，嫉惡如仇，曾寫下著名的討伐昏暴執政的檄文《論輔臣科臣疏》。正於此時，他在自己的戲曲創作中塑造出盧太尉這樣的形象，以批判現實中的邪惡勢力，可說是必然的。我們這樣認識《紫釵記》，不是牽強附會，也不降低作品的普遍意義。相反，正說明作品具有強烈的現實性。

黃衫客是作品中的次要人物，戲雖不多，卻很重要。他不僅在解決矛盾、促成團圓的結局中舉足輕重，而且表現了作者的某種理想。明代戲曲家王思任說：「《紫釵》，俠也。」（《批點玉茗堂牡丹亭敘》）近世戲曲家吳梅進一步解釋說，黃衫客是作品中「主觀的主人」，意即作者心目中的真正主角。這種說法雖不確切，但不無道理。我們至少可以說黃衫客是作者歌頌的一個重要人物。黃衫客不是英雄傳奇中的江湖義士，也不是民間故事中下凡的神仙，而是一個擁有大批好馬、胡奴的大財主。「雖係隱姓埋名，他力量又能暗通宮掖」。他不但能從盧太尉手裏把優柔寡斷、無力自救的李十郎奪來交還小玉，使二人得以重圓，還能打聽到皇帝對盧太尉的態度而趁機「在主上面前行了一譖」，使盧太尉被削職。他還能「攛掇言官」，將小玉的事蹟報告皇上，給有關人討來封賞。請看，這不是一個比盧太尉更有實力的大權貴嗎？作者在反權貴的時候，又不得不藉重權貴，這是矛盾，也是侷限。但在客觀上，它又是一種暴露，暴露了統治階級內部的激烈爭鬥，互相傾軋，這同樣也反映了社會的真實。

二

《紫釵記》並沒有完全拋棄《霍小玉傳》中批判封建門閥制度的思想，它在這方面充分吸取了小說的精髓並有所發展，從而豐富和深化了作品的主題。這裡我想主要從作品的悲劇性角度探討一下這個問題。

《霍小玉傳》中，女主人公霍小玉由於李益對愛情的背叛憤極而死，造成悲劇性的結局。《紫釵記》的結尾卻是大團圓，李、霍「劍合釵圓」，惡人盧太尉受到了懲罰。但《紫釵記》卻沒有因此成為一齣喜劇，它仍然帶著強烈的悲劇色彩。

《紫釵記》的悲劇性來自兩個方面。首先是來自以盧太尉為代表的邪惡力量壓倒了主人公霍小玉和李益的力量，使他們的愛情和婚姻遭受挫折；其次則是來自李益和霍小玉社會地位的懸殊所引起的小玉的內心衝突，也就是霍小玉對李益負心的擔憂。前一種戲劇矛盾是戲劇情節發展的決定因素，但它在促進霍小玉悲劇性格的發展過程中卻是通過後一種戲劇矛盾表現出來的，具體地說，就是盧太尉迫使李益離開了小玉，而小玉卻始終擔憂李益負心。這兩種悲劇因素交織在一起，推動著霍小玉悲劇性格的發展。

霍小玉對李益的擔憂不能僅僅理解為一場誤會。它的悲劇性也不只是為了加強盧太尉迫害的悲劇效果。它在作品中有獨立的意義。它是現實生活中社會矛盾的反映，即封建門閥觀念對青年自由戀愛的阻礙。作者在批判權貴的同時，也批判了封建門閥觀念，豐富了作品的思想內涵。

霍小玉的悲劇性格是怎樣形成的呢？霍小玉是長安的「倡女」（作者對她的「倡家」身份寫得很含蓄），但她有著與普通少女一樣對正常愛情生活的渴求。她對李益的愛是純潔的、真誠的。但是，「倡女」和前朝相國之子，後來的新科狀元、參軍老爺之間，存在著不可逾越的鴻溝。這一鴻溝清醒意識像磐石一樣壓在她的心頭，產生尖銳的矛盾和痛苦。對她來說，失去李益，不僅是失去了最可寶貴的愛情，而且意味著要重新淪落到倚門賣笑的屈辱生涯中去。所以她的悲劇性格，便具有更複雜的內容和深刻的社會意義。

霍小玉的悲劇不是從盧太尉迫使她與李益分離時才開始的。她的痛苦和愛情一起降臨，伴隨著愛情生活的全過程。新婚的第一天，她就對李益傷感地說出了心中的憂慮：「李郎自是富貴中人，只怕富貴時撇了人也。」蜜月中，她和李益到百花園中游春，也「極歡之際，不覺悲生」。因為她知道，李益今天愛她，主要是慕她的顏色，而顏色是會隨著時光消逝的。儘管李益曾對她信誓旦旦，「引喻山河，指誠日月」，但她的擔心並沒有因此稍或解除。一般說來，正式的婚姻是愛情的有效保障。他們也有媒有證地舉行過婚禮。可是她明白，對她這樣的地位的人來說，婚禮只不過是逢場作戲。她是不可能被新婚蜜月的幸福陶醉得忘卻嚴酷的現實的。在丈夫的功名面前，她又產生了新的憂慮。《春愁望捷》一齣，細膩而真實地寫出了她的矛盾心情。哪個妻子不期望丈夫金榜題名？小玉也「只願他插花宴上，占定酒頭籌」。但她又惶恐著：「錦袍穿上了御階遊，怕有個媒人攔住紫驊騮。美人圖開在手，央及煞狀元收。等閒便把絲鞭受，容易難將錦纜抽。」在這一連串波瀾起伏的心理刻畫中，小玉複雜矛盾的內心世界得到了淋漓盡致的展示。可以設想，如果到第二十齣止，即李益中狀元之前，沒有對小玉內心矛盾的描寫，只表現二人的綢繆恩愛，那麼這一部分戲的思想內容，就將是比較貧乏的，小玉的性格，也會是比較單薄、缺乏力量的。

從第二十一齣李益中狀元起，新的矛盾產生了，盧太尉開始對他們的婚姻進行破壞。此後的情節發展，雖然主要是由這一矛盾推動的，但是前一種矛盾衝突並沒有終止。這兩種矛盾交織在一起了。因為由盧太尉造成的二人的分離和音訊阻隔，只是加深了小玉對李益負心的擔憂。《陽關送別》時，她意識到李益的做官和遠別，就是危機的來臨，於是違心地降格以求：「妾年始二八，君才二十又二。逮君壯室之秋，猶有八歲。一生歡愛，願畢此期。然後妙選高門，以諧秦晉，猶未為晚。妾便捨棄人事，剪髮披緇，夙昔之願，於此足矣。」這一番辛酸的語言，實際是對李益愛情的痛苦試探。小玉分離的痛苦不是一般的離愁別緒，而是對前途、命運的擔憂。到《凍賣珠釵》、《怨撒金錢》、《劍合釵圓》等悲劇高潮中，小玉內心的悲苦和動人心弦的怨訴都是針對著李益的薄倖的。雖然讀者和觀眾知道是她誤解了李益，但卻不會責怪她偏狹多疑而仍然會對她充滿同情。因為當時，她的被拋棄正是一種現實存在的威脅。這種悲劇藝術所產生的效果是強烈的。小仲馬的名著《茶花女》中的瑪格麗特之愛阿芒，不也是以與此相同的悲劇性質震撼著世界讀者的心靈嗎？

三

湯顯祖在《牡丹亭題詞》中提出了「情至」的著名論點。他說：「生者可以死，死可以生。生而不可與死，死而不可復生者，皆非情之至也。」這是對封建理學和禮教的大膽挑戰，表現了當時處於萌芽狀態的民主思想。《牡丹亭》是湯顯祖「情至」思想最光輝的藝術結晶，但這一思想不是在《牡丹亭》中才突然出現的。它在《紫簫記》中已經發端，在《紫釵記》中就有了較充分的體現。霍小玉和杜麗娘雖然有著各自不同的個性特點，是不同的藝術典型：霍小玉比較平易樸實，是現實主義的產物；杜麗娘則更高大完美，煥發著理想的光彩。但是她們都是「情」的化身，或者可以把她們稱作「情至」思想孕育的一對「姊妹」。湯顯祖說：「霍小玉能作有情癡。」（《紫釵記》題詞）評論家沈際飛說：「自古閱今，不必癡於小玉。」（題《紫釵記》）這個「癡」字，就是「情至」思想在霍小玉身上的體現。

剛出場的霍小玉還是一個養在深閨情竇未開的少女，甚至不懂得領略春天的美麗。丫頭浣紗說她：「忽報春來，她門戶重重不耐瞧。」和杜麗娘不同的是，她有一個出身微賤因而思想比較解放的母親鄭六娘。杜母把女兒遊花園看成是大逆不道，六娘卻「為多嬌、探聽春韶」。她帶著小玉到郊野去望春，上元佳節還和女兒到天街去看花燈。只是在遊春的時候，小玉並沒有像杜麗娘那樣立即產生青春的覺醒，意識到人生的價值，從而夢寐以求理想的實現。小玉的覺醒沒有杜麗娘那樣來得迅速，這正是小玉的形象更近於現實的地方。一旦愛情萌發，她的情和杜麗娘一樣強烈。天街觀燈時，她無意中遇到對她有意追求的可意人兒李十郎，便一見傾心。「玉天仙罩住得梅梢月，春消息漏洩在花燈節，兩人燈下立多時，細雨梅花落香雪。」這一齣《墮釵燈影》和《遊園驚夢》的情景是多麼相似！小玉從此一往情深。新婚的甜蜜，離別的痛苦，兩地的相思，無不表現她對李益熾熱的愛情。以後挫折愈深、愛情彌篤。不論是盧太尉設下的種種有形的障礙，還是李益可能負心的無形壓力，都不能改變她對愛情的忠貞，阻擋她尋找李益的決心。

怎樣對待金錢財富和愛情的關係，這在《牡丹亭》中是沒有表現過的。《紫釵記》通過小玉對愛情和財富的取捨態度，活生生地描繪出一個情癡的動人形象。小玉原很富有，製作一件「紫玉燕釵」就曾費去萬錢。後來為了打聽李益的消息，揮金如土，竟將萬貫家財耗盡。連尼姑道姑都利用她的「癡愚」騙去她大注錢財。「賣釵」這個情節是很有特色的。紫玉釵是貫串全劇情節的中心道具，同時在刻畫人物性格上也有不小作用。作者寫小玉賣釵，是強調小玉的「人重於物」。按一般手法處理，就會讓小玉留著它，作為懷念李益的一種象徵物，因為這釵是她和李益定情之物。小玉把它賣掉，好像是無情無義。其實，這正是作者刻畫小玉「情癡」濃重的一筆，也正是小玉形象平易、現實的表現。她當時只剩下「三百青蚨」，要打聽李益的消息，只有賣釵一法。她說：「他既忘懷，俺何用此？」這當然是氣話。《怨撒金錢》是全劇最感人的一齣戲。小玉聽到李益議婚盧府的消息，受到致命的打擊。在絕望中，她發出「要錢何用」的呼喊，接著唱出這支有名的［下山虎］：

> 一條紅線。幾個開元。濟不得俺閒貧賤。綴不得俺永團圓。他死圖個子母連環。生買斷俺夫妻分緣。你沒耳的錢神聽俺言。正道錢無眼。我為他疊盡同心把淚滴穿。覷不上青苔面。（撒錢介）俺把它亂灑東風，一似榆莢錢。

她把忍痛割愛賣釵所得的錢財毫不顧惜地撒在地上。在她心中，愛情才是至高無上的，金錢只不過是糞土。這樣的「癡」，不僅在封建社會和拜金主義流行的資本主義社會是極其可貴的品質，就是在今天，也仍然給人以教益和鼓舞。在我們所看到的幾種《紫釵記》舞臺演出中，這齣戲都獲得熱烈的劇場效果，就是很好的證明。

生命誠可貴，愛情價更高。在《牡丹亭》中，杜麗娘「夢其人即病，病即彌連，至手畫形容，傳於世而死。死三年矣，復能溟漠中求得其所夢者而生」。在生與死之間，能夠賦予愛情超現實、超自然的力量，是浪漫主義的精神和藝術手段。為情而生，為情而死，卻是現實中可能存在的事實。它在《紫釵記》裏得到了藝術的表現。在《劍合釵圓》一齣中，小玉因聽到李益婚於盧府而懷憂抱恨、病入膏肓。在與母親和鮑四娘臨終訣別時，她昏迷過去，但她竟然在昏迷中聽到李郎的馬蹄聲而起死回生。見了李益，她嚴詞譴責他的負心，接著「左手握生臂，擲杯於地，長哭數聲，倒地而絕」。隨著十郎的聲聲呼喚，她再次死而復蘇。這些情節是小玉久病的身軀和飽受摧殘的心靈經受不住劇烈的感情刺激的真實反映。情之「癡」而一至於此，這不正是「生而可以死，死可以生」的「情至」思想的現實主義的表現嗎？

和《牡丹亭》有一點較大的不同，《紫釵記》沒有正面描寫「情」與「理」的衝突，沒有塑造出像杜寶、陳最良這樣的封建道學代表人物，沒有著重表現禮教對人性的壓迫。但是在封建社會裏，對「情」的同情和讚美，必然包含著對「理」的批判，這是不難理解的。所以可以說，「紫釵記」也貫穿了「以情格理「的思想，客觀上具有反對封建禮教壓迫的意義，在這一點上，它和《牡丹亭》的基調是一致的。

原載《江西師院學報》哲學社會科學版 1983 年第 3 期

「四夢」的詭異色彩與湯顯祖的美學理想

當代關於湯顯祖的研究成果不可謂不多，比如我們已經根據湯劇中許多超現實的內容和手法把他定位為「偉大的浪漫主義戲劇家」，這當然是不錯的。不過我們在用「浪漫主義」對他的作品作出解說時遇到了一些困難。在說《牡丹亭》是「積極浪漫主義」時沒有障礙，而說到《南柯記》和《邯鄲記》，就常常顯得支吾其辭，捉襟見肘，至今說得並不是太明白。因為根據我們的理論，浪漫主義是分「積極」和「消極」的。我們所謂的「積極」或「消極」又都有意識形態的是非，這一是非是不是正確，牽涉到評論者的又不僅是學術觀點，評論家因此十分小心謹慎是完全可以理解的。學術思想的禁錮影響了我們對作家作品藝術造詣的深入開掘，角度單一即是一弊。比如湯劇中的超現實內容和手法，我們能不能暫時不從創作方法——是「積極浪漫主義」還是「消極浪漫主義」著眼，而是換一個角度——從作家的審美理想去看呢？一個作家選擇某種創作方法和藝術手法，並不僅僅取決他的世界觀，社會思想和道德觀念，還取決於他的審美趣味。文學藝術的第一性能不是別的，正是審美。作家創作首要的和終極的目的是創造美，這種美必然聯繫著真與善。當我們領略了作品的無限風光時，我們也通向了作者所追求的真與善。反之，我們企圖剝離美的層面甚至拋棄它，我們也不能真正得到蘊藏其中的真和善。

當我們這樣來觀察「四夢」的時候，就可以發現，那些超現實的方法和手段，也就是所謂的「浪漫主義」帶給我們的，首先是無與倫比的美感。發現、欣賞和研究湯顯祖劇作中的這種美感是我們的自發追求，研究它的性質、內涵和特點等等是我們的任務，兩方面我們都還有許多工作可做。

比如從那些超現實的內容進一步放開審美的眼光進入「四夢」，一片美的天地就出現在我們面前。我們最初的感覺可說是「光怪陸離」。經過仔細體味，乃可一言以蔽之，曰「奇」。僅僅一個「奇」字還不能說明什麼。「傳奇者，傳其事之奇焉者也，事不奇則不傳。」（孔尚任《桃花扇小識》）傳奇作者幾乎或多或少都有對「奇」的自覺追求。不過大多數傳奇作家對「奇」的理解與追求重點都只在故事情節的曲折，而湯顯祖的戲劇的「奇」卻廣泛得多，深刻得多，也特異得多。我們在其他一些形式的作品（例如詩文小說）中看到的「奇」有種種：比如雄奇、幽奇、神奇等等，這些在「四夢」中可說應有盡有，而它的特點無寧說是「詭奇」。

本文立意在於探討「四夢」詭奇之美的重要表現：濃鬱的「詭異色彩」和「蠻荒情調」。我們以為，正是它，使「四夢」的奇美鮮明而獨特，迥異於其他傳奇作家。

下面我們先來看它在「四夢」中的種種表現。

一、人間　仙境　幽冥　大千世界

仍然要從那些超現實的內容和手法談起。

過去對湯劇分別作微觀的精審考察時，我們並沒有忽略那些超現實的內容和手法。比如從表達作者的思想方面的重大作用，我們認識到：《牡丹亭》中杜麗娘的起死回生表現「情」戰勝了「理」，《南柯記》以淳于棼在螞蟻國的經歷表達「色空」觀念，《邯鄲記》以枕中一夢否定功名利祿等等。在藝術方面，我們看到了作者的想像力，如此等等。當我們把「四夢」放在一起來談時，我們覺得達到了一個新的高度，就像從一條條小徑登上了泰山極頂，放眼四望，發現眼前是一個多麼廣闊無垠的宇宙空間！從這個空間的實體說，它不止是一個人間社會，還包括了充斥於人類歷史的思維活動中的天堂、地獄，以及人們每天目見耳聞實實在在的有億萬動植物生存的大千世界。這個世界不僅廣大，而且充滿活力。人、神、鬼、怪（精魅）可以在這個廣大空間裏自由往來。比如《牡丹亭》裏有幽冥，有森羅殿，閻王、判官和小鬼們，在這裡各有所司。趙、錢、孫、李四個鬼被胡判官判決託生成了「花間四友」——鶯、燕、蜂、蝶。植物的精靈——花神，它保護著自然的美和人間的愛。《南柯記》裏的淳于棼時而人，時而蟻，最後成了佛。蟻窩，槐樹等也宛然一片人間世。最後淳于棼做道場，超度的有人也有蟻，倡導的是「眾生平等」。

《邯鄲記》裏有蓬萊仙島，有呂洞賓和八仙。盧生遭貶到了鬼門關遇到了一大群鬼，還有一位天曹神。這鬼門關到底是人間？是陰曹？還是天堂？誰也說不清。盧生後來被告知：他的妻子，美麗的崔氏夫人原來是驢變的，他們的子女原來也是一群雞犬。盧生最後上天作了仙島的「掃花使者」，成了神仙。總之，「四夢」組合出了一個廣闊無垠的宇宙空間，人、神、鬼、怪在其中相互轉換，自由往來。這樣的奇，當然不是一般的奇，而是有濃重的詭異色彩的「詭奇」了。

這樣的一個宇宙，當然是作家豐富的想像力的創造。但還不止是想像而已。因為我們不僅看到了一個實體的空間，還達到了一個哲理的高度：中國古代不是早有「天人合一」的哲學觀念嗎？這種「天人合一」觀在漢儒那裡被狹隘化成庸俗自然社會學的「讖緯學」，又被今人指為迷信，從而降低了其真理性價值。其實它的基本觀點是人與大自然的一體性。《邯鄲記·備苦》中作者借盧生之口說了一句「萬物有緣」，正是此意。當今天「人」以至高無上的自我優越姿態走向和「天」對立的悖謬已經露出端倪，人們對破壞大自然就是對人類自身利益的損害略知一二時，似乎對「天人合一」思想的偉大有了點朦朧覺醒。湯顯祖肯定沒有現代人的環境保護意識，但或顯或潛的「天人合一」意識包括並遠遠高於環保意識。話要說回來，「四夢」不是哲學講義，「四夢」的奇美空間不是客觀世界的掛圖，它是一種高層次美學理想的表達。在給我們美的享受時，也開啟我們的智慧，震撼我們的心靈。

「四夢」所顯示的不僅是人與自然共處的客觀存在，而且是一種美好的境界。請看「四夢」中的神鬼精魅無一不是善良的。花神是愛的保護神。胡判官這位代理閻王爺並不兇神惡煞，是他放杜麗娘出了枉死城，讓她「隨風遊戲，追隨此人」，她才得以和柳夢梅幽會。他還令花神「休壞了她的肉身」，杜麗娘才得回生。槐安國的螞蟻對淳于棼恩重如山，不好的是個別的。《邯鄲記》裏鬼門關的眾鬼，幫助盧生修理了他差不多斷了的頭。總之「四夢」中的神鬼精魅都沒有成為主人公的對立面和惡的代表者。因此，是不是也可以說，作者認為真正的惡是在人間呢？

二、奇人　奇事　奇物

「四夢」在一個無比離奇的世界裏展開矛盾，情節自然是曲折離奇的。主人公命運的變幻無常、大起大落，比如杜麗娘的起死回生，淳于棼出入螞蟻國，盧生時而三軍將帥，時而刑場死囚，時而官居宰輔，時而遠竄蠻荒等等，比一般傳奇之奇已經是大大超過了。而一些次要人物和具體情節也被設計得怪怪奇奇，可以說處處是奇人、奇事、奇物。以下試例舉其種種色色：

有的「奇」以神秘為特色。《紫釵記》是早期作品，作者對「詭奇」的美學追求還在萌芽階段。其中的黃衫客是一個帶有神秘色彩的人物。他形象突出：穿的是顏色特別的黃衫，人高馬大，帶著一群胡奴，似乎是一個外國或異族人。他的俠義行為本身就有一定的神奇性，而他的背景與宮廷若有若無的關係也給人以神秘感。從物來說，《邯鄲記》裏那個兩頭通明，人可以跳進去的破瓦枕也是頗有些神秘的。

有的「奇」以醜陋為特色。如《牡丹亭》中的石道姑是個石女，雖然她的畸形外表看不出，但通過人物的曲白對她的性別異常做了大肆渲染。她的侄兒癩頭黿是個瘌痢頭，柳夢梅的僕人郭囊駝是個駝背，這些人物以其殘疾為杜麗娘之青春美貌作陪襯時，其奇特的形體也產生了一種美學效果，給作品增添了幾分怪奇意味。

還有的「奇」是稀罕。比如《牡丹亭・謁遇》一齣寫柳夢梅乞求資助，實是為了寫柳夢梅的寒酸相。但作品卻把場景放到多寶寺，寫了一支〔駐雲飛〕介紹了許多稀罕的寶物，什麼「星漢神砂」，什麼「煮海金丹」，什麼「貓眼」、「祖母綠」……真真假假，都是珍稀之物。

有的「奇」使人產生緊張恐怖。如將挖墳的過程當場表演，使杜麗娘由死屍變成活人。挖墳既是可怕的事，又是違法的事，加上癩頭黿等在一旁渲染，場面緊張，扣人心弦。

既然是奇，便不免有悖於常理，但「四夢」中的奇事常常達到荒謬的程度。《邯鄲記》裏的盧生被派遣到陝州修河道，碰到兩座山——雞腳山、熊耳山是「透底石」，鍬挖不動。盧生忽發奇想——鹽蒸醋煮：「取乾柴兩萬束，連燒此山，然後以醋澆之，著以鍬椎，自然頑石桴裂而起；然後用鹽花投之，石都成水。」這種開山的方法居然奏效。真是荒唐之極。

以上的「奇」大都帶有詭異色彩。

在關於奇人奇事的欣賞和研究中，有兩個問題值得討論，一個是關於夢，一個是關於幽默詼諧。

夢是不是「詭異色彩」的表現？有些文章認為「四夢」之奇首先在於寫了夢，或者說是寫了奇怪的夢，我們不這麼看。做夢是人生活中常見的普通現象，人人的夢也幾乎都是千奇百怪的。一旦做夢的人發現這些奇怪的事原來是一個夢，就立即釋然，不以為奇了。所以夢反而淡化了某些荒謬事物的詭異色彩。那麼作者為什麼要寫夢？是不是與他的追求有矛盾呢？這要分別看待。《紫釵記》的夢只是一個小插曲，霍小玉在病中夢見黃衫客送鞋，有預兆之意，且是小玉病中神思恍惚的反映，可說奇而不詭。《牡丹亭》的夢是杜麗娘青春覺醒的形象化，其奇僅僅在於夢中人正是日後的柳夢梅。這種偶合手法是戲劇、小說家用濫的，不足為奇。《南柯記》和《邯鄲記》的夢更是作品某種觀念——比如「人生如夢」、「四大皆空」等的表達。它使那些荒謬故事與合理性結合起來了。所以做夢本身並不產生美感，使我們感到「詭異」之美的是夢中的那些奇人奇事。

其次，凡是神奇詭異之處，很少用嚴肅的筆調，作者往往出之以科諢，輕鬆幽默，具有喜劇色彩。我們認為這是作者的現實感在起作用。作者雖然對「奇」有偏好，但就整部作品而言，其內含仍然是面向現實社會的。作品的「奇」而至於「詭」，如果過於認真，則與作品的現實感牴觸。所以幽默詼諧也是為了一定程度上淡化「詭奇」的效果。這是一種高明的美學處理。

三、邊塞蠻荒　異族奇俗

我國幅員遼闊，又是一個多民族的國家，邊地風光和少數民族人文習俗與中原有著鮮明的不同。由於遠離中原和中原文化，還有民族歧視，漢族文學家給予的注意很少，戲劇家湯顯祖卻從那裡找到了美——蠻荒情調。這種美與鬼神精魅及其他方面呈現的詭異色彩，在美學風格上是完全一致的。「四夢」中除《南柯記》外，從《紫釵記》、《牡丹亭》，直到最後的《邯鄲記》，這種興趣顯示出不斷強化的趨向。

《紫釵記・邊愁》是把李益的《夜上受降城聞笛》詩意演繹出來的。它表現出湯顯祖對邊塞風光的濃厚興趣。「回樂峰前沙似雪，受降城外月如霜」的詩情畫意被他發揮得淋漓盡致：紫塞、星霜、劍戟、刁斗、畫角、牙帳、旌旗……是一片邊塞軍營的特殊氣氛。根據詩的後兩句又演繹出戰士吹蘆管和征人望鄉的細節。意猶未已，作者又用了三支曲子虛構出李益手繪丹青的情節，對西北「陽關落照，盡斷煙衰草，河流一線，那更鴻飄緲」的沙漠景色發揮出更多的想像。不過《邊愁》表現的完全是唐代邊塞詩的意境，其美學特點雖然是奇異的，但風格仍然是中原的，並不算蠻荒情調，也不帶詭異色彩。

「四夢」中真正顯示出蠻荒情調和詭異色彩的，是對少數民族人種特點、地域風光、民族習俗等的表現。這也是從《紫釵記》就開始的。《紫釵記》中寫吐蕃與唐朝爭奪大河西、小河西的戰爭，其實是「醉翁之意不在酒」，同為戲劇情節中的仗並沒有打起來，戰爭完全是和平解決的。作者是在藉此表現他對邊塞風光和奇異風俗的興趣。劇中描寫了吐蕃和回回（當即回紇）的面貌、語言特點和特殊的風土習俗。《竊霸》以吐蕃將領的口吻寫吐蕃民族的生活環境和民族習尚，曲、白用的是一連串吐蕃語、回回語（意譯據胡士瑩注釋。下同）：

〔點絳唇〕生長番家，天西一架。撐犁（匈奴語：天）大。家世零逋（吐蕃官名）。番帳裏收千馬。

〔水底魚〕白雁黃花。塵飛黑海涯。番家兒十歲，能騎馬嗚笳。皮帽兒夥著黑神鴉。風聲大。撞的個行家。鐵里溫（蒙古語：頭）都答喇（蒙古語：殺）。

〔清江引〕（前腔）葡萄酒熟了香打辣（胡語：美酒）。凹鼻子寒毛乍。醉了咬西瓜。剗起雪山花。躦行程番鼓兒好一會價打。

第三十齣《款檄》大河西國王出場時唱：

〔粉蝶兒〕撒采天西。泥八喇相連葛刺，咱占定失蠻田地。馬辣酥伴飲食。人兒肥美。花蕊布纏匝胸臍。骨碌碌眼凹兒滴不出胡桐半淚。

小河西國王唱：

〔新水令〕火州（西域地名）西撒馬兒（同上）田地。大狻猊降伏了覆著氊氈兒（一種棉氈）做坐席。恰咬了些達郎古賓蜜。澡了些火敦惱兒（星宿海）水。鑌鐵刀活伶俐。燒下些大尾子羊好不攛人的鼻。

除了注意區別少數民族和漢族外，他還盡可能地注意了吐蕃和回回之間的區別。比如長相：吐蕃人是「凹鼻子」、「黑臉」。回回人大河西國王是「粉面大鼻」、「骨碌碌眼凹兒」。小河西國王是「青面大鼻鬍鬚」。他們的地理環境、生活習俗：吐蕃人十歲能「騎馬嗚笳」，迎著「皮帽兒」，帶著「黑神鴉」出獵，他們住「拂廬（氈帳）」，攜「皮囊」（用於盛水），過游牧生活。而河西回回則「馬辣酥拌飲食」，「花蕊布地纏匝胸臍」。用「鑌鐵刀」割大尾巴羊（綿羊）肉，燒「羊尾巴」吃。地名方面如：吐蕃的「邏娑（拉薩）」，河西的「失蠻」、「火州」、「撒馬兒」等等。湯顯祖並沒有去過西域，這些知識大約部分來自傳聞，部分從史書中得來。

到了寫《牡丹亭》、《邯鄲記》時就不同了。萬曆十九年，湯顯祖被謫經嶺南到徐聞。這使他對嶺南的風土人情非常瞭解。《牡丹亭》寫嶺南人愛吃荔枝酒與檳榔：

> （丑上）廣南愛吃荔枝酒，直北偏飛榆莢錢。（第二十二齣《遇遏》）

> （外）正理，正理，花你那蠻兒一點紅嘴哩？（生）老平章，你罵俺嶺南人吃檳榔，其實柳夢梅唇紅齒白。（第五十五齣《圓駕》）

湯顯祖對少數民族語言的興趣在《牡丹亭》中也有表現。四十七齣《圍釋》中番將出場後的〔北夜行船〕等三支曲文及賓白是一連串的「番語」，什麼「都兒都兒」、「忽伶忽伶」之類。劇中的「通事」翻譯了這些話，譯得對不對？天知道！徐朔方注中指出其中有一些女真語實際上是吐蕃語。可見湯顯祖在這裡並不在乎它是否真的是某種少數民族語言，只不過是取其語音和漢語不同，使之產生一種奇異的效果罷了，有些可能就是他隨意編出來的。他是在進行文學創作，不是在編語言詞典。

湯顯祖在多處提到番回、回回。除了前面《款檄》的集中描寫外，其他地方還有多處提到。《牡丹亭》第二十一齣《謁遇》寫欽差識寶使臣苗舜賓在廣州府香山嶴多寶寺祭寶，命番回獻寶：

> （淨）叫通事，分付番回獻寶。（末）俱已陳設。（淨起看寶介）奇哉寶也。真乃磊落山川，精熒日月，多寶寺不虛名矣。春香。……
> （淨）和尚，替番回海商祝讚一番。

這些獻寶的番回不是中國人。而是海外來的商人。又：

> （淨）俺初權印，且不用刑。赦你們卵生去罷。（外）鬼犯們稟問恩爺：這個卵是什麼卵？若是回回卵，又生在邊方去了。（第二十三齣《冥判》）

《邯鄲記》幾次提到回回，第四齣《入夢》中，呂洞賓來邯鄲道上的客店，店主人以為呂是回回人：

> （生）店主人，這位老翁何處？（丑）回回國來的。（生）老翁容貌，不像回回。（呂）貧道姓回，從岳陽樓過此。

盧生則從容貌上判斷呂不像回回人，回回人的外貌特徵他在《紫釵記》中已經作了交代。這裡能看出的是作者對不同民族的人不同外貌的興趣。

在劇中，海南島的土著人被稱作「黑鬼」(這個稱呼並不始自湯顯祖，因此不是他歧視少數民族的證據，本文不詳說)。看來「黑」是他們的生理特點。盧生初次見到兩個「黑臉蓬頭推夫」時，以為是白日見鬼，嚇壞了。樵夫自稱是崖州蠻戶，「生來骨髓都黑」。對他們獨特的生活習俗的描寫突出了他們住的「碉房」，即在山上樹杪上架的排欄，上面住人，下面睡狗，也叫「狗排攔」:

> 我們山崖樹杪架些排攔，夜間護著四德狗子睡。(生)怎生叫四德狗子？(樵)他一德咬賊，二德咬野獸，三德咬老鼠，四德咬鬼……。

《邯鄲記》裏對海南島的描寫中更加人、鬼、洪水、猛獸惡劣天象重出迭加，詭異色彩之中又呈現出兇險氣氛，使蠻荒情調的表現達到了極致。

盧生被貶到崖州鬼門關，先是遇到瘴氣，接著老虎撲來，銜走了他的僕人，他虎口逃生。又接著遇強盜，他被強盜在頸頞下抹了一刀，頸子歪到一邊去了（居然不死）。後來又遇颶風打翻了船，遇到了更加少見的「鯨魚曬翅」。

寫瘴氣：

> 〔江兒水〕眼見得身難濟路怎熬？凌雲臺畫不到這風塵貌。玉門關想不上崖州道。(童)腦領上黑碌碌的一大古子來了。(生)噤聲！那是瘴氣頭，號為瘴母。(歎)黑碌碌瘴影天籠罩。和你護著嘴鼻過去。(走介)好了，瘴頭過了。(童)又一個瘴頭。(生)怎了？怎了？這裡有天難靠，北地裏堅牢，偏到的南方壽夭。

寫颶風：

> 〔玉札子〕(眾)是烏艚還是白艚？浪崩天雪花飛到。(內風起介)(眾)颶風起了，惡風頭打住篷梢，似大海把針撈。浮萍一葉希，帶我殘生浩渺。

寫「鯨魚曬翅」:

> 〔江神子〕則道晚山如扇插雲高，怎開交？通鯨鼇。則他眼似明珠，攝攝的把人瞧。翅邦（膀）兒何處落？才一閃，命一毫。

這些自然禍害把緊張氣氛推向了高潮，但作者猶覺未足，接著寫盧生到了鬼門關，鬼真的出現了。只見：

（扮眾鬼上）（各色隨意舞弄介）（末扮天曹上）眾鬼不得無禮！呀，此人有血腥氣。（看介）原來頦下刀傷，將我一股髭鬚，替他塞了刀口。（鬼替尋鬚塞口諢介）（天曹）盧生，聽吾分付：二十年丞相府，一千日鬼門關。（下）（生醒介）哎喲，好不多的鬼也！分明一人將髭鬚塞了頦下刀口，又報我二十年丞相府，一千日鬼門關。呀，真個長出鬍子了。

群鬼亂舞的場面，當然令人恐怖，而天曹讓眾鬼用他的鬍鬚塞住盧生頸上的刀口，更是怪誕。後來還通過土著人樵夫的口說這裡竟遍地是鬼：

（樵）你是不知，這鬼門關大小鬼約有四萬八千，但是颶風起時，白日裏出跳，則是鬼矮的離地三寸，高的不上一丈，下面住鬼打攪得荒。

以上俱出《邯鄲記》第二十二齣《備苦》，他的最後一部傳奇在這裡接近尾聲，「四夢」的詭異色彩和蠻荒情調在這裡也達到了頂峰。

值得指出的是，與鬼神一樣，少數民族在「四夢」中也是沒有作為反面和醜惡的形象來處理的。在戰場上他們並不是殘暴的敵人，在生活中他們更加是善良的朋友。《邯鄲記》中盧生被貶到崖州，宇文融還要派人追殺，是兩個「黑鬼」救了他。又，聽到州里人說不讓盧生住官房，也不讓住民房，「黑鬼」樵夫請盧生去住他們的「碉房」。三年來他們一直幫助他，盧生非常感激。第二十五齣《召還》中寫他被召還離開崖州時，崖州司戶要為他立生祠，他說，要立就立在「狗排攔」上，並要崖州司戶好好關心黑鬼們的生活：

（生）君命召，就此起行了。（黑鬼三人上）黑鬼們來送老爺。（生）勞苦你三年了。

〔會河陽〕地折底走過，瓊、崖、萬、儋。謝你鬼門關口來，相探。（丑）地方要起老爺生祠，千年萬載。（生）要立生祠，立在他狗排欄之上，生受他留我住站。我魂夢遊海南，把名字他碉房嵌。司戶，我去後好生看覷黑鬼，要他黑爺兒，穩著那樵歌擔；蛋夫妻，穩著那魚船纜。

四、湯劇「詭奇」美的淵源

美，是人的本質力量的對象化。以奇為美，正是基於人的生命本質——生存發展的需要。我們在赤條條地來到這個世界以後，必須不斷地認識自己的周圍環境，從中獲取生存和發展的一切。在認知欲望的基礎上便發展出好奇心。所以對「奇」的審美需要是屬於每個人的，也是與生俱來，並且永無止境的。這就是「奇」之可為藝術美的原由。在文藝作品中創造出能夠滿足人們好奇心的審美要求的作家，要有對「奇」的特別強烈和敏銳的感覺，僅僅依靠天生的好奇心是不夠的，更要以「奇」為美的自覺意識，這種審美意識是在社會生活中逐漸培養出來的。湯顯祖是怎樣成為這樣一位作家的呢？

首先來自對中國文學中本來就有「志怪」傳統的繼承。中國的遠古神話由於種種原因在文明進步的過程中被逐漸淡化幾近於消亡，重要原因之一是「子不語怪、力、亂、神」的儒家律條。所幸到六朝時出現了「志怪」這個品種。它的地位當然是非正統的。但在唐代，作為它的變種的傳奇小說和科舉發生了一種似是而非的關係，有了「半遮面」的正統的地位，其中一些被承認是散文。文學家還從中獲取題材。湯顯祖對傳奇的酷好不僅表現在他的「四夢」都取材於傳奇小說。他還校點了《虞初志》，評選了《虞初續志》，發表了他關於「詭奇」的美學理論，他的《虞初志序》可稱是一篇「怪力亂神文學無害論」，雖然其所指更加廣泛一些，但「詭奇」的指向無疑是基本的。他說：

> 蓋神丘火穴，無害山川岳瀆之大觀；飛墓秀萼，無害豫章竹箭之美殖；飛鷹立鶻，無害祥麟威鳳之遊棲。然則稗官小說，奚害於經傳子史？遊戲墨花，又奚害於涵養性情耶？〔註1〕

他稱賞《虞初志》「以奇僻荒誕，若滅若沒，可喜可愕之事，讀之使人心開神釋，骨飛眉舞」。反之，有些人「咄咄讀古，而不知此味，即日垂衣執笏，陳寶列俎，終是三館畫手，一堂木偶耳」。後者指的是李獻吉之流的復古家，而他自己是以「曠覽之士」自居的。他又為《續虞初志》所收的數十篇傳奇小說寫評語數十則，寫自己讀它們時的激動心情躍然紙上。他說《月支使者傳》「奇物足拓人胸臆，起人精神」〔註2〕，說《蘭陵老人傳》「文能爇人腐胃，事能壯人死魄」。說他讀《獨孤遐叔傳》「展玩間，神踽踽欲動，如昨日事，所以為妙」。幾乎每一條都是湯顯祖對「奇」美的嘖嘖歎賞和精闢見解。篇幅所限，難以一一列舉。

〔註1〕徐朔方《湯顯祖詩文集》卷五十《點校虞初志序》，上海古籍出版社1982年版，第1482頁。

〔註2〕徐朔方《湯顯祖詩文集》卷五十《續虞初志評語三十二則》，上海古籍出版社1982年版，第1483頁。

湯顯祖對「奇」的審美情趣的加深和提高還得之於他自己的生活經歷。他早期的《紫釵記》中西部塞外山川富於詩意，蠻荒情調帶有書本氣息，因而也較為單薄。《邯鄲記》和《南柯記》描寫嶺南景物真實生動，富於生活氣息，似把自己被貶嶺南後生活的活水蘸在筆端，隨處揮灑。比如《牡丹亭·謁遇》中的當地景觀風物、洋商貿易、外來寶物等等。多源於他在廣東和澳門的見聞。五十五回中柳夢梅說「你罵俺嶺南人愛吃檳榔，其實柳夢梅唇紅齒白」一句，沒有見過吃檳榔的北方人可能會有點莫名其妙。檳榔嚼在嘴裏，滿口是紅色液體，牙齒也是紅的，久而久之，便逐漸變黑。柳夢梅對他的老丈人這樣說。很可能湯顯祖這個江西人初到嶺南，見到當地人吃檳榔，覺得非常奇特，所以借機寫到劇裏。《邯鄲記》寫淳于棼貶在崖州不是任意虛構出來的。《湯顯祖詩文集》中有許多描寫海南島風物的詩，證明湯顯祖在徐聞期間去過海南島（我們已經在別的文章中予以論證，此處從略）。《備苦》一曲中表現的瘴氣、海濤非常真切，因為這是他自己的親歷，他正是坐海船經瓊州海峽到徐聞去的。湯顯祖的朋友屠隆說他「由祠部郎抗疏謫南海尉。間關炎徼，涉瘴江，觸蠻霧」〔註3〕。鄒迪光在《臨川先生傳》中描寫徐聞：「吞吐大海，白日不朗，紅霧四障，猩猩狒狒，短狐暴鱷，啼咽嘯雨，跳波弄漲。」〔註4〕應該是得自於湯顯祖口述或文章。它們與劇中的描寫非常近似。還有前面提到了「狗排欄」，這種「排欄」在西南少數民族地區很普遍，今天在海南島黎族聚居地也還有。的確是上面住人，下面養家畜的。前引〔會河陽〕中提到的「蛋夫妻」，即蛋戶，也是湯顯祖親自接觸過的。劇作中盧生，希望地方官吏能讓蛋戶安心在船上捕魚，過安定的生活，簡直就是他自己的想法。他在《答徐聞鄉紳》信中說：「無論與諸生相勸厲，不敢虛其來，即樸簌編民，流離蛋戶，有見，未嘗不呴尉而提誘之。」〔註5〕湯顯祖似乎把自己所知道的少數民族的知識全都用在劇作中了。但是由於湯顯祖為了給作品增加詭異色彩，又將生活中的特異景觀和奇風異俗集中並加以誇張，增加了鬼神出現的情節，所以《邯鄲記》的蠻荒情調的表現最為強烈，也更加神似了。

〔註 3〕徐朔方《湯顯祖詩文集》附錄屠隆《玉茗堂文集序》，上海古籍出版社 1982 年版，第 1521 頁。以下幾句同。
〔註 4〕徐朔方《湯顯祖詩文集》附錄鄒迪光《臨川湯先生傳》，上海古籍出版社 1982 年版，第 1512 頁。
〔註 5〕徐朔方《湯顯祖詩文集》卷四十四，上海古籍出版社 1982 年版，第 1250 頁。

湯顯祖的美學思想和他的世界觀是一致的。當我們根據他的《牡丹亭》和「情」戰勝「理」的思想主張，認定他是一個追求個性解放的思想家時，同樣也可以從他對怪力亂神的美學追求中看出他的離經叛道傾向，「四夢」給予我們的又不僅是美的享受。

原載《湯顯祖研究在遂昌——中國湯顯祖研究會首屆年會論文集》，中國文學藝術出版社，2000 年；合作者龍向洋，復旦大學圖書館研究員

湯顯祖與海南島

湯顯祖於萬曆十九年四十二歲時貶官徐聞，不到一年時間就任遂昌知縣。研究者大都注意到：湯顯祖在徐聞時間雖然不長，但政績斐然，特別是在文化教育的建設方面，如建貴生書院及為當地諸生講學等。但於宦途的這一波折對湯顯祖的思想、人生態度和創作等的影響還存在估計不足、研究不夠的情況。對他是否去過海南島的問題，幾乎未有人予以注意。

一

湯顯祖是否到過海南島？回答是肯定的。我們結合海南的地理歷史記載，也結合自己海南的生活體驗，對湯顯祖的詩文進行了研究，得出了這樣的結論：湯顯祖在徐聞時期曾經遊歷過海南島。海南在湯顯祖詩文和劇作中留下的痕跡比徐聞更多，也更有價值。這是因為海南有著特殊的自然風光、社會民情和文化蘊積。湯顯祖雖然不是長期居留海南，但短期旅遊中的所見所聞，給了這位文學家以很深的印象和影響。

海南島是一個神奇而美麗的島嶼，湯顯祖在還沒有到海南時，對它就十分嚮往了。萬曆間他在禮部任上就有一組詠海南五處名勝景物（五指山、彩筆峰、金雞岫、馬鞍峴、青橋水）的詩，詩題為《定安五勝詩》。詩前有小序：「敬睹縹錄大宗伯王公仙居瓊海定安山水，奧麗鴻清，倏為五勝，頗存詠思。某雖性晦大海，神懸仁智之如幽深閟采，常為欣言。不覺忘其滓懷，永彼高躅云爾。」〔註 1〕可見這組詩是他根據王公〔註 2〕的山水畫吟詠的，《序》及

〔註 1〕徐朔方《湯顯祖全集》，北京古籍出版社 1999 年版，第 296 頁。
〔註 2〕據徐朔方考證，王即王弘，萬曆間曾任南京禮部尚書，瓊州安定人，見《湯顯祖全集》卷九。

詩在對描摹中的海南島奇山異水充滿嚮往之情。

後來湯顯祖因貶官來到徐聞，果然寫出了許多吟詠海南島的詩。這些詩是不是他據間接材料寫出來的呢？徐聞與海南島只隔一個海峽，近在咫尺，很難想像與海南島早已神交的湯顯祖會與其失之交臂。可以說此時此刻將「神懸」變成耳聞親見是必然的事。他有一首《徐聞泛海歸百尺樓示張明威》詩：「沓磊風煙臘月秋，參天五指見瓊州。旌旗直下波千頃，海氣能高百尺樓。」（卷十一）這首詩寫他「泛海」時見到了五指山，也許還不能說明湯顯祖的確已經踏上了海南島的土地。他還有一首《瓊人說生黎中先時尚有李贊皇誥軸遺像在歲一曝之》：「英風名閥冠朝參，厤誥丹青委瘴嵐。解得鬼門關外客，千秋還唱《夢江南》。」（卷十一）李贊皇即中唐名相李德裕，武宗時封贊皇縣伯。大中二年（848 年）因遭政敵攻訐排擠，貶官崖州，一年後死於海南島。他作過宰相，是歷代貶到海南的職位最高的官員之一，所以在海南很有影響。這種影響還有一種很特殊的因素，就是李德裕的後人留在了海南，與黎族人混居，最後成了黎族人；從這首詩來看，還是與世隔絕很深的「生黎」，而非一定程度上接受了漢族文明的「熟黎」。此事雖不見於李德裕本傳，野史筆記中是有記載的。明王元禎《漱石閒談》說：「李贊皇之南遷也，卒於崖州，子孫遂為獠族。」（《說郛》卷十三）僚族就是黎族。另張長慶《黎歧紀聞》是這樣記載的：「唐相李德裕貶崖州，其後有遺海外者，入居崖黎，遂為黎人，其一村皆為李姓，貌頗與別黎殊。唐時舊衣冠間尚有藏之者。」（《昭代叢書》已集廣編）二者相互印證，記載應該是可信的；既然有衣冠在，有遺像就並非不可能了。李德裕死後，其後人也許是沒有條件回大陸而長期淪落海島；也許是出於李德裕的遺囑，他不願子孫再回到那個充滿險惡的上層社會中去。湯顯祖是聽「瓊人」說的有關黎族人的事，應該是在海南島。既讀到過上述記載，又聽到當地人說到這件事，這位與先賢有著相同命運的文人必然有著深深的感慨。他認為李德裕的後人，儘管成了黎人，對自己的祖先和故土是不會忘記的。他提到的《夢江南》正是有關李德裕的一個典故。據唐段安節《樂府雜錄》：「《望江南》始自朱崖（即珠崖，今海南三亞）李太尉鎮浙西日，為亡姬謝秋娘所撰，本名《謝秋娘》，後改此名。亦曰《夢江南》。」湯顯祖從這個故事中看到兩個民族之間久遠的淵源甚至是血緣，從而拉近了與這個少數民族的距離。他還有一首《黎女歌》很值得注意：

黎女豪家笄有歲，如期置酒屬親至。自持針筆向肌理，刺涅分明極微細。點側蟲蛾折花卉，淡粟青紋繞餘地。便坐紡織黎錦單，拆褋吳人綵絲緻。珠崖嫁娶須八月，黎人春作踏歌戲。女兒競戴小花笠，簪兩銀篦加雉翠。半錦短衫花襈裙。白足女奴絳包髻。少年男子竹弓弦，花幔纏頭束腰際。藤帽斜珠雙耳環，纈錦垂裙赤紋臂。文臂郎君繡面女，並上秋韆兩搖曳。分頭攜手簇遨遊，殷山沓地蠻聲氣。歌中答意心自知，但許昏家箭為誓。椎牛擊鼓會金釵，為歡哪復知年歲。（卷十一）

這首詩對黎族的婚俗描繪得相當細緻而動人。其中寫到了他們的紋身習俗，衣著裝扮特點，生產生活風貌，特別是婚俗中對歌、打秋韆、贈箭為誓、殺牛會酒等等。這些民俗都見諸記載，至今遺風猶存。當時湯顯祖如果不是多方觀察和瞭解，僅憑傳聞是寫不出來的。

還有一組《海上雜詠二十首》，徐朔方先生「箋」云：「作於貶官道上。」〔註3〕我們以為它應該是作於「徐聞任上」，因為詩中所詠，全都是海南島特有的地理物候、民情風俗，以及有關歷史的人物故事。比如其第十二首：「見說臨川港，江珧海月佳。故鄉無此物，名懸古珠崖。」這裡說的臨川港，正是海南的地名。據《天一閣藏明代地方志・瓊臺志》卷二《州縣沿革表》載：「唐武德五年：崖州改振州，治寧遠，增置臨川縣。」又宋本《方輿勝覽》卷四十三《海外四州・瓊州・吉陽軍・山川》：「臨川水，在吉陽縣。」〔註4〕又《瓊臺志卷六・山川下》云：「臨川港一名臨川水，在州（指崖州）東一百三十里，源出黎山，氛圍兩脈，前後夾流。臨川地，唐以名縣。……前水產海鏡（螺類，又名海月）並江珧柱。」該志卷九《水族》記載：「江珧，以柱為珍，俗名醋螺。」並引《方輿志》說：「出崖州前臨川港，泥中者唯佳。」湯顯祖是江西臨川人，到他鄉遇到相同的地名，自然聯想到自己的故鄉，這種聯想應該是親臨其地，而不是僅憑耳聞或遐想就能產生的。這裡有兩種特產是故鄉沒有的，覺得新奇，於是在詩中讚美了它們。此外詩中所詠草木禽鳥，多是海南特有或盛產的動植物，也大都見諸上述記載。如第六首：「菁絕瓊西路，能言是了哥。不教呼萬歲，只為隴禽多。」這種能言的「了哥」（又名「秦吉了」），是海南特有的禽類。《瓊臺志》卷九《土產》下載有「秦吉了」，下注

〔註3〕徐朔方《湯顯祖全集》，北京古籍出版社1999年版，第460頁。
〔註4〕唐置縣，治所在藤橋鎮。後時置時廢，屬三亞。

「出西路〔註5〕，俗名了哥，毛色如鴉而小，嘴腮俱黃，尤黠慧。能言，聲大於鸚鵡」。《瓊臺志》引明初旅居海南的王佐所著《瓊臺外紀》詩並序。從湯顯祖的詩看，他讀過這本《瓊臺志》，或者直接讀的王氏的《瓊臺外紀》。詩中詠及其他草木如草決明、紅豆、花梨木、檳榔等，並見於該《志》，且人所共知，這裡不一一列舉。人情風俗如「春歌踏和」（三月三踏青對歌）和「檳榔過禮」（以檳榔作為聘禮）則是黎族的民俗。詩中還詠及幾個歷史人物，都是在海南大名鼎鼎的。如第七首：「鳳凰五色小，高韻遠徐聞。正使蘇君在，誰為黎子雲。」蘇君即蘇東坡，他在貶官儋州時作過一首《五色雀》，前有小序云：「海南有五色雀，常以兩絳者為長，進止必隨焉，俗謂之鳳凰云。」五色雀也見於《方輿勝覽・瓊州・土產》：「海南謂之鳳凰，久旱見之則雨。」詩中的「兩黎生」指儋州進士黎子雲、黎威兄弟。他們是蘇軾謫貶此地時的摯友，相互過從密切，蘇軾在不少詩文中提到過他們。這次他是在黎氏兄弟家裏吃飯時看到五色雀的。湯顯祖的詩顯然是因蘇軾的詩而發，他感歎自己在徐聞沒有如黎子雲這樣的知音。詩的第九首是：「北來多喜鵲，止是到徐聞。海南何得爾，能事李將軍。」李將軍是指明景泰年間的李翊。據《正德瓊臺志》卷九：「喜鵲，舊無。景泰初，指揮李翊自高化取雌雄十餘縱之城隍間，迨今孳育，散至近縣間有之。」

徐聞至海南島很近，晴天可以隔海相望，現代交通工具不要一個小時就到了，當年也只要半天。遊島的路線，據《正德瓊臺志》卷四：「自徐聞抵瓊必渡海……。然瓊昔於四州陸路少通，多由海達。」《瓊臺志》中並詳列了「東路」、「西路」的具體路線，大致各須六、七天的樣子。從湯詩中提到的都是沿島東西路各地風物，基本沒有言及島內腹地的情況來看，可以推測這次旅遊是乘船繞島而行，沿途則上岸旅遊觀光。他在島西岸的儋州憑弔了蘇軾和黎子雲，到了南端崖州的臨川港，見到或者品嘗了當地特產「江珧」；在東岸的萬州東山嶺，懷想起李綱。此外他還在不少地方得到了不少自然風物和人情風俗的新鮮見聞。

湯顯祖的詩中與海南有關的還不止上面這些。計算時間，湯顯祖完成這次航行和遊覽，總要一個月上下。他在徐聞總共不到一年，這次旅遊就用了這麼長的時間，不能不說是一次重大的行動。

〔註5〕海南島東西部沿海道路稱東路、西路，至今如此。

二

論證湯顯祖到過海南島有什麼意義呢？也許有人會說，這不過是他在徐聞時期的一次休閒或消遣。於其生平大節無甚要緊。其實中國古代文人的旅遊從來都具有豐富的文化內涵。「行萬里路」所得不下於「讀萬卷書」，這是古人早就說過的，何況是湯顯祖這樣有深邃思想和豐富情感的文學家，海南和他的遭際和心理需求又有那麼多的契合呢！湯顯祖和海南的關係至少有兩個方面是值得注意的：

其一，湯顯祖對當時被稱作「蠻夷」甚至「賊寇」的少數民族是非常尊重和友善的。前面舉出的那些詩，尤其是在《黎女歌》中，他對黎族的風情非常欣賞和充滿讚美，沒有絲毫輕蔑意味，這在當時是十分難能可貴的。《邯鄲記》中他寫盧生和「黑鬼」的關係更加證明這一點，下面我們會專門談到。中國對海南島的統治從漢代開始。歷代封建王朝對海南最早的主人黎族人民是極不公正的。貪官酷吏的搜刮盤剝無日或止，對黎族的反抗則實行極其殘酷的鎮壓，尤以明朝為甚。《明史》卷一三九《廣西土司傳》中附錄「廣東瓊州府」兩千餘字，幾乎全是敘述如何鎮壓黎族反抗鬥爭的史實，其中充滿了刀光劍影和血腥氣味。可以看出，自明洪武以來，朝廷雖偶而實行安撫，大多數情況下是用武力鎮壓，討伐戰爭大小有幾十次，動輒「斬首×千×百級」，僅嘉靖二十九年總兵官陳圭、總督歐陽必進就「督兵進剿，斬賊五千三百八十級，俘一千四十九人，奪牛羊器械倍之，招撫三百七十六人」。捷報奏上朝廷，陳圭、歐陽必進得到了祿米、蔭襲等優厚的獎賞。又如萬曆十四年，長田峒黎出掠，兵備道遣兵執戮之草子坡，諸黎召眾來報復，戰於長沙營，斬黎首百餘級。這事就發生在湯顯祖到徐聞的前六年。總之當時官府和黎族人民的矛盾十分尖銳，也因此加深了黎漢人民的民族隔閡。在這樣的情況下，湯顯祖完全不顧與朝廷立場「保持一致」，也沒有絲毫顯示漢族人在文化相對落後的「蠻夷」面前的優越感。他對黎族人民表示出尊重與友好的感情，應該視作非常難得的優秀品質和進步傾向，這種傾向應該主要不是從政治的角度，而應該與他世界觀中的人道主義傾向聯繫起來評價。

其二，對《南柯記》、《邯鄲記》創作的影響。這兩本戲劇都是他從徐聞到遂昌又辭官回鄉後的作品，是在他有了豐富的人生閱歷後寫出來的，內容都是揭露官場的腐敗，都有貶官或發配的情節。過去人們一般只看到了當時社會現實及他自己的遭遇特別是個人受貶謫對他劇作的影響，其實遠不止於此。那些歷史的沉重腳步在海南留下了印跡和聲響，不可能不震撼他的心靈，影響他的創作。這在《邯鄲記》中尤其明顯。

除了奇異的自然風光、美麗的黎族風情之外，曾經是歷史上著名的貶謫地，這也是海南島人文地理的一個突出特點。唐宋有好幾位政壇要人貶到了海南。李德裕、蘇東坡是因為正義和正直被封建政治制度下險惡的宦海風波卷到了這裡；還有南宋李綱、趙鼎、李光和胡銓，都是當朝宰相，因為主張抗金的愛國立場，被秦檜等主和勢力打擊排擠到島上來的。他們的到來成為海南島上的大事，他們的人格也成為海南精神文化史上的豐碑，代代都在傳頌，現在海南還有「蘇公祠」和「五公祠」供人們瞻仰紀念。他們的故事比自然風光和民俗風情更能使湯顯祖的靈魂受到震撼，從而加深他從現實中觀察到和自己經歷的體驗中得出的理性認識。湯顯祖寫《邯鄲記》中的盧生貶官的場所是海南島，不是偶然或隨意的。盧生被貶到海南島後，宇文融窮追不捨，命崖州司戶謀害他的性命，這其中不就有秦檜迫害趙鼎等的影子嗎？《邯鄲記》中，主人公淳于棼被貶在崖州，這崖州不是憑空想像出來的不毛之地。我們只要剔出作者為追求詭奇的美學趣味而加進去的少量神鬼場面，便是活生生的海南島。第二十二齣《備苦》中寫的「黑鬼」和「碉房」都是從生活中來的。湯顯祖在《陽江避熱入海至潿州看珠池作寄郭廉州》一詩有「烏艚藏黑鬼，竹節向龍王」之句，寫的是當時駕船的人就被稱為「黑鬼」。「黑鬼」是一種不當的賤稱，但已是當時通行的稱呼，並不創自湯顯祖。湯顯祖使用這一名稱時，也沒有輕蔑之意。《邯鄲記》中的「黑鬼」究竟指什麼人，是可以研究的。現在學術界對黎族人與「小黑人」是否有淵源關係還有爭議。有的人認為海南最早的黎族人就是一種叫「小黑人」的人種，有的認為不存在「小黑人」，而是馬來人。有的認為就是唐代的所謂「崑崙奴」。宋周去非《嶺外代答》卷三載：「崑崙層期國（桑給巴爾）海島多野人，身如黑漆，卷髮，誘以食而擒之，動以千刀，賣為番奴。」《廣東通志》卷三三〇載：「夷人所役黑鬼奴，《明史》名『烏鬼』，生海外諸島。通體如漆，惟唇紅齒白。」這兩條都是說的非洲黑人。從《邯鄲記》裏的所謂「黑鬼」的生活習性看，說的是黎人，而不是崑崙奴。《邯鄲記》裏的「黑鬼」說「我們崖州蠻戶，生來骨髓都黑」，是文學家湯顯祖的想當然之辭，沒有什麼解剖學上的依據。非洲黑人的骨頭也不黑，何況其他人種？我們說湯顯祖所指是黎人，是依據另一些資料和從作品中寫到的他們的生活方式來看的。前面引過的張長慶《黎岐紀聞》中還說過：「黎男貌紫黑，圓目直視，高顴骨。婦女面白而目長不殊。民婦中竟有絕色者。」據此知道湯顯祖時代海南的確有人認為黎人比較黑，自以為是優越人種的漢人就稱他們為「黑鬼」。再看《邯鄲記》二十二齣的這段曲白：

> （生）怎生叫做碉房？（樵）你是不知，這鬼門關大小鬼約有四萬八千，但是颶風起時，白日裏出跳，則是鬼矮的高地三寸，高的不上一丈。下面住鬼打攪得慌，我們山崖樹杪上架些排欄，夜間護著四德狗子睡。（生）罷了罷了。沒奈何護著四德的狗子睡了。則我被傷之人，碉上不去。（樵）繩子抬罷。（抬介）
>
> 〔清江引〕狗排欄架造無般妙，個裏難輕造。山崖陡又高，棘刺兒尖還俏，黑碌碌的回回直上到杪。

不熟悉海南黎人生活的人看到這一段頗有些奇特荒誕的感覺，好像是作者隨心所欲地編造的插科打諢。其實不是，或者說基本不是，而是寫實。首先這裡的樵夫作者並沒有用淨丑腳色應工，沒有讓他們製造喜劇效果的意圖；其次，這一段的具體內容除了「四德狗子」目前尚不知其詳外，其餘都是找得到生活依據的。一是關於「鬼」。黎族人的確是非常相信鬼的。有關記載很多。《黎岐紀聞》云：「（黎人）病不知醫，尚跳鬼。數十人為群。擊鼓鳴鉦，跳舞號呼，或取雄雞紅色者割之見血，用以祈禱，謂之『割雞』。海南風俗多類此。」二是關於住房。西南少數民族普遍使用「干欄」式建築，黎族的干欄又有不同，即「巢居」（在山崖或樹幹上架屋而居）。《太平寰宇記》卷一六九《嶺南道十三・瓊州・風俗》記載：「有夷人無城郭，號曰生黎，巢居洞深。」《檀萃・說蠻》也記載說「岐人猶黎人也……其巢居火種者，為乾腳岐，與熟黎同。」（《昭代叢書》廣編己集）其實至今到海南島也不難看到架在樹上的茅屋。至於和家畜同居，也是風俗習慣。《黎岐紀聞》說：「屋內架木為欄，橫鋪竹木，上居男婦，下畜雞豚。」狗當然也是一樣。不過在內地來的湯顯祖，的確是見所未見，覺得非常奇特，便在劇中把它寫出來了。另外［清江引］曲文裏還提到了「黑碌碌的回回」，是把「黑鬼」和「回回」混為一談了。關於「回回」，《邯鄲記》裏多次提到。第四齣《入夢》裏有下面的賓白：「（生）店主人，這位老翁何處？（丑）回回國來的。（生）老翁容貌不像回回。」第二十四齣［千秋歲］曲文裏也提到「回回舞，婆羅旋」。可見這裡的「回回」指的也是民族或種族。我國在相當時期內「回回」的概念是比較寬泛的。一些典籍有時也指西北信伊斯蘭教的其他民族如維吾爾族等。在《牡丹亭・謁遇》

中湯顯祖還把許多到中國來「獻寶」或買賣珠寶的外國人稱作「番回」。海南從宋代就有回族，至今仍居住在三亞地區，湯顯祖可能略知一二，但未得其詳。他畢竟是在寫戲，沒有對海南的民情和歷史作深入的考察和研究。

我們主要應該看湯顯祖在《邯鄲記》裏是怎樣寫「黑鬼」的。這個「黑鬼」是個樵夫，非常善良。盧生一到海南島就碰見了他。當時宇文融迫害盧生，派人追來交代當地人「不許給他官房居住，連民房也不許借給他」。盧生連連叫苦。這個樵夫讓盧生到他的碉房住，才使得盧生有了棲身之所。這些少數民族的普通百姓淳樸極了，善良極了。他們不知道也不去管什麼政見，什麼派別，什麼流放，只知道對一個遭到不幸的人應該同情，對他的生活困難應該盡力幫助。在第二十五齣《召還》裏，作者寫了那個卑鄙勢利的崖州司戶，秉承宇文融的旨意，毒打盧生，企圖結果他的性命，以便自己往上爬。後來盧生遇赦被召還朝，他又極其謙卑恭敬，極盡阿諛逢迎之能事。作者正是把他和善良的「黑鬼」們作對比的。本齣劇情寫盧生離島前有一段文字是這樣的：

> （丑叩頭介）天大肚子的老爺，叩頭，千歲千歲千千歲！（生）君命召，就此起行了。（黑鬼三人上）黑鬼們來送老爺。（生）勞苦你三年了。
>
> 〔會河陽〕堤折底走過瓊、崖、萬、儋。謝你鬼門關口來相探。（丑）地方要起老爺生祠，千年萬載。（生）要立生祠，立在他狗排欄之上，生受他留我住站。我魂夢遊海南，把名字他碉房嵌。司戶，我去後好生看覷黑鬼，要他黑爺兒，穩著那樵歌擔。蛋夫妻，穩著那漁船纜。

這裡寫盧生和「黑鬼」們之間的關係很真誠。他們在患難中建立起來的情誼非常動人。作者在這裡沒有絲毫調侃意味，而是非常嚴肅和動情。從人物刻畫方面說，盧生不是正面人物，但也不能簡單用「反面人物」來指稱。他是一個腐敗官場上的大官僚，在作品的許多地方，作者對他是有尖銳的諷刺和揭露的，但他與宇文融那種為了打擊異己，不擇手段地陷害別人的所謂「姦臣」還是有不同的。他追求權勢是為了自己的享受，這種人在官場上很普遍。更主要的是他現在已經失勢，地位已經轉化，成了受迫害者。作者把盧生和「黑鬼」之間的關係寫成是患難中的相互扶助，寫盧生對「黑鬼」表達了真誠的感激之情和深深的祝福，是可信的。可以說，作者是在寫這個天良還未喪盡的大官僚，受到了善良淳樸的勞動人民的感化。這種描寫使盧生這個人物呈現出多面性，性格得到了豐富。《南柯記》裏的淳于棼和盧生有相同之處，只不過寫這本戲時，他還更多的受傳奇原作的拘囿，沒有充分調動海南的生活積累而已。

結合上述許多情況來認識湯顯祖的後期劇作特別是《邯鄲記》，可以肯定其文化底蘊比我們原來瞭解的要更加豐富和深刻得多。我們認為，湯顯祖到過海南島這一經歷對湯顯祖的人生有過積極的影響。無論是研究他的生平，或者是研究他的創作，都不應該忽視他的這一段經歷。在這裡我們提出上述一些初步看法，供指正。

《海南師範學院學報》社會科學版 2003 年第 4 期；
合作者龍向洋，復旦大學圖書館研究員

湯顯祖《客窗新語》簡說

一、來歷

偶而接觸到古琴譜《伯牙心法》（萬曆二十五年刻本），發現其中一首名為《客窗新語》的曲譜，其解題中說：

> 我先勳劉誠意公載之詳矣。近臨川湯海若先生，博洽多聞，詞林獨步，乃祖述舊音，構措新詞……

說明這首琴曲原來是劉基所作。楊表正《琴譜大全・聖賢名錄》列「劉基」，稱「國師，作《客窗夜話》」。楊掄另一本琴譜《太古遺音》收有《客窗夜話》，曲譜基本相同，曲辭完全不同。楊掄為該譜解題說：

> 是曲乃我先勳誠意劉公伯溫所作也。公運策定鼎，功成身退，希跡赤松之遊，悠渙於蓬窗之下，日與同志之士，懷今憶古，以傷英雄之圖王霸業者，皆如是寥寥已。因作是曲，附之音律，以暢其懷云。

這樣就可以說明《客窗新話》這首歌詞的來歷。

原來劉基曾創作了一首琴曲，名叫《客窗夜話》，並有歌辭。楊掄收此曲在他編的另一種琴書《太古遺音》中。後來湯顯祖受到琴曲《客窗夜話》的感動，給它配上新的曲辭，曲名就改作了《客窗新語》。

查閱了徐朔方先生編的《湯顯祖詩文集》、毛效同先生的《湯顯祖資料彙編》等相關文獻史料，以及近年來的一些論文集等，沒有發現這首作品的記載，故此錄出獻給對湯顯祖研究有興趣的讀者。

下面簡略地談自己的幾點初步的認識。

二、寫於何時

《四庫全書總目》著錄《伯牙心法》一卷，云：

> 明楊掄撰。掄，號桐庵，又號鶴激，江寧人。書中《客窗新語》一曲，稱湯顯祖作；《神化引》一曲，稱李如真作。則萬曆以後人也。

關於楊掄的史料目前只發現這一點。從楊掄解題所云「近臨川湯海若先生」的語氣，應該是與湯顯祖同時代的人，並且相互關係很近。既云「客窗」，當然不是在家鄉寫的。所以我推測，此歌或即作於湯顯祖在南京任禮部主事期間。

三、類別

作品沒有在他處單獨出現和標明文體類別。它既然附著於琴曲，楊掄又告訴我們它是「祖述舊音，構措新詞」，就是專為琴曲而作，筆者因將其歸類為「琴歌」。琴歌來源極其悠久。最早的琴歌傳說是虞舜所作《南風歌》：

> 舜彈五弦琴造《南風》之詩，其詩曰：「南風之薰兮，可以解吾民之慍兮；南風之時兮，可以阜吾民之財兮。」（《朱熹儀禮集傳集注》卷二十七）

宋郭茂倩編的《樂府詩集》中有一大類就是「琴曲歌辭」，收有如大家熟悉的百里奚妻琴歌「五羊皮」等。所以如果我們要將《客窗新話》進一步歸類，可以將其稱為「樂府詩」。

這裡要說的是，後來詩人們也有大量的琴歌，但很少被納入作家們的詩歌集中。我以為這與唐宋以後，樂府詩已經脫離音樂，獨立成為詩歌文學中具有獨特風格的一類，但專為音樂而創作的歌辭仍然存在。其中有的用南北曲寫作的，便成為新的詩歌體裁——散曲。琴歌不用南北曲曲牌，仍然多用傳統詩歌形式（排除將古人詩文名篇譜入琴曲的，如諸葛亮《出師表》、陶淵明《歸去來兮辭》之類）。劉基有一首《琴歌贈劉元明》，就是一首七言古，在《誠意伯文集》歸入「古詩」一類。而《客窗新話》，按樂譜分成九段，其唱當然是傳統文人琴歌的唱法。由於它的存在形式附著在琴曲中，我按原譜錄出，保留其分段形式。其句式為雜言，在傳統詩歌類別中，我以為可以歸入「樂府」一類。

四、內容和藝術風格

作品首段表達與友人別後相逢聚會的歡樂，第二段至第六段則是「話」

的內容，實際是懷古興慨，從陶唐氏直到宋元，敘說了大量歷史事實，抒發自己的歷史感與滄桑感和湧動的激情。七、八、九三段是敘說古代偉大的詩人們，他們大多不得逞其壯志，只得陶情詩酒，在明月清風中消遣歲月，表現的是中華民族知識分子在另一種狀態下的寬闊胸襟和愛國情懷。

如果我們將《客窗新話》歸入「樂府詩」，從藝術風格看，與文人樂府舊題詩和新樂府頗不相類，而非常接近曲。曲的早期具實就叫「樂府」或「新樂府」。但曲是用曲牌的。而《客窗新話》沒有使用曲牌，因為它的音樂是高雅的琴，不是通俗音樂南北曲。湯顯祖善寫南曲，劇曲有「四夢」，散曲有南套曲《南呂青陽令·青陽憶舊》，收在《全明散曲》中。但《客窗新話》除了不用曲牌之外，從文學風格看非常近乎北曲。它對歷史事件的大量鋪排，對前人詩歌的儘量吸收，可稱酣暢淋漓；語言風格也與詩詞的精練含蓄頗為不同。如「劉宋也呵，蕭齊也呵，蕭梁也呵，陳陳也呵，楊隋呵，李唐也呵，五季呵，趙宋呵，閏位胡元也呵」之類句子，簡直與北曲無別。就是感喟也感染了元曲中的曠達自適的意味。沒有看到湯顯祖寫的北曲。可以認為，這首琴歌的風格直接來自劉基《客窗夜話》的影響。明代有幾種琴譜收有《客窗夜話》，版本互有出入，這裡用張廷玉《理性元雅》（明萬曆刻本）所收的一種，每一段都有標題。這裡試摘錄其中兩小段：

第五段《聽命親賢》：

隱顯也，皆前定。興亡也，皆前定。富貴也，皆前定。貧賤也，皆前定。成也，敗也，誰人證。生也，死也，由天命。慨我慨我詩與。圓也一般明；缺也，一般明。月圓月缺古今明。

第六段《抵掌一笑》

天涯也呵。海角也呵。離別也呵。會合也呵。膠漆呵，金蘭也呵。陳雷呵。管飽呵。神交心契呵。人生歡會少，別離多。懶雲窩。懶雲窩。醒時詩酒，醉時唱個太平歌。盡快樂，盡快樂。榮華富貴，猶如露滴花開落。花開落。可奈何。

劉基是元末明初人，他寫出元北曲風格的琴歌自不足奇，湯顯祖的時代，北曲早已衰落，還寫出有濃鬱北曲風味的作品，很不容易，表現出了湯顯祖詩歌創作的又一面，呈現出其才華的豐富與多樣。

附：湯顯祖琴歌《客窗新語》（商音）〔註1〕

「新語」者，徽音指法。我先勳劉誠意公載之詳矣。近臨川湯海若先生，博洽多聞，詞林獨步，乃祖述舊音，構措新詞，上自唐虞，下迨五季，咸撮其綱領，耳寄□（陽？）秋於皮裏，庶幾千載之興衰，萬世人物之得失，虞弦一奏，見在羹牆。而餘言末議，又自寫其吟風弄月之趣，如入萬花谷中，令人應接不暇。是聞樂知德之一助也。名曰「新語」，亶其然乎？〔註2〕

第一段：騑騑轔轔。去年花裏逢君。今花開，又喜那相逢。紅燭剪，寶鼎香焚。玉椀芳尊銀榼清，醇歌周雅樂嘉賓。杯到手莫辭頻。兩意殷勤敘寒溫。俯仰轉腸輪。江山趣，在秋春。弔古更懷人。何如渭樹江雲。

第二段：禪陶唐。伐商湯。揚武周王。有莘農，渭濱翁，驪山犬戎，那更七國爭雄。秦剪侯王。築阿房。架海梁。金人朝鑄，暮燼咸陽。二世胡亡。空嗟黃犬臂鷹蒼。

第三段：斷蛇赤帝，蹙秦王。垓下夭亡。亞夫不如三傑，高鳥盡也弓藏。人彘亡。牝雞唱。安劉左袒。不知大義堂堂。衛霍窮兵，池昆明，屠夜郎。空傷葉兆柳僵。駿乘如芒。燕啄蒼莨。

第四段：轢新莽。殪王郎。下嚴光。鬥野龍，二十四帝，三國分張。臥南陽。雨蛟龍，秋風五丈。黃鸝碧草淚英雄，只見煙消赤壁歎周郎。對杜康。槊空橫。炎灰未冷，同槽三馬虎而狼。龍馬浮江。

第五段：運甓兮陶士行。灑泣兮溫太真，擊楫兮□澄清。撫枕兮舞雞聲。江河風景涕新亭。銅駝荊棘穢膻腥。幸那管夷吾，風鶴也皆雄兵。賭墅一棋枰。東山青復青。髯參短簿，羞舉可兒名。劉宋也呵，蕭齊也呵，蕭梁也呵，陳陳也呵，楊隋呵，李唐也呵，五季呵，趙宋呵，閏位胡元也呵，歎那長城自壞也，臺城餓忍，聽《玉樹後庭》歌。

第六段：鸜鵒歌。馬嵬坡。漁陽羯鼓非那。狄梁郭令曾奈碭山麼。也餌和。也愚和。金牌十二，枉殺衝冠怒發零落舊山河。空使朝衣搵淚，濕氣吞胡，孤臣魂卷海門波。

第七段：（原譜注：以下作者自寫情懷）陶情詩酒。杜陵李白同儔。鬱金香，琥珀那濃浮。春意鬧花鳥深愁。逍遙徐孟，沈宋風流。池塘也春草綠，風定兮落花飄。問天搔首興偏豪。古今一瞬夕，謝朓也費推敲。愁極本憑詩遣

〔註1〕本作錄自楊掄《伯牙心法》，萬曆二十八年刻本。

〔註2〕此一段文字是楊掄為《客窗新話》所作解題。

興，人生除醉卻舒愁。

第八段：江上山中。蒼天明月清風。酒一缸。詩一囊。談玄揮塵。自謂北窗臥。侶羲皇。萬紫千紅鳥雝雝。與支公。共阿戎，折角林宗。黃生清濁底汪汪。白眼嗣宗王令公。遊太空。問鴻蒙。拂袖長風。平蹋上五老峰。從頭數看定誰雄。男兒咆哮。吞兕虎。瞰蛇龍。直飛長劍倚崆峒。

第九段：（原譜注：唐劉禹錫金陵懷古）西晉樓船下益州。金陵王氣漠然收。千尋鐵索沉江底。一片降幡出石頭。人世幾回傷往事。山形依舊枕寒流。今逢四海為家日。故壘蕭蕭蘆荻秋。泛虛舟。拂斗牛。昂昂千里。莫將剛金百鍊化作繞指柔。是誰流。第一流。當年事業。只須鼓吹宇宙。若個出人頭。竹間閒奏《南薰曲》。謂何求。敢將吾道付滄洲。

原載《湯顯祖研究通訊》2012 年第 1 期

湯顯祖與明藩王朱權後裔的交遊

數十年來，學界對湯顯祖生平、思想及其作品的研究已經很豐富了。湯顯祖在他的時代是個影響很大、文壇交遊非常廣泛的人，記述他生平事蹟的史料中有許多反映，也有不少學者進行了深入的探求。但對他與南昌寧獻王朱權後裔的交往，尚鮮有提及。《湯顯祖研究通訊》2012 年第 5 期發表了楊友祥先生的《湯顯祖與明王孫交遊紀事》，述及這一方面。我認為這的確是一個值得關注的題目，故就自己所知，在此做些補充。

不是說因為寧王家族有著超常的富貴榮華，可以給湯顯祖頭上增添光彩。這樣理解偏離了湯顯祖，對學術研究也沒有價值。我認為之所以值得關注，是因為這一支王族的生存及延續，與明朝一些重大政治事件有著密切關係，他們身上承載著相當份量的歷史重負。湯顯祖與他們密切交往的事實，折射出了某些歷史的光彩和陰影，值得研究；同時也可以從一個新的角度去理解湯顯祖人生的豐富和人格的高尚，對萬曆時期的社會面貌更多一些感知。

一、寧獻王時代

湯顯祖和寧獻王後裔的交往是在明中晚期，但要懂得這種交往的不平常之處，不得不從明初寧獻王朱權說起，因為朱權的人生極不平常，從而對其後代有著巨大的影響。

朱權（1378～1448）是朱元璋第十七子，洪武二十四年（1391）封於大寧（在今內蒙赤峰市寧城縣），封號寧王。大寧時期他和燕王朱棣等率領大軍與北元作戰，保衛大明北方疆土，是一位氣宇軒昂年青有為的將領。洪武三十一年（1398）朱元璋去世，建文帝即位後進行削藩。朱棣發動了一場政變—

—稱「靖難之變」，挾持朱權參與其事，曾許以「事成，當中分天下」。朱棣即位後，將朱權改封南昌，「事成，當中分天下」之約沒有兌現。朱權在南昌四十餘年，卒謚獻，史稱寧獻王。

登了皇位的朱棣及其繼位的子孫對朱權懷有強烈的戒心。朝廷和地方官員奉命對朱權進行監視，一有疑點甚至是捕風捉影就立即上報。朱權在這種情形下，隱居學道，並以主要精力從事著述，一生出版著作一百一十餘種，包括《太和正音譜》這樣的曲學經典和《神奇秘譜》這樣的琴譜經典。同時還以扶持江西地方文化為己任。他經常接見地方名流和文人，力所能及地給予提攜幫助，這方面的業績被許多史家筆諸史冊。錢謙益《列朝詩集小傳》以「弘奬風流，增益標勝」〔註 1〕來讚揚朱權對扶持江西文化方面所做的努力。他在這方面無須顧忌，原因是他無論有多少怨憤，並沒有反抗報復四兄和爭奪天下的野心（這方面非本文所討論範圍，不予置論）。

朱權有五個兒子，除長子磐烒立為世子外，幾個庶子被封郡王。分別是臨川王磐熚，宜春王磐烑，新昌王磐炷、信豐王磐熿。他還在世，孫子也已經有好幾個，僅世子磐烒就有子奠培（磐烒死後封世孫）、瑞昌王奠墠、樂安王奠壘、石城王奠堵、弋陽王奠五人。除去無子除爵者，後來形成寧王裔族的八支，至今還在南昌繁衍。

朱權還在世時，他的子孫們在文化領域的活動情況留存不多。由於世子磐烒早逝，世孫朱奠培（1418～1491）繼承了王位，成為了第二世寧王——寧惠王。作為藩王的朱奠培也是一個詩書畫和音樂（琴）等都有成就的文化人，有多種著作傳世。除此以外，其他王子王孫文化蹤跡難以尋覓。《明史·諸王傳》記載有他們與地方官員的衝突等事件，卻沒有與地方文人交往或與文化相關的事蹟和成就的記載，也沒有什麼著作傳世。如果說是朱權對他們沒有文化教育和培養，這是絕無可能的事。當時一般中上層家庭的子弟都要受到相當的教育，詩詞文章的寫作都是基本技能，何況王府子孫？應該是沒有留傳下來。是朱權的政治處境造成這種局面，也可以說是政治給這個家族投下陰影。

朱權沒有反叛朱棣及其後繼者的居心，但在位的朱棣及其後裔對朱權可能反叛卻存在疑慮而處處妨嫌。朱權在世時對此非常警惕，對兒孫進行著嚴格約束。他知道子孫們的不滿一旦失控，會造成嚴重後果。他自作《寧國儀範》七十四章以教訓子孫和王府的臣下，並且「盟諸山川社稷之神，有弗率

〔註 1〕錢謙益《列朝詩集小傳》乾集下，上海古籍出版社 1959 年版，第 6 頁。

教者，俾受顯戮」〔註2〕。《寧國儀範》內容必定是以忠於大明江山社稷為首要。為此他肯定要限制子孫們與王室以外的人過多交往。因為稍一不慎，就會有地方官員上報朝廷，加以「結黨拉派，圖謀不軌」等罪名，惹來殺身滅族之禍。詩文是最容易外露情感、內含譏刺的，所以肯定也要加以控制。他的王府有刻書館，名叫文英館。朱權在世刻印各類書籍百餘種，其中沒有自己兒孫的著作，原因不難理解——被嚴格限制。朱權得以平安終其一生，家族基本無事，不能不說是這種約束起了作用。雖然這方面沒有更多的直接記載和評述，但懂得中國政治歷史的人，不難由此推論。

當然，明初的江西南昌，文化氛圍不能與嘉靖萬曆時期相比。從地域看，江西自兩宋以後，文化氣氛之活躍，文人數量之多少，比起江浙一帶都有懸殊。錢謙益《列朝詩集小傳》說「江右俗故質樸，儉於文藻，士人不樂聲譽」〔註3〕，說的也是明初的情況。朱權對江西地方文化的扶持，正是與這樣的背景有關。但這不會是王府子弟沈寂的主要原因。

二、宸濠之亂與寧王家族的命運

朱權於正統十三年（1448）去世，寧王爵傳至四世孫朱宸濠，弘治十二年（1499）襲爵。朱宸濠在文化方面的活動見諸記載者不多。明末陳宏緒《江城名跡》中介紹朱宸濠所建「陽春書院」時說：

> 寧庶人宸濠建以祀高禖（即媒神）祈嗣，廣求詩文揄揚。每士子秋捷，設宴邀請，人各一律。得一聯云：「光聯滕閣文章煥，春透徐亭草木香」。宸濠嘉賞，刻榜懸之，標為絕唱。〔註4〕

可見朱宸濠居王位時還是有提倡風流、推介文士的一些善言嘉行的。

但朱宸濠並不安分做文化事業。他棄獻王祖訓於不顧，正德初就開始了造反的準備。他派人在朝廷內外勾結黨羽，在地方聚集「死士」做著軍事準備。正德十四年（1519）在南昌起兵向南京進軍。不過四十餘天，未出江西，就在樵舍被王陽明組織的軍隊和江西地方官員鎮壓下去了。

這次叛亂性質之嚴重，損失之慘重——主要的當然還是普通官兵和大量民眾，據記載：被擒斬首三千餘人，落水三萬餘人，淹死一萬餘人。被各種

〔註 2〕《朱氏八支宗譜》卷首《寧獻王事實》，民國二十九年（1940）修。
〔註 3〕錢謙益《列朝詩集小傳》乾集下，上海古籍出版社 1959 年版，第 7 頁。
〔註 4〕陳宏緒《江城名跡》卷一，《文淵閣四庫全書》（第 588 冊），上海古籍出版社 2012 年影印，第 292 頁。

史籍濃墨重彩地加以敘述，成為明朝歷史上的一件大事，於寧王家族更可稱滅頂之災。據王守仁《王文成全書》收任士憑《江西奏復封爵諮》敘述宸濠敗狀云：

> 宸濠與妃泣別，宮人皆赴水死。宸濠並其母子、郡王、將軍、儀賓（郡主婿）及偽太師、國師、元帥、參贊、尚書、都督、都指揮、千百戶等官數百人皆就擒。〔註5〕

雖然正德降旨對宗族成員要加以甄別，但追隨叛亂者被誅自不待言，沒有參加的各支子孫也難免受到牽連。幸而性命保全者，有的避難他鄉，有的變姓名以遠禍，一時宗族陷於一片混亂之中。始祖朱權也因此牽連，寧王爵除，獻王廟享廢弛。

但這是個不屈服於命運的家族。嘉靖帝即位，弋陽王朱拱樻幾次三番上書，請求恢復獻王朱權、惠王磐烒的廟享，說：「獻王、惠王，四服子孫所共祀，非宸濠一人所自出。若臣等皆得甄別守職業如故，而二王不獲廟享，臣竊痛之。」〔註6〕理由正大，得到了恩准。直到嘉靖十九年，湯顯祖出生前十年，寧獻王地位才在名義上得到恢復。接著嘉靖帝還下旨弋陽、建安、樂安三王分治宗族八支，整頓宗族事務，改變了混亂狀態。但根深蒂固的影響沒有也不可能真正消除，他們與朝廷的關係並沒有徹底地得到緩和。弋陽王朱拱樻因事上書請旨，就屢遭朝臣疑忌與詆毀。

為了保全家族，改善和朝廷的關係，他們曾經委曲求全。皇帝壽辰或皇子誕生等吉慶，立即撰頌詞奉上。如瑞昌王孫朱拱枘給嘉靖皇帝上《大禮頌》，朱拱樒上《天啟聖德中興頌》、《頌九廟皇嗣》等。另一方面則自立自強，加強對家族成員的管理和修德習文的教育。經過的種種努力，終於出現了一批「孝友秉禮」、「謹約好學」的人。在這樣的環境氣氛中，他們可以吟詩作文，比較輕鬆地參加地方的一些文化活動，相對自由地與文人們交往。

嘉靖中後期至萬曆年間寧獻王後裔中出現的文化繁榮，可稱之為宗族的「文化自強」。自強精神，有時候就來自災難，這是被人類生活中無數事例證實了的。

雖然一定程度上被「甄別」了，但朝廷官員和社會對他們的歧視仍然存

〔註 5〕王守仁《王文成全書》卷三十八，《文淵閣四庫全書》（第 1266 冊），上海古籍出版社 2012 年影印，第 238 頁。

〔註 6〕張廷玉等《明史．諸王傳．寧獻王權傳》，中華書局 1974 年版，第 3597 頁。

在，他們心理上仍然存在濃厚的陰影。更姓改名以謀生存的仍然不少。湯顯祖詩中提到的瀑泉（朱多炡 1541～1589）、圖南（朱謀堚）父子，雙雙改名來相如、來鯤出遊，就是壓力存在的證明。有許多人改名換姓之後，再也沒有恢復。如清初三大名醫之一喻昌，即著了《尚論》、《醫門法律》、《寓意草》（合稱《喻氏三種》）的喻嘉言，就是將「朱」改為字形相近的「余」，又改為同音字「俞」，再加上「口」旁為「喻」，以後再也沒有恢復「朱」姓。大明皇帝朱氏子孫，為什麼要更名改姓？因為他們從來沒有擺脫過「叛亂家族後裔」的陰影。當代中國人，因出身「地富反壞右」，在人們心目中，他們的「原罪」也是難以洗刷盡淨的，何況是在封建時代？

這是否是穿鑿附會？過去我也曾這樣想。但後來我在南昌，發現年紀稍大的南昌人，對「寧王」印象大都不佳，只是說不出所以然。後來才知道他們心目中的寧王只是朱宸濠，記憶惡劣而深刻，對獻王的記憶早已被沖淡，以致朱氏後裔們也諱言自己的先祖，他們莫名其妙地將自己祖宗的「罪孽」背負了五百年。

湯顯祖不僅是個文化人，也是具有鮮明的政治歷史觀念的思想家。他高調地與朱氏後裔交往，我們不能不給予特別關注和認知。

三、萬曆前後寧王裔族之文風昌盛

朱元璋二十幾個皇子全都受了良好的文化教育，其後裔中文化卓有成就者不少。其中成就突出的是周王朱橚和寧王朱權兩支；兩支比較，仍以寧藩為勝。錢謙益《列朝詩集小傳》收明親王以外宗室十人，其中周藩一人，唐藩二人、沈藩二人，而寧藩七人（含附見二人）。清末陳田輯《明詩紀事》收明十七朝藩府後人詩三十六家，其中屬太祖諸王後者二十三家，包括周藩二家，楚藩一家，齊藩三家，遼藩二家，而寧藩朱權後裔有一十五家，超過其餘諸家的總和。各種書目和《南昌縣志》載寧王後裔著作刻版刊行者六十餘人，如果算上有詩文書畫作品流傳者有百餘人，可謂盛焉。

對此前人也早有定論。《明史．寧獻王權傳》稱嘉靖以後，「諸王子孫，好學敦行」〔註 7〕。明萬曆時人羅治為朱謀垽（1553～？）所撰《朱君美詩集序》說：

> 以不佞而觀今天下諸侯王子詞賦，莫勝吾豫章。自余燥發時所

〔註 7〕張廷玉等《明史．諸王傳．寧獻王權傳》，中華書局 1974 年版，第 3598 頁。

善諸王孫，十殆二三。〔註 8〕

明末徐𤊹《筆精》說：「國朝宗藩之詩，寧府為盛。」〔註 9〕清初朱彝尊稱南昌宗室參加詩社活動為一時之盛：

南昌郭外有龍光寺，萬曆乙卯二月，豫章詩人結社於斯，宗子與者十人，知白（朱多熼）之外，則宜春王孫謀劃文翰，瑞昌王孫謀雅彥叔，石城王孫謀瑋鬱儀，謀圭禹錫，謀竒誠父，謀堡藩甫，謀鑿辟疆，建安王孫謀轂更生，謀亜禹卿，謀劃輯其詩曰《龍光社草》。〔註 10〕

可見南昌王孫文風熾盛之超常，在當時已為社會普遍注意，並載在史冊。見於記載的優秀王孫文人，絕大部分出自嘉靖前後朱氏八支譜系中「宸」字輩以下的拱、多、謀、統幾代。其中堪稱大家已經進入史冊的不少，最著者如：

朱謀㙔，有著作一百一十餘種。《明史．寧獻王權傳》突出介紹他：「尤貫串群集，通曉朝廷典故。諸王子孫，好學敦行，自周藩中尉睦㮮而外，莫及謀㙔者。」〔註 11〕

朱議雺，改名林時益，是清初著名散文家，以「易堂九子」之一與魏禧等寧都三魏等一齊進入中國文學史。

朱氏後裔中書畫家也不少，有作品流傳至今的有朱拱樋、朱多炡、朱容重等，被上海、無錫、北京等地的博物館收藏。而成就最高的當然是大家熟知的八大山人朱耷，是我國畫史上傑出的大畫家，現已享譽世界。

弋陽王府還繼承了寧王府刻書事業，《古今書刻》等書目著錄許多書的刻本出自弋陽王府，如朱權的《通鑒博論》，胡儼《胡祭酒集》三十卷等。江西藩府刻本也是中國出版史上優良刻本之一。

四、湯顯祖與寧王後裔的交往

徐朔方先生編輯的《湯顯祖詩文集．玉茗堂詩》中與寧王朱氏後裔相關的作品集中起來，竟然有二十餘題三十餘首（有的一題數首）之多。詩中反映與湯顯祖有過交往的朱氏後裔都是佼佼者，包括：

〔註 8〕魏元曠輯《南昌文徵》卷七，《中國方志叢書》，民國二十四年（1935）重印本，第 244 頁。

〔註 9〕徐𤊹《許氏筆精．宗藩詩》，《四庫全書》本卷四。

〔註 10〕朱彝尊《靜志居詩話》卷一，人民文學出版社 1990 年版，第 19 頁。

〔註 11〕張廷玉等《明史．諸王傳．寧獻王權傳》，中華書局 1974 年版，第 3598 頁。

朱多炡（瀑泉）、朱多炤（孔陽、嘿庵）、朱多熿（貞湖、宗良）、朱多烇（用晦）、朱謀墇（鬱儀）、朱謀壍（圖南），以及建安王朱謀壟等。

現在看到最早的一首《平昌懷余生棐中州並懷朱用晦》（卷十三），是湯顯祖還在遂昌時（1593～1598）寫的，既是懷念用晦，當然是早就有交情。其他都寫在萬曆三十五年他五十八歲之後。有年代可考最晚的一首《鬱儀從龍寄示禊詩，懷舊張丁二公作二首》為萬曆四十一年（1613）作。這一年他六十四歲，兩年後去世。交遊長達二十餘年。

中國歷史上文人之間交往是普遍現象。這種交往與社會背景、文化思潮及其發展等都有關係，所以歷來很受關注。湯顯祖家居之後與朱權後裔的交往與其他時代交往方式與前人大抵相同，如宴集、唱酬、探訪、問病、祝壽，以及別後的懷念等。但又有許多有別於其他文人交往值得關注的特點和內涵。下面從他的詩歌裏摘取一些片段進行一些考察：

（一）對一個家族的尊敬

湯顯祖交往的是這個家族中 個個人，但他心中是裝有這個家族的。湯顯祖在詩中，常常突出他們的王族身份。在他的詩題和詩句中常常出現「王孫」、「宗侯」等字樣。詩題如《過貞湖王孫問疾》、《同孔陽宗侯陳伯達陳仲容小飲閒雲樓》等，詩句中如：

王孫良可遊，交情及生死。〔註 12〕

簪裾藉朝宰，履舄延宗侯。〔註 13〕

王孫選客稱清歡，羽爵成詩遠寄看。〔註 14〕

龍沙正自擁名藩，秀骨凌霄帝子孫。〔註 15〕

對貴族的尊重是普通的事，甚至還可以是一種謙卑、攀附，有什麼值得一提的呢？前面已經說過，湯顯祖面對的不是個一般的王族，而是一個受到最高

〔註 12〕徐朔方《湯顯祖詩文集》卷十六《澹臺祠下別翰卿，有懷余德父用晦王孫》，上海古籍出版社 1982 年版，第 626 頁。

〔註 13〕徐朔方《湯顯祖詩文集》卷十六《丁未上巳，同丁右武參知王孫孔陽鬱儀圖南侍張師相，杏花樓小集莆中藍翰卿適至，分韻得樓字》，上海古籍出版社 1982 年版，第 623 頁。

〔註 14〕徐朔方《湯祖詩文集》卷十六《鬱儀從龍寄示禊詩，懷舊張丁二公作二首》，上海古籍出版社 1982 年版，第 652 頁。

〔註 15〕徐朔方《湯顯祖詩文集》卷十七《建安王夜宴即事》，上海古籍出版社 1982 年版，第 706 頁。

統治者打壓、排斥的群體。趨利避害是人之常情，一般人對他們敬而遠之不算過分。而湯顯祖不僅不加避諱，反而高調地突出「王孫」、「帝室」自然就有些非同尋常了。

（二）交往親密，情感深篤

傳統中文人之間廣泛交往的方式是多種多樣的，如宴集、遊賞、唱酬等等。湯顯祖與當時朱氏後人交往同樣有這些方式和內容，但比較起來他們之間顯得關係更加親密，感情深篤至如上所言及於「生死」。請看下面這些情境：

1. 萬曆三十五年上巳聚會

萬曆三十五年三月初，已經五十八歲的湯顯祖到南昌。這次來南昌最重要的活動是參加退休相國張位在別墅杏花樓舉辦的上巳褉遊（此巳日當與三月三日重合）。湯顯祖詩有五首與這次聚集有關。參加聚會宗侯有朱謀㙔、朱謀堚，還有朱多炤，同時在坐的還有參知鄧太素，後來福建的藍翰卿也來了。雖然這天風雨交加，但他們觀賞美景，分韻吟詩，聯想到王羲之等蘭亭之集的曲觴流水，其樂融融。湯顯祖當場作的五絕《丁未上巳　同丁右武參知王孫孔陽鬱儀圖南侍張師相　杏花樓小集莆中藍翰卿適至　分韻得樓字》，描繪了褉遊內容之豐富和場面之熱烈。意猶未盡，後來又寫了《上巳杏花樓小集》七絕二首。有「茂林修竹美南州，相國宗侯集勝遊」，「坐對亭皋復將夕，客心銷在杏樓中」〔註 16〕等句，看來聚會是十分愉快的。

但是在此前後，他還寫了一些相關的詩，表達的情緒卻有些不同。

上巳的前一天，湯顯祖到南昌名勝永寧寺，迎來了「同聲百年內，朱門二三子」，即朱謀㙔、朱謀堚，還有鄧太素以及藍翰卿等人。至交久別重逢，應該是快樂的，可湯顯祖寫的《上巳前一日永寧寺同莆中藍翰卿宗侯鬱儀孔陽孝廉鄧太素》詩意雖含蓄，情調卻明顯是帶有感傷的：「零落在茲辰，留連及芳齒」、「物感陰晴候，人疑盛衰理。龍沙往猶滯，蕭峰上難擬」、「且就聲聞醉，將妨語言綺」、「蕭條隨曲終，局促非願始」〔註 17〕，都給人以情緒壓抑、欲言又止之感，想來當時他們有過難以為外人道的深層交流。這種交流只有知己之間才會出現。而在詠贊上巳當天隆重聚會的詩中，卻只能是應景，以歡樂為主的了。

〔註 16〕徐朔方《湯顯祖詩文集》卷十六，上海古籍出版社 1982 年版，第 624 頁。
〔註 17〕徐朔方《湯顯祖詩文集》卷十六，上海古籍出版社 1982 年版，第 621 頁。

上巳聚會後，朱謀㙔有詩寄給湯顯祖，湯顯祖又寫了《鬱儀從龍寄示禊詩，懷舊張丁二公作二首》，詩中有「折取杏花樓畔醉，殢人愁緒祓除難」〔註18〕之句，說愉快的禊遊並未消除他們的愁緒。愁緒內容難以明言，但彼此是可以心會的。

2. 問疾、饋贈、祝壽、懷念

朱多燌（貞湖）是當時宗族文人中年齡較大，威信很高，詩歌寫作成績卓著，人稱「朱邸之雋」。後患偏癱不能出門，但在家仍不廢吟詠著述，受到廣泛尊重。湯顯祖登門探訪問候，寫了《過貞湖王孫問疾》，詩中評價多燌：

宗良一生稱長者，古色峨峨澹瀟灑。朝論幾回擇宗正，名流是處酬風雅。時數年中餘一人，七十老翁餘半身。尚有天機出文賦，深堂見客隨車輪。〔註19〕

溫情的慰問和讚揚以外，還說到自己分別之後對他的想念和擔心：

三年別君常忽忽，視日相看怕蕪沒。〔註20〕

語氣坦率，關懷真切。還寫到分別之後曾以物寄贈。《沉角寄宗良王孫。王孫肢節並廢，而韻思轉清》：

好逐王孫桂苑風。水盤煙爐博山紅。由來一葉天香傳，總在枯心斷節中。〔註21〕

所贈「沉角」當是沉香。他希望博山爐中的香煙在宗良的桂苑中飄香，更讚美宗良的身心飄出的「天香」會四散傳播。「枯心」、「斷節」這樣的詞語是只有略無芥蒂的友朋之間才會說出，而且不可能只是用來指他的身軀。

湯顯祖還有七律《同相國為默庵王孫壽》，是湯顯祖與張位一同參加朱謀㙔（默庵）六十壽宴後作。詩中除想像壽宴熱情與風雅外，也含有寬慰之意：

江西亦有淮南操，長被薰風仰帝弦。〔註22〕

有一些詩是為送別而寫，如《夕佳樓留別海嶽太素圖南叔虞得八齊》；還有一些是抒發別後懷念之情，如《平昌懷余生棐中州並懷朱用晦》、《澹臺祠下別翰卿，有懷余德父用晦王孫》等，都表現了他們之間的情誼不是一時之興，而是常在心中念念不忘。

〔註18〕徐朔方《湯顯祖詩文集》卷十六，上海古籍出版社1982年版，第651頁。
〔註19〕徐朔方《湯顯祖詩文集》卷十七，上海古籍出版社1982年版，第679頁。
〔註20〕徐朔方《湯顯祖詩文集》卷十七，上海古籍出版社1982年版，第679頁。
〔註21〕徐朔方《湯顯祖詩文集》卷十九，上海古籍出版社1982年版，第777頁。
〔註22〕徐朔方《湯顯祖詩文集》卷十七，上海古籍出版社1982年版，第719頁。

還有的詩懷念已故者——瀑泉。朱多炡（1541～1589）字貞吉，號瀑泉。弋陽王支，封奉國將軍。卒，私謚清敏先生。他曾變姓名曰「來相如」，遍遊各地，廣交各地名流。回到南昌，有詩曰《倦遊篇》（亦作《四遊集》。《藩獻記》錄有《五遊集》，或後有增補）。他是寧獻王後裔中成就非常突出的一位。萬曆十七年多炡去世。數年後湯顯祖到南昌，其子謀㙉（圖南）邀宴湯顯祖於瀑泉隱居之所，《圖南邀宴其先公瀑泉舊隱偶作》即詠其事。「爛醉長松深夜語，瀑泉風雨到寒枝」，描寫深夜酒後長談，一起悲懷瀑泉公的情景。湯顯祖諷讀了瀑泉的《四遊詩》，百感交集，又寫了《諷瀑泉王孫四遊詩》（諷，諷詠、諷味，不是諷刺），用「好詩清淺世人留」〔註 23〕讚美瀑泉的詩。瀑泉或有題詩或題字刻於石上，故詩有「石架題名煙月裏，海風吹盡瀑泉秋」之句，贊瀑泉的美名與人格精神與大自然永傳。湯顯祖與瀑泉有深厚交誼，但卻沒有二人唱和的詩作留下來，說明他們之間並非僅僅是文字之交。

3. 與建安王的密切交往

由於當時（寧）王爵已廢，南昌宗藩中最高爵位就是郡王了。在當時幾位郡王中，湯顯祖與建安王朱謀㙔交往密切。留下的他與建安王交遊的詩作有六組含十首詩，多寫他們在王府飲宴、觀賞歌舞。「日暮留客」，有時通宵達旦。建安王性情風雅開朗，平易近人。湯顯祖對郡王顯示出的是輕鬆愉快，從未因尊卑之別而拘束，更毫無阿諛之態。有一次建安王派人將王府的香茶「薔薇露」送到臨川玉茗堂。湯顯祖為此寫了《建安王馳貺薔薇露天池茗卻謝》四首，除了讚美薔薇露之美和收到茶葉心情之愉快外，還有句作：「便作王侯何所慕，吾家真有建安茶。」〔註 24〕心中的感激與感動以輕鬆風趣的語調傳達，平等友好而有人情味。《建安王夜宴即事二首》中有「似是建安逢七子，盈盈飛蓋舊西園」〔註 25〕之句，以魏晉時「建安七子」比擬他們的關係，巧妙的調侃中透露出親近和無拘束。他們的交往是非世俗也非貴族化，而是文人化的。

4. 在王府觀賞演出

湯顯祖是劇作家，觀賞戲劇歌舞是經常和必須的。而王府不僅有家班，也常請外來藝人演出。據陳宏緒《江城名跡》「匡吾王府」記載：

〔註 23〕徐朔方《湯顯祖詩文集》卷十九，上海古籍出版社 1982 年版，第 776～777 頁。
〔註 24〕徐朔方《湯顯祖詩文集》卷十八，上海古籍出版社 1982 年版，第 747 頁。
〔註 25〕徐朔方《湯顯祖詩文集》卷十七，上海古籍出版社 1982 年版，第 706 頁。

建安鎮國將軍朱多某之居，家有女優可十四五人，歌板舞衫，纏綿婉轉。生曰順妹，旦曰金鳳，皆善海鹽腔。而小旦彩鸞尤有花枝顫顫之態。萬曆戊子，予初試棘闈。場事竣，招十三郡名流大合樂於其第，演《繡襦記》至「斗轉河斜」，滿座二十餘人，皆沾醉燈前，拈韻屬和。〔註 26〕

這裡所記就是建安王裔家中戲班和演出的盛況。湯顯祖在南昌時一定經常應邀到王府與王孫們共同觀賞，湯顯祖詩也有記載，如《王孫家踏歌偶同黃太次，時粵姬初唱夜難禁之曲四首》，其中第四首：

高堂留客正黃昏。疊鼓初飛雲出門。但是看人隨喝彩，支分不許妒王孫。〔註 27〕

寧王始祖朱權是曲譜《太和正音譜》的作者，王府子孫也必深諳曲唱。湯顯祖到王府與主人共同觀看演出真可謂知音同賞，還可能交流切磋呢。

5. 對寧獻王的尊崇

歸根結底，這個朱氏家族的文化自強，植根於寧獻王朱權。湯顯祖是如何認識和對待朱權呢？他也深知，寧王一系與朝廷的矛盾並非僅僅出於「宸濠之亂」，而是早在朱棣「靖難之變」以及改封南昌後就深深地埋下。加上「宸濠之亂」這一彌天大禍，朝廷對百年前的寧獻王的貶抑態度不可能徹底改變。處於這種狀態下的湯顯祖，即使與朱氏族裔交遊，也可以與大多數前人今人一樣，迴避寧獻王的存在。前面已經提到，朱權生平事蹟的被忽略與曲解，其著作的大多散佚證實了這種狀況。然而湯顯祖是怎樣的呢？

他在與王孫宗侯交往時，從未忘記他們的始祖寧獻王。他在詩中表達了王孫中文風的昌盛，正是來自開國始祖寧獻王的「多文章」——文化上的建樹；認為這批兒孫在暴風雨之後沒有消沉淪落，還出現了大批有成就的文人，是繼承了始祖所開風氣，他們身上閃爍著寧獻王的光彩。在《過貞湖王孫問疾》中他說：

帝子閣中寧獻王。神仙開國多文章。龍孫斗西實宗老，一時貞吉還宗良。〔註 28〕

〔註 26〕陳宏緒《江城名跡》卷一，《文淵閣四庫全書》（第 588 冊），上海古籍出版社 2012 年影印，第 294 頁。

〔註 27〕徐朔方《湯顯祖詩文集》卷十九，上海古籍出版社 1982 年版，第 782～783 頁。

〔註 28〕徐朔方《湯顯祖詩文集》卷十七，上海古籍出版社 1982 年版，第 679 頁。

《建安王夜宴即事》有這樣幾句值得玩味：

> 玉斗夜傾珠斗近，袞衣遙覺布衣尊。徵歌一一從南楚，守器累累奉北藩。〔註29〕

前二句暫且不說，後二句應該是寫建安王府當時演出的歌舞是南方的，但堂上禮器供奉的祖先卻是「北藩」。「北藩」何所指？只能是指初封北疆大寧的獻王。朱權在大寧時建功立業，志得意滿，頗受父皇青睞。朱棣迫其參與靖難並將其改封南昌以後，是不願朱權再提及大寧的。而朱權一生懷念大寧，卻難以為外人道。但他的後人對此卻沒有忽視，建安王府堂上供奉的是「北藩」寧王牌位。如何顯示「北藩」身份無從知道，或者是出自建安王之口。湯顯祖卻以這兩句詩，不加避諱地寫了出來。

從以上引述中不難看出，湯顯祖對寧獻王知之深、關之切，不能與一般對前賢的敬仰同等看待。湯顯祖與寧王裔族之交往，反映出更多充滿生活氣息和內涵豐富的人情味，不能將其與一般的文人交遊同等看待。我們無須刻意拔高它的政治意義。它只是從一個側面反映了湯顯祖在現實生活中獨到的政治態度、文化觀念、人格情操等，從而豐富了我們對湯顯祖的認識，是值得加以重視和研究的。

原載《文化遺產》2016年第6期

〔註29〕徐朔方《湯顯祖詩文集》卷十七，上海古籍出版社1982年版，第706頁。

女性文學研究

清代婦女詩歌的繁榮與理學的關係

雖然人類社會男女各半，但在中國文學史上，婦女能以文學傳世的數量遠不能與男子相比。自先秦至明代，有名可指的女作者不過數百人。就絕對數量來說，它還是相當可觀的。但放在兩千多年的中國文壇上，與數以萬計的男作者相比，就未免過於懸殊了。究其原因，是階級的壓迫和男尊女卑的制度以及封建道德觀念等，桎梏了婦女的聰明才智，壓制了她們的創造力。而且，她們即使有所創造也得不到重視，大量作品被流失和湮沒。

不過，時代發展到十七、八世紀的清朝，卻突然出現了一個婦女文學創作的高潮。尤其是傳統詩詞的寫作，一度空前繁榮。首先從數量看，據胡文楷《歷代婦女著作考》統計，作者大約有三千餘人（其中有少數不是詩詞作者）。而該書只收有集行世的，不少僅有單篇作品流傳的作者尚不在此列。這個數量雖還沒改變與男作者的懸殊比例，但與前代比較則可算是突飛猛進了。其次，清代婦女吟詠活動的盛況也是空前的。她們或一家唱和，或相互投贈，或雅集詩社，或投師訪友，形成一種普遍的風氣。所謂「一門風雅」的情況比比皆是。如清初會稽商景蘭一家，清中葉福建的「鄭氏九女」，袁枚家的「隨園三妹」，歸安的葉氏母女等，就是其中頗負盛名者。除了閨閣間相互贈答之外，她們還大膽地參與社會上的大型文學盛會，如順治十四年青年詩人王士禛在濟南大明湖舉辦盛大的「秋柳詩會」，四面八方的響應者之中就有不少閨秀詩人。她們還自己組織詩社，常常登山臨水，以詩會友。著名的有清初錢塘的「蕉園詩社」，清中葉吳中的「清溪吟社」等。清代許多著名詩人和女詩人有交往。吳偉業、錢謙益、王士禛、毛西河等都在不同程度上對婦女詩歌起過倡導作用。袁枚和陳文述則公開收徒，「隨園女弟子」幾遍於大江南北。

清代婦女詩歌創作繁榮的原因應該是多方面的。前期和中期社會相對的安定、昌盛，學術空氣和讀書求仕之風較前代更盛，詩詞在元明一度衰落之後至清又呈復興景象，許多有識之士對婦女文學的倡導以及出版條件的改善等等，都是重要原因。但是，我以為理學的盛行和這種繁榮也有著相當密切的關係。

理學自宋代程朱首創以來，便成為封建統治階級維護其綱常的有力工具，它在倫理道德方面的體現便是禮教。禮教壓迫婦女的罪惡是盡人皆知的。「夫為妻綱」、「從一而終」、「餓死事極小，失節事極大」等觀念，不知使多少婦女的寶貴青春和生命被吞噬。禮教當然不鼓勵婦女顯露才華。相反，理學、禮教的基本精神和婦女文學的發展是背道而馳的。但是從實際情況考察，這種客觀現象確實存在著：明代是理學極盛的時代，而閨秀詩歌便開始有繁榮的趨勢。理學雖稍受明末資本主義萌芽時期的民主思想的衝擊，到清代它又變本加厲。儘管這時的理學已毫無生氣，沒有任何理論上和學術上的建樹可言，僅僅憑著政治統治的力量強制推行，但在對待婦女的態度方面，它卻有效地肆逞餘威，對她們的迫害，達到無以復加的程度。一些在世界觀中有進步因素的學者如章學誠等，在婦女問題上，也未能從理學的立場上偏離半步。而婦女詩歌恰在此時極於鼎盛，我以為這二者之間是有某種關聯的。

在談到明代婦女受禮教之害時，人們常常舉《明史》及各地方志載節婦烈女傳三萬人之多為證，而《古今圖書集成》收清初數十年之節婦烈女傳即達六、七千人（該書修成於 1706 年），可謂有過之無不及。翻開她們的傳略來看，有割臂療親的，有夫死殉節的，有望門守寡一生的……，其慘烈的程度令人不寒而慄。然而她們又大都是主動將，自己的一切——精神、意志、青春、身軀和生命無保留地獻上封建道德始勺祭壇的（至少表面如此），並不要統治者直接揮動屠刀。可見精神鴉片的毒害作用是多麼強烈。那麼這種毒品是怎樣進入她們的精神世界的呢？我以為大致不外三個方面：其一是官方的提倡和社會壓力，如族表、修節烈牌坊，以及其他種種輿論和措施，其二是家庭中自孩提伊始尊長們朝夕的耳提面命。其三是讀書明禮。理學和婦女文學的淵源，便是從這第三點上發端的。

應該說，在女子是否應該讀書的問題上，古人一直有不同的看法。但矛盾並不那麼尖銳。由於婦女不參預政治經濟及其他社會活動，掌握文化的必要性不大，所以女子讀書的自然不多。但女子讀書也不見得有多大害處，因此也不見有許多人反對。而明清理學一盛行，有關這個問題的討論和爭議就多起來了。一些人認為「婦女識字多誨淫」，「女子無才便是德」。明末溫璜之母有一部《溫氏母訓》，其中說：「婦女只許粗識柴米魚肉數百字，多識字無益而有損也。」便是這種主張的證明。而另一些人卻反對這種看法，以為「才德兼備為善」，「知書方能識禮」。和溫母同是節婦的女教聖人王相之母，也有一本女訓著作叫《女範捷錄》，其中便說：

> 男子有德便是才，斯言猶可；女子無才便是德，此語殊非。蓋不知才德之經與邪正之辨也。夫德以達才，才以成德。故女子之有德者固不必有才，而有才者必貴乎有德。德本而才末，固理之宜然，若夫為不善，非才之罪也。……由是觀之，則女子之知書識字，達禮通經，名譽著乎當時，才美揚乎後世，亶其然哉！

這兩位婦女在具體主張上有很大分歧，但很難說她們的根本立場有什麼不同。從禮教方面看，是殊途同歸，而王母的主張顯然「全面」得多。另一位著名學者呂坤寫了一部《閨範》也是提倡女子教育的。他說：

> 今人養女多不教讀書識字，蓋亦防微杜漸之意。然女子貞淫之道多不在此。果教以正道，令知道理，如《孝經》、《列女傳》、《女訓》、《女誡》之類，不可不熟讀講明，使他心上開朗，亦閫教之不可少也。

呂坤是一位有一定進步傾向的思想家，但他主張女子受教育，也絕不是從解放婦女的觀點出發的。總之，主張女子讀書識字者，他們的目的不是為了讓她們求聞達，也不是為了讓她們長知識，當然更不是為了讓她們顯示文學才華。他們始終沒有離開理學的立場。但他們比那些蒙昧主義者們更有眼光，他們的理論在實踐中的確也收到了普遍的效果。我們不必去歷數閨閣詩人傳略中那些赫然在目的節烈事蹟，僅舉一個眾所周知的例證：袁枚在婦女問題上思想是較為解放的，而他的妹妹袁機卻是一個被禮教奪去了生命的人。她未滿周歲便指腹為婚嫁給了高家。高氏子長成後卻是個流氓惡棍。高家為素文著想，幾次要求退婚，而素文卻死守「從一而終」的教條執意不肯。她嫁到高家受丈夫百般酷虐，始終逆來順受，直至丈夫要賣她抵債才離婚回到娘家，不到四十歲就抑鬱而死。袁枚在《祭妹文》中哭她說：「使汝不識詩書，或未必艱貞若是。」她的弟弟袁樹在《哭三姊四首》其三中也有「少守三從太認真，讀書誤盡一生春」〔註1〕的句子。他們都在一定程度上找到了悲劇的根源（當然還沒有聯繫到社會制度），而可憐的當事者卻至死未悟。

但是，客觀事物的存在和發展情況是複雜的。讀書識字產生了另一種結果，使婦女們和文學創作發生了聯繫。具體過程大致是這樣：家長們首先以《女訓》、《女誡》之類為啟蒙教材來教育女兒。據說明清時稍稍知書的人家，女兒們妝臺上都有一部《女四書》陳列著。讀了這些書，粗通文字，就等於掌握了開啟文學之門的鑰匙。接著，有些家庭便進一步安排女兒們讀儒家經典，以深化其禮教教育。《牡丹亭》中描寫杜寶請塾師陳最良給女兒杜麗娘教書，因為杜麗娘「男女《四書》，他都成誦了」〔註2〕，於是給她上「有風有化，宜室宜家」〔註3〕的《詩經》。有了這樣的基礎，書架上的詩詞歌賦便可以任其涉獵了。杜寶不是說自己有「牙籤插架三萬餘」，讓麗娘「要看的書盡看」〔註4〕嗎？廣泛的閱讀使她們逐漸進入了文學的門檻。文學的魅力又不可避免地吸引她們登堂入室，於是她們始而塗鴉效顰，進而至於居然作家了。《紅樓夢》裏的薛寶釵在對林黛玉「蘭言釋疑癖」時講述自己是偷偷讀詩詞曲賦的，她學詩並沒有正式的老師。香菱學詩則是閨中女友林黛玉等傳授的。閨秀詩人們大概多是這樣走著「自學成材」的道路。大觀園女兒們作詩並沒有受到家長們的責難，顯然這是有前提的：她們並沒有因為作詩填詞「移了性情」。薛寶釵既是個才華橫溢的才女，同樣又是一個極其賢德的淑女。事實既然證明文學和理學並非不相容，「無才便是德」乃是偏見，於是就出現家長或隨意指點，或著意培養女孩子作詩的情況。其實這本來也是古已有之。但在古代，富貴人家的女孩兒學作詩，往往是出於祖父輩對兒孫聰明伶俐的寵愛心理，並沒有更深的意義。而清代卻不完全是這樣了。道光時期女詩人惲珠自敘其學詩的經歷說：

> 余年在齠齔，先大人以為當讀書明禮，遂命與二兄同學家塾，受四子《孝經》、《毛詩》、《爾雅》諸書。少長，先大人親授古今體詩，諄諄以正始為教，余始稍學吟詠。〔註5〕

將文學教育和禮教教育結合起來相輔相成，當時是一種普遍的情況。同時我

〔註1〕袁機《素文女子遺稿》，清嘉慶刻本，第9頁。
〔註2〕湯顯祖《牡丹亭・延師》，上海大中書局1933年版，第13頁下。
〔註3〕湯顯祖《牡丹亭・閨塾》，上海大中書局1933年版，第21頁上。
〔註4〕湯顯祖《牡丹亭・延師》，上海大中書局1933年版，第14頁上。
〔註5〕惲珠編《國朝閨秀正始集》弁言，清道光十一年（1831）刻本。

以為家長鼓勵女孩兒學作詩詞，恐怕還有另一種更直接與「女德」相關的因素，那就是家長們把它看成與「盤飧針黹」一樣，是一種「事夫之道」了。杜寶讓女兒讀書，其用心說得明明白白：一是「他日到人家，知書知禮，父母光輝」〔註6〕；二是「他日嫁一書生，不枉了談吐相稱」〔註7〕。這種觀念的產生是有具體的社會背景的。明清有禁止官員狎妓的律令，雖然不見得得到了認真的貫徹，但讀書做官的人穿行狹邪，與妓女們詩酒追逐的自由，確乎沒有唐代那麼開放了。理學家們攞出種種虛偽的道學面孔，來掩蓋自己實際上的淫濫。至少是大多數有閒階級的男子們把興趣轉向了自己的家庭。有些買姬妾、蓄家樂，有些便以與妻妾們酬和為樂事。文學畢竟是比較風雅的一種消遣，於是士大夫們爭相效尤，蔚成風氣。做丈夫的既然樂此不疲，父兄們加以提倡便在情理之中了，更何況男人們本是丈夫和父兄的統一體呢。對於婦女自身來說，文學成了名正言順的事，更加求之不得。因為不僅她們被束縛的才華，終於得到了某種施展的機會，而且還因此增添了家庭生活的情趣，增進了夫婦間的感情，也在一定程度上提高了她們在丈夫心目中的地位。請看女詩人龐蕙纕筆下與丈夫吳鏘的閨中生活：「常同仿帖凌晨起，每伴敲詩午夜眠。」〔註8〕詩人孫原湘則和他的妻子席佩蘭「賴有閨房如學舍，一編橫放兩人看」〔註9〕。這些場景是一幅幅何等溫馨和諧的琴瑟之樂的畫圖！對於封建婚姻制度桎梏下的婦女，這就是莫大的幸福了。雖然在今天的我們看來，她們即使成了傑出的詩人，也沒有改變她們作為玩物加奴隸的基本地位，但多少有所改善，其意義也是未可一概抹煞的，她們怎能不盡心竭力地去爭取呢？總之，婦女詩歌的創作，就在理學的這種直接間接的影響下繁榮起來了。

由上述情況看，理學在客觀上對婦女詩歌數量的增長是起了作用的。但我們能不能由此肯定理學在本質上有什麼進步性呢？不能。相反，我們還有足夠的事實證明它在許多方面起著壓制與摧殘婦女文學的作用。

首先，理學勢力中主張「女子無才便是德」的一派影響始終是強大的。而且即使是主張女子讀書識字的人也大都反對她們與文學結緣。明清之際又

〔註6〕湯顯祖《牡丹亭．訓女》，上海大中書局1933年版，第7頁下。

〔註7〕湯顯祖《牡丹亭．訓女》，上海大中書局1933年版，第6頁上。

〔註8〕施淑儀《清代閨閣詩人徵略》卷二「龐蕙纕」，見周駿富輯《清代傳記叢刊．學林類34》，明文書局1985年印行，第103頁。

〔註9〕施淑儀《清代閨閣詩人徵略》卷六「席佩蘭」，見周駿富輯《清代傳記叢刊．學林類34》，明文書局1985年印行，第313頁。

一部女教著作《昏前翼》中說：

> 女子固不宜弄文墨，但古之賢女未嘗不讀書。如《孝經》、《論語》、《女誡》、《女訓》之類何可不讀？……詩詞歌詠斷乎不可。

大學者章學誠在這個問題上也站在理學一邊。他曾對倡導婦女文學最力的袁枚以及一批婦女詩歌創作愛好者大張撻伐之威：

> 近有無恥妄人，以風流自命，蠱惑士女，大率以優伶雜劇所演才子佳人惑人。大江以南，名門大家閨閣多為所誘，徵詩刻稿，標榜聲名，無復男女之嫌，殆忘其身之雌矣。此等閨娃，婦學不修，豈有真才可取？而為邪人播弄，浸成風俗，人心世道，大可憂也。〔註 10〕

來自社會輿論的壓力對婦女文學的發展當然是很不利的。隨園女弟子駱綺蘭敘述了自己的痛苦經歷：

> 或見蘭之詩而疑之，謂《聽秋軒稿》，皆倩代之作。蘭賦性粗豪，謂於詩不能工，則誠歉然自慚；謂於詩不能為，則頗奮然不服。間出而與大江南北名流宿學覿面分韻，以雪倩代之冤，以杜妄人之口。師事隨園、蘭泉、夢樓三先生，出舊稿求其指示差謬，頗為三先生所許可。世之以耳為目者，敢於不信蘭，斷不敢不信隨園、蘭泉、夢樓三先生也。於是疑之者息而議之者起矣！又謂婦人不宜作詩，佩蘭與三先生相往還，尤非禮。〔註 11〕

請看，先是疑其不能作，後是議其不宜作，都無非因為她是女子。能像前面提及的那些女子那樣因表現出才華而受到鼓勵，或像駱綺蘭這樣為自己的權利作出抗爭的，在當時都不會是多數。更多的婦女，她們作的詩不能流傳，還有些不願自己的作品流傳。有的隨寫隨棄，有的秘不示人，有的在丈夫死後或自己臨終時將詩稿付之一炬。著名詩人查慎行之母鍾韞平時所作甚多，彌留之際「自以風雅流傳非女士所尚，悉焚棄之」〔註 12〕，後來流傳的刻本《梅花園稿》所收六十餘首，是查慎行默識追錄的。這種毀稿焚稿的事於記載中屢見不鮮。這說明即使在數量上，理學對婦女詩歌也是起了破壞作用的。

〔註 10〕章學誠《丙辰箚記》，見《聚學軒叢書》三集第十五，廣陵書社 2009 年影印。

〔註 11〕駱綺蘭《聽秋館閨中同人集序》，見胡文楷《歷代婦女著作考》附錄二，上海古籍出版社 1985 年版，第 939～940 頁。

〔註 12〕施淑儀《清代閨閣詩人徵略》卷二「鍾韞」，見周駿富輯《清代傳記叢刊・學林類 34》，明文書局 1985 年印行，第 87 頁。

我們還可以從清代婦女詩的思想傾向和藝術特色看出理學的影響和危害。在整個封建時代，婦女由於社會地位的低下，生活天地比較狹窄，她們的作品反映現實的廣闊性和深刻性都因此受到限制。但比較而言，前代婦女寫詩多是與自身命運相聯繫，有所感而發。而且這個隊伍中上自后妃宮人，下至娼尼婢妾，各階層婦女都有。她們遭遇著各種不幸的命運，她們的痛苦發而為詩，便可以使我們聽到從各個角落發出來的中國婦女的呻吟，呼喊乃至血淚的控訴，使我們瞭解這個世界的許多側面。而清代婦女詩的天地就更為狹窄了，它們的內容大都是風花雪月、閒情逸致，至多也不過與社會沒有多少聯繫的家庭瑣事。實際上她們哪能沒有痛苦？但在她們的詩中，不要說「怒」，連「怨」也不多。唐代魚玄機「易求無價寶，難得有心郎」〔註 13〕這樣呼喚真摯愛情的詩句及蘇軾侍婢春娘抗議喊出的「為人莫作婦人身，百年苦樂由他人」〔註 14〕的詩句等，恐怕只有到清代民歌中去尋找，閨秀詩中是沒有的。就像明代宮人「金針刺破南窗紙，偷引寒梅一段香。螻蟻也知春富貴，倒拖花片上宮牆」〔註 15〕這種僅僅透露了一點宮怨信息的詩歌也很少見。反之，過去時代的婦女詩歌中，很少有封建道德說教的作品（宮廷婦女的應制詩中有頌聖的，性質略有不同），而清代便時有所見了。如宋景衛的《修身正倫歌》「禮義廉恥四維立，綱常名教萬古植」〔註 16〕之類，簡直是韻文的《女誡》，腐氣十足。這種狀況的出現和清代婦女詩人隊伍的成份大有關係。清代婦女詩人大都屬於上層階級。她們中有不少朝廷命婦，如沈采蘋、陳書、張藻、方芳佩等，都是「一品夫人」，大量的是縣君淑人、府縣舉人秀才娘子、一方名媛千金。她們不僅深深地被拘束在狹窄的閨幃裏，更由於嚴格的禮教教育，使她們失去了關心現實的熱情和勇氣，甚至連對自身命運不幸的感覺也遲鈍了。這是很容易理解的。

值得研究的是這種現象：清代妓女詩人為什麼這樣少？本來，妓女寫詩填詞是職業的需要，所以唐宋以來，妓女中能詩詞的很多。如唐代的薛濤，宋代的嚴蕊，都是很有名氣的。而且妓女低下的地位及其職業特點，使她們

〔註 13〕魚玄機《贈鄰女》，彭定求《全唐詩》卷八百四，中華書局 1960 年版，第 9047 頁。

〔註 14〕鍾惺《名媛詩歸》卷十八《辭謝蘇公口號》，內府藏明末刻本。

〔註 15〕顧學頡校點《隨園詩話》卷十一「十二」，人民文學出版社 1982 年版，第 376 頁。

〔註 16〕徐世昌《晚晴簃詩匯》卷一百八十四「宋景衛」，民國退耕堂刻本。

的思想束縛也較少。所以往往有好作品。就是在明末，秦淮河畔也還有一批文學修養很高的名妓，如馬湘蘭、鄭如英等。到了清初她們當中如顧橫波、董小宛、柳如是等成了名人侍妾的，詩名也還很響亮。但後來以詩傳名的妓女就很少了。其原因我以為有兩個方面：一、民歌俗曲的流行，使得典雅的傳統詩詞在下層社會的生活中失去了它的地位。妓女的作品，特別是大膽潑辣的吐露她們心聲的作品，可能要到《白雪遺音》、《霓裳續譜》中去尋找。二、由於理學的壓制，妓女們即使有作品也難以流傳。惲珠在編選《國朝閨秀正始集》時，曾明確宣言：除少數幾個早年為妓而能「以晚節蓋」者外，其餘「青樓失行婦人每多風雲月露之作……茲集不錄」〔註17〕。不獨妓女，「至女冠緇尼不乏能詩之人，殊不足以當閨秀，概置不錄。」〔註18〕這樣的標準，當然不能不使清代婦女詩的面貌蒙受損失。

再從清代婦女詩歌的藝術特色看，如前所述的婦女受教育的過程，再加上清代空前濃厚的學術空氣的濡染，婦女們讀的書是比較多的。同時她們中許多人都有所師承，甚至受過名師指點，所以她們的詩有一定功力。辭采豐富，格律工穩，顯出端正平實、清新雅麗的風格。但是她們的詩一般說來缺乏奔放的熱情，強烈的生活氣息，缺乏詩人的個性，有書卷氣，因此缺乏激蕩讀者心靈的力量。這種不足也與禮教對她們的思想束縛有關。

清代婦女詩歌的繁榮與理學有密切關係，但不能得出清代婦女詩中沒有什麼具有積極思想意義和相當藝術價值的作品，以及它們在文學史上的地位微不足道的結論。說清代婦女詩歌的面貌受到了理學的損害，是就總體而言，並不排除其中有不少優秀的作家和作品。康熙時蔡琬的詩，在思想和藝術方面都達到相當水平。嘉道間滿族詞人太清春被評論家們譽為女性中的納蘭性德。在以反映現實為主要傾向的選本《清詩鐸》中，有不少是女詩人的作品，如毛秀惠的《戽水謠》，黃克巽的《棄兒行》，沈蘭的《道光辛丑十一月五日紀實》等都繼承杜甫和白居易的傳統，鮮明而強烈地表現了對勞動人民疾苦的關切與同情。即使就整體而言，如此眾多的婦女走向文壇，也應該看作是一種歷史的進步，因為這畢竟是婦女聰明才智的一種解放。而婦女一旦掌握了文化，並且有了創造的能力，她們就會產生進一步掙脫鎖鏈的願望和行動，儘管她們還不可能走得很遠。像前面所述的一些女詩人們的活動，就有了某

〔註17〕惲珠編《國朝閨秀正始集》例言，清道光十一年（1831）刻本。
〔註18〕惲珠編《國朝閨秀正始集》例言，清道光十一年（1831）刻本。

種衝破男女大防和走向社會的趨向。值得提出的是，她們中間還出現了一些可以稱之為「腦力勞動者」的婦女。如由明入清的黃皆令，在國亡家破、輾轉流徙中，就曾「鬻詩畫以自給」，「衣食取資於翰墨」。小說《儒林外史》中刻畫的那個在秦淮河畔以寫扇作詩和刺繡為生的沈瓊枝，也是有生活原型為依據的。隨園女弟子歸佩珊曾往來於江浙間「為閨塾師」。文學幫助這些婦女衝破封建的藩籬，對於她們，詩文已成為謀生的手段，而非有閒階級風雅自娛者可比。當然這樣現象的出現，原因是複雜的。特別是新的社會經濟因素——資本主義萌芽，起著重要的作用。它們一旦出現，就會在一定程度上促進婦女的覺醒。王綺的《鷓鴣天・序〈繁華夢傳奇〉》說：「閨閣沉埋數十年，不能身貴不能仙。讀書每羨班超志，把酒長吟太白篇。懷壯志，欲衝天。木蘭崇嘏事無緣。玉堂金馬生無分，好把心事付夢詮。」夏伊蘭《偶成》也說：「人生德與才，兼備方為善。獨至評閨材，持論恒相反。有德才可賅，有才德反損。無非亦無儀，動援古訓典。我意頗不然，此論殊褊淺。……勿謂好名心，名媛亦不免。」都是對男尊女卑制度下女子才能抱負不得施展的不平的呼聲。在這樣的基礎上，到了一個新的歷史條件下，就出現了像秋瑾這樣空前的傑出的女詩人。所以對清代婦女詩歌予以充分的研究並給予正確的估價，應該成為我們文學史研究工作中的一個課題。

原載《江西師範大學學報》哲學社會科學版 1985 年第 1 期

江西古代婦女的文學生活及其文化意義

一

數千年來，在華夏大地東南一隅的江西，日月山川鍾靈毓秀，孕育了燦爛的古代文化，其間文學尤為昭彰。自陶淵明以降，詩人作家如群星璀燦，輝耀南天。雖然其間的女性比起男性少得可憐，但它們的價值絕不是微不足道的。如說陶淵明、歐陽修、王安石、湯顯祖等是黃河長江，大河湧流，而這些閨閣中人，則可方春之細雨，也曾點點滴滴，灑向那化育精英的文化土壤。今天我們要弘揚民族精神，開發祖國文化資源，無視或漠視婦女的歷史貢獻，不僅是不公正的，而且對新文化的建設，也是一種損失。

當然，有關文學女性事蹟的記載及其作品的存留，歷史耗損之大遠遠超過男性。1985 年，筆者曾做過一些尋覓，輯《江西歷代才媛小傳》(《江西社科情報資料》1986 年 1、2、4 期)，收 180 餘人，後九年又有所得，總之亦不過 200 人上下，宜黃黃傳驥在其族叔黃秩模編輯的《國朝閨秀詩柳絮集》序言中說：

> 惟閨閣之才，傳者雖不少，而埋沒如珍異，朽腐同草木者，正不知其幾許焉也。此曷故歟？蓋女子不以才見，且所遇多殊，或不能專心圖籍，鎮日推敲，此閨秀專集之所以難成也。成帙矣，而刻之未便，傳之無人，日久飄零，置為廢紙已耳。家人及子若孫且不知，遑論異地哉？遑論異地之能盡採哉？

他這裡談到的情況是普遍的。還有一個原因在於女性自身。由於受到封建思想荼毒至深，她們往往並不重視自己的文學才華。或以文學創作為盤飧針指之餘事，或以吟詠為有背閫教，甚至以為「才多福薄」，所以於其詩文，隨寫隨棄，或秘不示人。黃秩模之妻方氏積年所作，即秘藏不出，還諄諄教訓後輩「詩名非福」，應「酒食是議」，後因女聲之亦有母風，好吟詠，方使其母詩名得以傳播。

中國古代婦女文學作品結為總集，始於南朝宋之殷淳，《隋書．經籍志》載有他編撰的《婦人集》三十卷（已失傳）。此後近千年，至明中葉，見於著錄的閨秀總集亦不過十種，其中有宋南城人陳彭年編的《婦人文章》十五卷。這是江西人最早對婦女文學所作的貢獻，惜其書早已不傳了。明末以來為閨閣文學昭傳已蔚成風氣，而江西女作家傳者仍不多，當與江西較之吳越，相對封閉有關。清代，江西文化已更為落後，但於女子文學的開發與流傳，倒比前代有較大的成績。這是有原因的，即這時海內已有許多作者特別是女性作者致力於閨閣文學作品的收集整理，如惲珠編《國朝閨秀正始集》等，而江西人中有兩位是功績卓著的，一位是九江蔡殿齊，一位是宜黃黃秩模。蔡殿齊，字壽祺，號梅庵，九江人，道光二十年進士，授翰林院編修。他的《國朝閨閣詩鈔》，收一百種，於道光二十四年刊行。參預其事的江西人還有奉新甘晉、南豐湯雲林、湖口梅士蘭、彭澤歐陽士玉、瑞昌雷壽南等。同治十三年又刻《續編》二十種。在正續編百十種中江西作家二十餘種。同治十三年他又選了《豫章閨秀詩鈔》三十餘種，由新城魯士保編輯梓刻問世。這幾種書為我們提供了大部分清代江西重要女作者的作品。對這些於閨閣傳名的有功之臣，是應在江西地方文化史上大書一筆的。

二

從全國範圍而言，歷史上留名的婦女作者究竟有多少，難以數計，胡文楷《歷代婦女著作考》收四千家左右，其地域分布，以吳越兩省為最多，超過總數的一半。特別是宋元以迄明清，所佔比例更大。其次則皖、閩和我江西。清東鄉女詩人蔣徽有詩云：「三百篇首傳《關睢》，南國女子皆能詩。」南方女性能詩文者較北方為多殆為事實。這種狀況與經濟文化發展水平有直接的關係。舉凡經濟發展的地區，必然重視人材的培養，讀書求仕，蔚然成風，文學藝術與學術的空氣也隨之上升。波及閨中，勢在必然。東南自魏晉以來得到初步開發，唐宋以後漸成全國最為富庶的地區，文化教育狀況亦遙遙領先，江西在兩宋時期還曾為東南之冠，歐陽修、王安石、曾鞏、黃庭堅、楊萬里、姜夔、文天祥……，泰山北斗，代有其人。相應的，女性的文學亦可卓然前列。胡文楷考宋代婦女著作五十餘種，實有集傳世的作者四十餘家，江西占四家，即王安石之妹長安縣君王文淑、女蓬萊縣君合為一家；其次金溪柯師蘊、南豐魏夫人（名玩，曾布妻），永新賀羅姑；其中魏夫人被朱熹稱揚，與李清照並列為有宋一代女子能文者之首。元明以後，吳越以其沿海有利開放的地理優勢，進一步得到開發，江西一則因地理的封閉，二則因理學的盛行，不重工商而固守農業，遂從經濟上日呈落伍趨勢。不過文化教育的風氣傳承已久，其流風餘韻，仍漫衍閨閣。而理學於閫教又相關聯，文學創作遂亦成為其無可如何的副產品。所以江西的女性，在明清時代，仍有著較為豐富的文學生活，而為後人留下了一筆寶貴的遺產，文體多為詩詞。

現存二百左右的江西女性作者，分別隸籍全省四十餘縣，占現有建制縣數的多半，其中以撫州地區最多，有五十餘人，占總數四分之一強。撫州素稱才子之鄉，女才子也多。其次為九江、吉安，上饒地區及南昌周圍幾縣。如崇義、寧都、南康、武寧等較偏遠的山區，也有少許女作者留名。從社會階層來看，有的是皇室宗親，如寧獻王朱權孫女安福郡主，襄寧王朱宸濠妃婁氏，朱權遠裔朱議汶之女朱中楣等；有的是朝廷命婦，如王安石之妹及女，曾布妻魏玩（封魯國夫人）等；有的則出自底層，有囚女，有難婦，有流落風塵的妓女，有富室的侍者妾媵。大多數是中等人家，進士舉人，秀才監生的妻女姐妹。這樣眾多階層不同際遇的女性，必然有著豐富的人生經歷，其文學生涯及其創作成果也必然俊彩紛呈。

除了分布的廣泛性外，江西女作者的興起還呈現出一種群體性，即地方性與家族性。一個地域或一個家族往往出現眾多的女性作者，母女、姑嫂、姐妹都能文者比比焉。而她們往往又與傑出的男性作家共生。撫州地區，即非常典型。撫州一帶成為才子之鄉大約從宋代就開始了。晏殊、王安石、曾鞏、李覯等都出此鄉。《臨漢隱居詩話》云：「近世婦人多能詩，往往有臻古人者，王荊公家最眾。」宜黃一縣已知有明清兩代女作者二十二人，其中譚氏、黃氏、羅氏家族，見諸記載不止一人，尤其是黃姓及其姻戚占十二人。前述《柳絮集》編輯者黃秩模妻萬氏、五妹秩蘅、四弟秩柄、妻程福蘭（新建人）、侄黃傳驥妻吳淡菂、其女傳佩、淡菂表妹應後璋等，都是同時代的女詩人。設想她們在閨中應和唱酬，定然是蔚為壯觀。清東鄉詩人吳嵩梁，妻劉淑、繼妻蔣徽、妹吳媛、次女吳芸華都有詩集傳世〔註1〕。這種情況的出現，原因在於比較重視文化教育的家族，雖然其主要對象是男性，女性也往往受惠，而閨中風雅又幅射傳染，使一方的風氣皆受影響。女性文化程度高，家庭教育也必然更加良好，使這些家族中出現更多的才士。對於蔡殿齊、黃秩模為閨閣昭傳的業績，雖可以說是由於他們的努力，才使許多女性的作品得以傳世，才華不致埋沒，但恐怕更應該說是這些女性的才華糾正了社會的偏見，開啟了他們的靈竅，才使他們作出了這不朽的功業。

從對這些女性作者生平事蹟的探尋中，我們還發現江西婦女中多奇行異節之人，知道義，重氣節。錚錚硬骨，寧折不彎者，不乏其人。

現存最早的江西婦女詩有唐鄱陽程長文的《獄中書情上使君》，自訴本是一個貞靜嫻淑的少女。在「強暴之男」白刃相向時，她「一命任從刀下死，千金豈受暗中欺！我心匪石情難轉，志奪秋霜意不移。血濺羅衣終不恨，瘡黏錦袖亦何辭。」〔註2〕而縣官不分皂白，竟將她囚繫獄中。她以詩代筆，向上抗訴，表現了堅強不屈的鬥爭精神。

明末宜黃抗倭名將譚綸孫婦鄒氏，少年時代便喜愛讀書，不屑閨閣女紅之事。歸諸生譚報國後，仍日夕研究書史垂二十年。崇禎間因見國家將亂，乃入馮少師家為塾師，後來她到大學士蔡國用（金溪人）家裏，常與蔡討論國事。明亡後她出家為尼〔註3〕。其詩《感懷》云：

> 郭家金穴鄧家山。朝罷昏昏醉夢間。搜括無多加派又，西師猶自閉重關。萬里中原戰骨堆，偏關烽火達平臺。金陵本是龍飛地，只要長淮控御才。

詩中縱論國家大事，有指斥，有建言，她的胸襟抱負，不僅閨中少有，即鬚眉男子亦多有不如。

安福劉淑英，是萬曆間揚州知府劉鐸之女。清兵入關。她鼓勵丈夫投軍抗清。丈夫犧牲後，她散盡家財組織抗清義軍。為壯大抗清隊伍，她還往軍閥張先璧營中談判聯合抗清事。不料張心懷兩端，且垂誕淑英，以武力相逼，淑英拔劍而起，怒逐先璧。其詩有「銷磨鐵膽甘吞劍，抉卻雙瞳欲掛門」〔註4〕之

〔註 1〕蔣徽有《琴香閣集》，見《豫章閨秀詩鈔》，同治十三年刊本。

〔註 2〕彭定求《全唐詩》卷七百九十九，中華書局 1960 年版，第 8997 頁。

〔註 3〕詳見《宜黃縣志》卷三十一蔡兆豐《含光老人傳》。

〔註 4〕施淑儀《清代閨閣詩人徵略》卷一「劉淑英」，見周駿富輯《清代傳記叢刊．學林類 34》，明文書局 1985 年印行，第 31 頁。

句。她至死未忘情於國家民族的事業，其人格之光輝，實不減近世革命女俠秋瑾。

又如清順治二年，彭澤十八歲的女子汪靈芝被清軍擄掠，一清軍頭目欲對其施暴，她在小姑山附近躍入水中。有《絕命詩》十首，其一云：

國史千年照汗青，殺身自古羨成仁。請纓雖愧奇男子，猶勝王家共事臣。

她把抗拒暴行和抗拒民族敵人相聯繫，表現了昂揚的正氣。

如此眾多的女傑出在江西，與江西的文化背景是分不開的。江西人民自來風尚古樸淳厚，有優良的道德傳統，湧現過文天祥、謝枋得、夏言、鄒元標、湯顯祖、姜曰廣、魏禧等愛國正義之士。他們不惜丟紗帽，不怕拋頭顱，表現出大義凜然，高風亮節。他們的品格已化為江西地方的精神文明傳統，陶冶了一代又一代的江西兒女。這裡還須談談理學影響問題。江西一度是理學最盛的地區，民眾特別是讀書人深受其影響。理學不僅是一種學術觀念，亦重倫理道德的實行。其道德內涵雖無非忠孝節義，但它重視人的精神，講究氣節，所以在某種關鍵時刻，如民族鬥爭尖銳的時候，能夠成為人們的精神支柱，作用是積極的。但理學與禮教相輔而行，對婦女摧殘極酷，江西節婦烈女之多，在全國也名列前茅，尤其是知書識禮的女子，她們出身於「詩禮之家」，除父母長輩教訓外，還直接從書中接受禮教教育，其恪守封建道德則更為自覺。她們曾做過許多看來壯烈，實則是無謂犧牲，如為丈夫殉節等，這是應該批判的。

三

江西古代女性的文學生活，是江西地方歷史文化的一部分；她們的文學創作，是祖國文化寶庫的一部分。同時，我們還應該看到它們在我國悠久的歷史文化中特殊的意義。

（一）文學生活提高了女性的自身價值。在幾千年的男性中心社會裏，婦女只不過是家庭勞作的奴隸和生兒養女的機器。在那些有文化修養、精神世界也相對豐富的男人面前，婦女沒有文化，就更加失落了她們的價值。當然，社會制度不改變，單是文化並不能使她們與男子完全平等，但至少，那些與文學結了緣的婦女，精神世界充實得多了。她們從文學中開闊了眼界，陶冶了情操，溫飽之餘，還可以領略日月山川，花草蟲魚與人類社會中情愛之美好，並參與了美的創造，她們生命的意義無疑也得到強化和美化。她們的喜怒哀樂不再僅僅用原始的簡單方式表達，文學的手段可以使它們傳達得更細膩更雅致。在家庭裏，她們和同屬文雅的丈夫芸窗共覽、花月唱酬，享受閨房琴瑟之樂，也就縮短了夫妻間的距離，為封建包辦的不幸婚姻，增添了幾筆幸福的色彩。江西女詩人集中「和外」、「答外」的篇章很多。廣豐詩人李葆素有一首《理髮》詩通過寫她的四尺長髮，寫他和丈夫的相愛相思：

……二十奉侍君，愛我髮綢直。女紅晝夜忙，十日不得息。自謂如亂絲，不道若新飾。自君行萬里，使妾增憂惕。妾本愁病人，忍見君行役。安危未可知，相思病轉劇。半載未整理，絞結等梭織。玉篦略一試，散落紛堆積。淚眼自相看，徘徊不忍擲。待君歸來時，收拾置君側。〔註 5〕

由於禮教束縛，清代良家女子一般寫戀情，所寫大都是與自己已婚丈夫的恩愛，且都十分含蓄、溫柔敦厚。這首詩難得她將自己與丈夫蔣謙的愛情寫得這般真摯，充滿情趣，使讀者也為始終是痛苦地呻吟著的婦女難得的幸福感到一絲寬慰。

這些才女們雖然很自卑，並且不欲才情外露，但一旦她們的才華遭到懷疑時，她們也是很憤慨的。南城陶栗亭妻、臨川女兒游瑜有詩集《攻逸草》，著名文學家蔣士銓曾懷疑是她丈夫捉刀，她寫了六首詩感其事，名曰《自嘲》，並寄給蔣。今錄其二首：

無聊心緒幾篇詩。學步方知愧妙詞。此亦從來繫文運，可憐才子妒娥眉。

寂寞寒閨夜泣身。綠窗聊復耐紛紜。笑啼到處關天性，風雅何嘗必士人？〔註 6〕

從這裡我們看到了婦女自我價值意識的覺醒。是文學這把鑰匙開啟了她們的心靈，她們也必然循此逐漸走上自覺之路。反之，如果她們永遠處在蒙昧之中，便絕對擺脫不了被奴役的命運。

（二）前已述及，江西地域精神文明的形成，離不開婦女的貢獻。除了她們見諸文字的成果外，還應該看到她們作為教育者，首先是作為母親對培

〔註 5〕李葆素《繡餘草》卷五，見蔡殿齊《國朝閨閣詩鈔》第四冊，道光刻本。

〔註 6〕曾燠《江西詩徵》卷八十六「游瑜」，見《續修四庫全書》1690 冊，上海古籍出版社 2002 年影印，第 5 頁下。

育江西人材所作的貢獻。歐陽修的母親雖無文學作品流傳，但其「以荻畫地，以教子書」，培養文忠公的故事是盡人皆知的。解縉之母高妙瑩手書《孝經》古文、杜詩授縉，遂使縉成為明初的一位奇才。奉新宋鳴珂妻閔肅英有《課兒詩》，其結句云：「作詩當夏楚，應當鞭汝躬。」看來用詩當鞭子，比用荊條木板更有效得多。最典型應數鉛山蔣士銓母鍾令嘉。她自己有《柴車倦遊集》，已載入《清史．藝文志》，但傳聞最久遠的還是她教子成才的故事。丈夫蔣堅遠遊，她獨自教養士銓。士銓四歲，她就「鏤枝為絲，斷之，詰屈作波磔點畫，合而成字，抱銓坐膝上教之」。士銓病，她寫唐詩黏貼四壁，抱後繞行教之誦。士銓稍長，她鳴機夜織，令士銓坐一旁誦讀。士銓有《鳴機夜課圖記》專記其事。蔣士銓後來中進士、任編修，是清中葉中國文學史上最重要的作家之一。顯然，沒有這位能詩文的母親，這隻「孤鳳凰」是飛不起來的。人們說：「一切成功者的後面，必定站著一位勇於犧牲的女性，不是他的妻子，就是他的母親。」對於那些文學婦女，則不僅是犧牲，而且是以自己的全部心智和才華，去影響她們的丈夫，去塑造她們的兒子。我們決不應低估她們在這方面為民族文化所作的貢獻。

除了作為妻子和母親之外，我們還看到一些文學女性的腳步，已經踏入社會。已知有幾位女性作過塾師，如宜黃鄒氏，九江蔡澤苕等。清中葉宜黃黃韻蘭，其遭遇是很不幸的，但她學術通博，詩作亦工，當地一些著名文人如謝遜齋、饒澤春、李蘭七等，都曾從她受業。乾隆間南城女詩人吳若冰，丈夫分宜楊蘇材早喪，家計清苦，她除自課其子楊曰鯤（乾隆五年進士）外，還以其精湛的醫術為人治病，環村數十里，踵門求醫者無數。她對社會的貢獻更越出文學範圍之外了。她們的足跡，定不止這幾個領域，如果我們深入考察，當可以從更廣的範圍內認識這些文學婦女的貢獻。

（三）女性的文學創作還具有特殊的認識意義和審美價值。女性在社會裏自有其特定的位置和生活領域，封建社會中尤其如此，所以反映在文學中，便有其特有的價值，為男性所不能及者。

翻開一部婦女詩歌總集，觸目皆是的絕命詩，令人不忍卒讀。稍稍多翻幾頁，就可以窺見一部活生生的婦女血淚史。

首先，天災人禍，受害最深者，常常是婦女。婦女身心都較脆弱。承受能力較差。遭到打擊愈大，體驗其痛苦也就愈深，化為文學，則至為感人。如咸豐年間德化（九江）一帶水災，秀才李菱攜帶年青的妻子沈氏隨逃荒人群流落至金溪霞坊村。沈氏饑病而死，作有《絕命詩》十首，茲錄其二：

天殃欲避信為難，恣意陽侯吳楚間。百萬生靈誰惋惜，豈惟薄命一紅顏？

越縣過州路萬千。倍嘗艱險倩誰憐。同人多半填溝壑，殍殍輪流到妾前。〔註7〕

真可謂一字一哭，全是自己的切身體驗，無半點為文造情處。其對舊社會民不聊生慘景的描繪，在前人詩作中也是不多見的。

封建時代戰亂之中，婦女雖不從軍，卻是擄掠的對象。遭凌辱最深者，仍是婦女。而她們無任何自衛手段，唯一可以抗衡的，只有自己的生命。元末餘干董淑貞為避兵亂歸母家，元軍一頭目至其家欲行非禮，淑貞以祭奠亡夫為緩兵計，先叢薪於柩下，至祭時縱火焚柩，火熾，牽二女入烈焰死，其《絕命辭》云：

天蒼蒼兮不吾家造，地茫茫兮不吾身容。不造不容兮，吾將託乎火以相從。〔註8〕

婦女至此，已是上天無路，入地無門，真是只有死路一條了。

還有一種情況雖被稱之為愚蠢行為，但也有認識價值。那就是丈夫死後即以身殉之。乾隆間吉安蕭商賢妻溫氏，丈夫去世後她也赴水死，臨終以指血書《絕命詩》云：「生為蕭婦，死為蕭鬼。江水滔滔，是吾葬所。」她們活著只是為了丈夫，並無自身的價值。她們的屍骨是禮教噬人的活標本。應該說，殉節者沒有誰是真正自覺自願的，否則為什麼沒有一人是欣然就死，而都是死得那麼慘苦呢？守節者亦復如是。如明武寧盛玨之妻李氏，年十九開始守寡至七十七歲卒。她的《哀詩》有句云：「妾抱萬古恨，沒命有餘悲。願言存大節，不受古人非。」就因為有古人守節的先例在，而不敢越雷池一步，將一生寶貴年華，付諸寂寞空閨。宋建炎間有一位鄱陽女子在黃連步接官亭壁上留下一詩，前有小序：

妾鄱陽人，女工之外，從事詩禮。不幸嚴霜下墜，泰山其頹，漂泊一身，所適非偶，薰蕕同器，情何以堪？昨浮家洞庭，怒張一帆，良人倏然鬼錄。吁！臣不事二主，女不事二夫，其奈何哉！偶

〔註 7〕黃春魁《孝烈合稿》之朱漱鳳《簪花閣吟草》附，同治元年刊本。

〔註 8〕曾燠《江西詩徵》卷八十五「董淑貞」，見《續修四庫全書》1689 冊，上海古籍出版社 2002 年影印，第 756 頁上。

攜稚子來登客亭，感時傷心，遂成小絕。知我者，其天乎！〔註9〕

她既恨所嫁非人，同時又要為這樣的丈夫守節一生，絕對是無可奈何，卻為什麼一定要去實踐呢？無非是不如此則不為社會所容。她的詩正是許多喪偶女子共同的心聲。

她們對封建婚姻制度也是有過抗爭的。明鉛山人，狀元宰相費宏之女，嫁與吳尚書的公子，可謂門當戶對了。可是她並未得到幸福。丈夫好外遇，她不甘於丈夫的背棄，憂憤而死，臨終作血書寄父說：

> 齧指題詩寄老親。洞房孤負十年春。西江不是無門第，錯認荊溪薄倖人。〔註10〕

這類悲劇，真是擢髮難數。可以說，不瞭解婦女的苦難就決不可能徹底認識封建制度的罪惡，不可能全面認識封建社會精神文明的歷史；而要取得這種認識，婦女的文學創作中是第一手資料，因為這是她們的人生經驗和心靈體驗最直接的紀錄。

從另一類詩作我們還可以認識她們覺醒意識的萌芽。不少人認為古代女子即使能詩詞，也不過是吟風弄月的淺薄玩意，女子才長識短，思想沒有深度。這裡我們可以舉出江西女性的另一些作品以證其謬。

昭君故事是前人反覆詠唱過的題材，然而大多數是感歎昭君為毛延壽所誤，不得為元帝所幸而遠嫁胡地，悲苦難言。自王荊公「意態由來畫不成，當時枉殺毛延壽」名句一出，昭君之美得到極高的讚譽。清女詩人九江楊惺惺則說：

> 休把容顏怨畫師。漢宮應不少蛾眉。若教一例承恩寵，縱使傾城那得知？〔註11〕

不錯，歷史上也有人讚揚昭君出塞是為國家作貢獻的，但在他們眼中，昭君何曾是人？在求和時她們不過與珍珠寶馬等價而已。這位女詩人卻獨具隻眼，她認為昭君在胡實比在漢更能使其自身價值得到實現，這與傳統道德觀念便有了很大的不同。萬篆卿有詩為楊貴妃鳴不平：

〔註9〕曾燠《江西詩徵》卷八十五「鄱陽婦」，見《續修四庫全書》1689冊，上海古籍出版社2002年影印，第753頁下。

〔註10〕曾燠《江西詩徵》卷八十五「費氏」，見《續修四庫全書》1689冊，上海古籍出版社2002年影印，第758頁上。

〔註11〕楊惺惺《吟香摘蠹集》卷六《明妃》，見蔡殿齊《國朝閨閣詩鈔》第五冊，道光刻本。

翠羽西巡喚奈何。六軍兵諫逼金戈。拼將一死紓君難，愧殺從行將士多。〔註 12〕

認為楊妃之死不是迫於無奈甘受誅戮，而是為國家為民族排憂解難的壯舉。這也是對「女禍」論者的一種反擊。《桃花扇》是寫歷史興亡的名劇，以悲劇結尾是從愛國主題出發的，可是婺源女詩人王韻珊詠李香君的詩卻說：

鴛鴦夢破黯傷神。寂寂秦淮閉好春。扇上桃花襟上血，侯生終是負心人。〔註 13〕

她關注李香君的命運，則譴責侯方域對李香君的負心。的確，在肯定愛國主題時，誰曾把一個為愛情拋灑過鮮血的女子的幸福放在應有的位置上權衡過呢？這些歷史上著名女性的命運，女詩人們的理解中這種反傳統的共識，是僅站在一旁表示同情的男性所不可及的，這是她們自身的一種歷史的覺醒。雖然還顯得這麼微弱，模糊，但卻難能可貴。

江西眾多女詩人在作品藝術風格上也是各有特點、豐富多彩的。或豪邁，或纏綿，或清麗，或哀豔，能給人以各樣的審美享受。其中劉淑英、朱中楣、鍾令嘉等均稱大家，限於篇幅，一時難於備陳。期以異日，並謹俟有志於江西婦女文學研究之諸方家。

原載《撫州師專學報》1993 年第 4 期

〔註 12〕萬篆卿《韻香書室集》卷十《書〈長恨歌〉後》，見蔡殿齊《國朝閨閣詩鈔》第十冊，道光刻本。

〔註 13〕王韻珊《佩珊珊室詩存》，光緒十九年刊本。

知識女性的理性精神——也說《吳吳山三婦合評牡丹亭還魂記》

湯顯祖研究中不少學人注意到了明清時期女性讀者對《牡丹亭》的強烈反響，並進行了研究和積極評價，其中突出了《吳吳山三婦合評本牡丹亭還魂記》（以下簡稱「三婦評本」）。這是「湯學」領域新的開拓。《湯顯祖研究通訊》2007 年第 1 期發表了劉淑麗的文章（該文還論及《才子牡丹亭》），我深表贊同，在此略作補說。

在本文標題中，我使用了「知識女性」這個概念，因為前此一些文章使用的多是「女性」這一寬泛概念。我以為從杜麗娘到「三婦評本」的點評題跋者們，都不是一般的女性，而是知識女性。這關係到對這一評本內含及其價值的認識。

一、明清之際的知識女性

什麼是「知識女性」？劉文說是「受過良好教育，有著很高素質」的女性。說得不錯。那這個很高的「素質」包括什麼呢？我以為是知識面更寬、知識結構和行為方式更加多元，而其中最重要的是理性精神——對真理的熱烈追求，冷靜、客觀的思考態度和一定的思辯能力。女性的性格，與男性先天就有所不同，其中一條就是女性認知事物，更加富於感性，又在上千年的社會環境裏受到壓抑，對大千世界的認知方面，理性精神和思考能力與男性差別很大，被男人們嘲笑為「頭髮長，見識短」。語氣是不對的，但事實無法否認。但是她們終於有覺醒和提高的一天，這當然有個很長的歷史過程。在中國歷史上的明清之際，曾經有過這樣一個過程。這裡說的明清之際比一般所論明清易代前後要長一些，大致在明萬曆前後至清康乾時期吧。

從歷史和社會學方面談這個時代的特點，不是本文所能勝任。我只想從與本文討論有關的方面談兩點。

其一，是女性文化水平的提高。我在《清代女性詩歌的繁榮與理學的關係》（江西師大學報 1985 年 1 期）中曾經論述過：由於明清提倡理學，要求女性更加自覺地服從封建禮教，於是上層社會的一部分人改變了「女子無才便是德」的固有觀念和態度，加強了對女子的文化教育，就像《牡丹亭》中杜寶夫婦，設閨塾教杜麗娘那樣。當然他們的目的是為了女兒「他日到人家，知書識禮，父母光輝」。但女孩兒一旦識了字，在讀《女訓》、《女誡》、《女四書》之餘，就會接觸許多種類的書籍，從中擴大了眼界，增長了知識，開啟了心智，思考能力得到了發展，自信心得到了加強，就像腦子長上了翅膀。這一切是文化知識的力量，產生上述後果從總體上說是不可避免的。她們開始用知識武裝了的頭腦感知和思考這個世界，包括認知自己。一旦注意力集中在自己生命的意義方面，就會發出杜麗娘遊園驚夢中「可惜顏色如花，豈料命如一葉乎」的疑問和感歎，以及尋夢、寫真之類的行動，最後甚至因精神追求和現實的尖銳矛盾和痛苦埋葬了自己的生命。

但是也有的女性掌握了一定的文化知識，提高了自信，文化創造對他們不再高不可攀，於是也開始涉足文化的創造。比較多的是詩詞寫作，也寫小說戲劇和通俗文學作品等。她們先是在家中小圈子裏小試鋒芒，以後更群體化和走向社會，如組織團體——詩社之類。她們還衝破「閨閣文字不宜流傳於外」的道德律條，將作品刻板，傳播到社會。她們的這些突破，被許多思想較為開放的上層文人看作一種風雅加以鼓勵，從而形成氣候。見諸典籍記載的就有數千人之多，許多作品流傳至今。這方面已經有專著作了統計和論述，不多說。

有了這樣的基礎和環境條件，她們中有的開始思考更多的問題。一些文學藝術作品如《牡丹亭》等引起她們的注意，便開始了學術研究性質的活動。她們面對的似乎是文學藝術作品，其實深層是對社會和人生的思考。《吳吳山三婦合評牡丹亭還魂記》就是這種思考的突出成果。這樣的思考超越了感性體驗，進入了一個新的領域，也可以說是上了一個更高的層次。這種創造在女性中還為數不多，所以就更加彌足珍貴。

《吳吳山三婦合評牡丹亭還魂記》的出現是一個很不平凡的典型事例，

這個生活中的真實故事的生動足以編成一部高質量的電視劇。吳吳山（名儀一，一名人，字舒鳧）聘妻陳同還在閨中就對全部《牡丹亭》作了評點，不幸未嫁先卒。吳山從陳同的乳母口中得知其偶存此一書，現在乳母女兒手中作夾花樣之用，可惜只有下卷尚存，吳人從其手中購得而珍藏之。吳人後娶妻談則讀了陳同的評點「愛玩不能釋」，於是對下卷作了評點。談則不幸又在婚後數年去世。吳人十年未再婚，當然是出與對前妻的懷念。十年後繼娶錢宜。錢宜讀了兩卷評點，極為感動，於是對其進行整理，並加進自己的一些意見，共得書眉評語近千條及序跋數則。這就是所謂「三婦」之評。為刻板湊集資金，錢宜賣了自己的金釵，評本乃得面世。

特別要指出的是，書的前後還有幾位女性的題跋。她們是：林以寧、馮嫻、顧姒、李淑、洪之則等。她們全都是杭州的名門閨秀（如洪之則就是《長生殿》作者洪昇之女），著名女詩人，林以寧、馮嫻、顧姒就是錢塘著名的蕉園詩社的成員，被稱為「蕉園五（七）子」的。我們研究「三婦評本」，應該是包括他們在內的。不僅如此，還應該看到他們背後，是大批女性文人和知識分子。

其二，資本主義萌芽下的人文精神。明末資本主義萌芽給社會注入了一種新的精神，男性中心社會尤其是上層文人中有了一種開明的風氣。他們欣賞女性的文學才華和支持她們的創造，這在明末清初尤其是吳越和安徽較為普遍。最著名的如明葉紹袁、祁彪佳等家族。清初就更多了。前面提到的蕉園詩社中的女詩人們，常常在西湖上一邊蕩槳，一邊酬唱，得到了周圍的男人們的鼓勵和欣賞。我們絕不能指望當時婦女社會覺悟的些微進步，是在完全沒有男人的支持下得到的。就像吳人，不僅支持了評點本《還魂記》出版，也用文字鮮明地表明了他的支持。在為評點本所作序言中他詳細敘述了版本產生的過程，對懷疑評點不出自三位女性而是吳人本人所作的誤解作了有力辯駁。在生動的敘述中流露了他對幾位妻子深摯的愛，以及平等和尊重的態度。他對評點表示欣賞甚至是佩服，說自己的某些見解在妻子的見識面前，「直糟粕耳」。我們還不要忽略，評點本的最後完成者錢宜原來只不過粗通文字，是吳人為她請老師，當然也免不了親自輔導，才培養出錢宜的學問。

我這樣看重吳人在這個版本中的態度和作用，是希望我們不要孤立地看待這個版本和它的出現，它是一個時代和時代精神的產物。進一步說，這些女性的素質——包括她們的才華和理性精神，是來自整個社會和一個時代。

二、《還魂記》評點本的理性精神

「知識」與「才華」不完全是一回事。「知識女性」與前人常說的「才女」、「才媛」是有所不同的。基本的不同就在於前者更富有理性精神。強調這種不同對湯顯祖研究有什麼意義嗎？我將在以下對「三婦評本」的討論中予以回答。

我以為「三婦評本」的理性精神至少有三個方面值得注意：

（一）圍繞杜麗娘的內心世界，緊緊抓住一個「情」字

《牡丹亭》的思想高度當然首先來自湯顯祖。是否能領會與開掘湯顯祖在通過杜麗娘表達的思想內含，是評價評點價值高低的主要標準。這方面已有不少文章著作作了探討。在此我僅略作補充。

《牡丹亭》曾被認為是文采派的代表作，其文辭的華美傾倒過無數人。《牡丹亭》又曾經被指責為不守格律，為被稱為格律派的人物所詬病。所以在不同研究者包括評點中，多欣賞其辭采，或推敲其格律。然而湯顯祖自己看重的是他筆下的那個「情不知所起，一往而深。生者可以死，死可以生」的有情人杜麗娘。這在他的《題詞》中表達得很明確。「三婦評本」近千條評語，涉及方面很多，內容很豐富。但卻是圍繞著杜麗娘，以「情」字貫串頭尾。試以例說：

> 凡事多從愛起。（《標目》）
>
> 傷心者，情之至也。（《驚夢》）
>
> 「尋」字是篤於情者之所為。（《尋夢》）
>
> 愈癡愈見情至。（《幽媾》）

全劇將近結尾，五十四齣兩首［羅江怨］，是麗娘與春香對話，她回憶了自己由夢生情，以至在情的主宰下生死輪迴的全過程。因為幾乎劇中所有主要人物都問及麗娘的傳奇死生。所以這裡的評語說：

> 麗娘回生，扣之者四：石道姑、春香、柳生以至君王也。其對石姑、柳生，略記生前數語而已，對君王則詳言業報，直指秦長腳和議賣國之罪，所謂神道設教也。惟對春香〔羅江怨〕一曲，情致纏綿，覺靈犀一點，穿透幽明。《牡丹亭》言情，至此始暢。

評語認為麗娘對其他人的回答只是一般敷衍，連對皇帝的回答都是「神道設教」——用政治話語應付，只有對春香的一番話語，才是真實和充滿情意，和貫串全書主題的。

評點對「情」字自始至終一直咬住，從未鬆懈，所以是得到《牡丹亭》的精髓的。

（二）坦然面對性描寫

「萬惡淫為首」是封建社會道德觀。性，從來是正派女性難以啟齒的事，何況禮教森嚴的明清社會上層。《牡丹亭》中的性描寫，無論寫得怎樣詩意，也還是性活動。而且是體現《牡丹亭》主題不可或缺的。既要評價《牡丹亭》，絕不能迴避這些情節描寫和文字。怎樣面對它，是對這幾位女性心理和智慧的考驗。這裡舉出幾處評語，看她們是如何寫的：

> 柳杜歡情，在花神口中寫出，語語是憐，語語是喚，豔想綺詞，俱歸解脫。（《驚夢》）
>
> 「草藉花眠」，寫出牡丹亭上事。（《驚夢》）
>
> 「做意周旋」，非瀾浪語，乃追憶將昏時一種和愛情景，故著「俺可也」三字摹之。「慢惦惦」正與「緊噷噷」相對。（《尋夢》）
>
> 「才一會」、「分明又」、「等閒」、「昏善」描寫幽歡，色飛意奪。（《尋夢》）
>
> 「壓黃金釧匾」，癡人謂柳郎太猛矣。豈知柳郎有無限強就，俱於「壓」字中寫出。與《西廂記》「檀口揾香腮」皆別有神解。（《幽媾》）
>
> 《尋夢》則杜云「做意周旋」，此則柳云「做意兒耍」，一忍耐，一溫存，各盡其致。（《幽媾》）

她們的筆緊緊把握著作品的文學表現，將行為過程和當事人內心感受描寫得細膩到位而富有文學性。態度是如此坦蕩，如此嚴肅而坦然；既沒有羞澀，也沒有輕佻。真是勇哉，三婦！智哉，三婦！

支持著她們大智大勇的是什麼呢？就是理性，只有理性，她們才有對性的正確認識和判斷，在他們的觀念裏，肯定著這個行為的正當性及其與淫蕩的本質區別。也只有理性，她們才充滿了自尊和自信。這是沒有足夠文化知識和修養者難以做到的。

當然我們也不要以為她們的態度性質等同於「性解放」。她們在評語中，對杜麗娘的「千金腔範」是時常強調的，包括她在幽會時的行動表現。這種「千金腔範」意味著一定的約束，不要放縱，其中也有封建意識，但更多的是理性精神。

（三）對《牡丹亭》與《西廂記》的態度比較

《西廂記》自問世以來就以其無可置疑的成就受到廣泛的歡迎和高度評價，明曲論家幾乎言必稱《西廂》，但如果仔細研究，就可以發現，這些讚譽聲出自女性者寥寥。《牡丹亭》一出，反響之熱烈，被說成「幾令《西廂》減價」，這種熱烈最大的一大特點是女性的擁護。如民間流傳的商小伶、馮小青、俞二娘的故事。更不平常的應該說是女性評點本的出現，和一陣褒《牡丹》而貶《西廂》的響亮聲音自閨中傳來。這聲音出現在林以寧撰寫的《還魂記序》裏，但她是有代表性的。這也是我們評價「三婦評本」時不能忽視的。

林以寧是錢塘「蕉園七子」之一、著名女詩人。她在這篇序中讚譽《牡丹亭》而鮮明地反對《西廂記》：

> 今玉茗《還魂記》，其禪理文訣，遠駕《西廂》之上，而奇文雋味，真足益人神智，風雅之儔所耽玩，此可以毀元稹、董、王之作者也。

她認為《西廂記》是：

> 徒使古人受誣而俗流惑志，最無當於風雅者也。
>
> 君子為政，當自刪正傳奇始矣。若《西廂》者，所當首禁者也。

我們今天仍然不否認《西廂記》是偉大的愛情戲，與《牡丹亭》並稱南北曲的「雙璧」。但在人文精神上它們難道沒有區別，甚至是高低之別嗎？當然是有的。

幾千年來的封建社會，包辦婚姻造成了千千萬萬婦女的痛苦，衝破這樣的婚姻制度的願望和行動也存在了幾千年。從著名的貴族婦女卓文君，到大量不見諸記載的貧家女子「私奔」行動，還有大量愛情詩歌小說和戲劇的描寫，可謂罄竹難書。這樣的要求和行動也很了不起。但其共同點是，女主人公的行動都是從自身現實需要出發的。就像《西廂記》中崔鶯鶯的愛是由現實中的張生引發的，她的情是對一個具體對象的相思，她的追求只是實現和張生的婚姻。這樣的美好姻緣是平民大眾的理想。

對於受過嚴格的禮教教育和文化薰陶的貴族知識女性來說，《西廂記》未免太淺層、太顯露，甚至是難以接受的。而《牡丹亭》中的杜麗娘則蘊蓄、深刻得多了。「情不知所起」，即完全從自我意識中引發的人生價值追求，夢中的也就是虛擬的「柳夢梅」，是杜麗娘理想追求的化身。由大自然的生機引出對自身生命美麗的體認和年華易逝的感慨更比簡單的婚姻自由要深刻得多。它完全是文人式的，是只有受了文學薰陶的知識女性才會有的，這樣的文學形象也是只有明代後期如湯顯祖這樣的作家在人文思想影響下才可能創造出來的。所以「三婦」及林以寧們這樣看重《牡丹亭》，正應該在這樣的思想高度上來理解。而以《西廂記》對比思維，則是這種理性精神的又一種表現。

注：文中所引「三婦評本」文字，均採自北京大學圖書館藏馬氏不登大雅文庫清夢園刻本影印本。

原載《湯顯祖研究通訊》2008 年第 1 期

血淚斑斑的女性生活史
——讀中國古代婦女詩歌（之一）

一

任何人類棲息繁衍的地方，那裡的生活，那裡的文明，都是男女共同創造的。可是，從現存的種種經典的、權威的文獻中，我們難以覺察女性的存在。然而她們的確存在過，有血有肉的存在過。她們與男性同樣在歷史的長河裏奔競，只是在記載中，她們被沉在河床上了。

然而她們的足跡不是不可以追尋的。因為她們自己曾經留下過文字，主要是詩歌。她們用詩來描述自己的生活，表現自己的存在。她們的詩歌匯成了一部鮮活的「女性存在史」，它雖然不是科學意義的史著，不能系統地描繪歷史的完整畫面和進程，可它是生活在各個時代、各個階層的女性心志和脈動的真實紀錄。不幸的是，這些紀錄被無情的生活大量耗損了。村姑在田野裏唱的山歌，藝妓在狹邪中唱的小曲，大都「半入江風半入雲」，在產生的瞬間就飄逝了。就是大家閨秀寫在花箋上的詩詞，也被世人或她們自己當作家常生活廢棄物，隨意拋擲掉了。胡文楷《歷代婦女著作考》著錄婦女詩詞集數千種，今存者不足五分之一。這些集名以「焚餘」稱者有二十九種之多。由此可知大量女性文學作品的命運了。

然而我們在歎惋之餘，應該慶幸還有這數量可觀的「燼餘」存世。它們是在許多心志尚未被「女子無才便是德」的觀念腐蝕盡淨的才媛們勇敢奮鬥之下，在許多有志與有識的男士關懷與支持下才得以幸存的，值得倍加珍愛。這些詩歌的作者遍及社會生活的各個角落。上自天下第一富貴之家的皇宮，下至閭閻農舍，貴為天子（唯一的大周則天皇帝武曌）、后妃、一品夫人，賤至妾媵、青樓娼女，我們可以看到一個廣闊的女性世界，讀著這些詩歌，我們似乎觸摸到了她們柔韌的肌膚，聞到了她們沉重的呼吸，同時看到了那無時不有、無處不有的斑斑血淚。那伴隨著一個個淒豔絕倫的故事產生的詩歌，在男性文學中是絕少見到的。尤其是「絕命辭」——她們在結束自己如花的生命之前絕望的呼喊——之多，之普遍，是女性詩歌的一大特點。僅此，已使我們感到稱婦女詩歌為「血淚史」是毫不過分的了。當然，僅僅稱之為「血淚史」是不夠的，它還是女性的「奮鬥史」……它是探尋中國古代女性生存史的一座豐富的礦床。

二

人類，除了始終面臨著嚴酷的大自然外，也在自身的種種複雜、尖銳的矛盾中前行。男人們也在相軋相噬中求生存，並非個個都是幸運兒。但是無論他處於怎樣的困境，他的腳下還踩著她的妻妾。在社會上，他們都還有著自己的位置，而女性，她們在社會生活中雖無處不在，然而她們只是矛盾緩和時的附著物，鬥爭尖銳時的犧牲品。無論附著在哪個層面上，她們都是不幸者。各方面政治的、經濟的、道德的、文化的鬥爭，都以女性的精神和血肉作代價。這些都可以在女性自己的詩歌中找到證明。

女人與政治是無緣的。像武則天這樣做了皇帝和少量幾個以「垂簾」方式干預了政治的，只是極個別的例外。但女性卻常常成為政治鬥爭的犧牲品。漢高祖劉邦的夫人戚氏生了一個為丈夫喜愛的兒子如意，說了句「如意似我」，於是招來了慘禍：她被與兒子隔離，罰做苦役，後來呂后竟將她去其耳目四肢、灌以啞藥，稱為「人彘」，置於溷廁。如果不是留下一首《舂歌》這幕慘劇或者還不為後所知。她邊舂米邊唱：

> 子為王，母為虜。終日舂薄暮。常與死為伍。相離三千里，當使誰告汝！〔註1〕

迫害她難道只是出於呂雉個人的嫉妒，而不是由於皇位爭奪的你死我活嗎？遼天祚帝耶律延禧聲色犬馬，貽誤國事，作為她的妻子只能視而不見，才能

〔註 1〕本文所引詩詞原文多據鍾惺《名媛詩歸》及近年刊行的幾種選本，如陳新、周維德、俞浣萍編《歷代婦女詩詞選注》，中國婦女出版社 1985 年版。為省篇幅，不一一注出。

確保自己的安全。可是他的皇后蕭觀音卻很看重自己「母儀天下」的責任，於是進諫了，這就惹發了耶律延禧皇帝的淫威。先是疏遠觀音，她寫了《回心院詞》十首，未能使丈夫回心轉意，接著耶律延禧聽信了宮內外政治奸細的挑撥，逼她自盡。她死前對於自己作為天子的配偶、皇子的母親卻遭此慘禍，無論如何也想不通，只能作《絕命辭》以抱恨終天：

……欲魚貫兮上進，乘陽惶兮天飛。豈禍生兮無朕，蒙穢惡兮宮闈。……呼天地兮慘悴，恨今古兮安極。知吾生兮必死，且焉愛兮旦夕。

戰爭是殘酷的。戰爭一起，男女都要犧牲。但女子是從沒有過男兒們戰死沙場馬革裹屍之前仰天大笑那種情懷的。她們犧牲之前總要受到肉體與精神的雙倍凌辱。這類《絕命辭》歷次戰亂中多有，其中表現她們臨終前的百端交集。對河山淪亡的悲憤、對家鄉親人的思念，生之留戀、死之決絕……，沉痛已極！南宋末元軍南下，鐵蹄踐踏所至，處處留下女子的肉泥血漿。下面幾首詩都出自這一時期。浙江嵊縣青楓嶺岩石上留下一位王姓女子投崖前以血指所書的七律一首：

君王無道妾當災。棄女拋男逐馬來。夫面不知何日見，妾身還向幾時回？兩行怨淚頻偷滴，一對愁眉鎖不開。遙望家山何處是？存亡兩字實哀哉！

另一名叫韓希孟的女子於岳陽附近投水時，在練裙帶中書詩一首：

我質本瑚璉，宗廟供蘋蘩。一朝嬰禍亂，失身戎馬間。寧當血刃死，不作衽席完。漢上有王猛，江南無謝安。長號赴洪流，激烈摧心肝！

徐君寶妻被從岳陽虜至杭州，元將垂涎於她，故一時未將她逼死。她題《滿江紅詞》一首，投水自盡了。詞云：

漢上繁華，江南人物，尚遺宣政風流。綠窗朱戶，十里爛銀鉤。一旦刀兵齊舉，旌旗擁，百萬貔貅。長驅入，歌樓舞榭，風卷落花愁。清平三百載，典章人物，一時都休。幸此身未北，猶客南州。破鑒徐郎何在？空惆悵，相見無由。從今後斷魂千里，夜夜岳陽樓。

誰說女子只會哀歎命苦呢？她們有著卓越的識見和廣闊的胸懷。她們臨死前對無能的統治者的譴責與憤怒，對國家命運的關懷和思考，感情或激昂，或深沉，都表達了她們作為「人」的尊嚴，使後人無限欽仰！

有的女子雖然沒有死，卻經受了種種非人的折磨。如著名的東漢女詩人蔡琰，她生長名門，是著名學者蔡邕之女。在戰爭中成了俘虜，被迫嫁給匈奴貴族。戰爭結束，又須別夫棄子回國，其身體與精神的摧折，真是非人所堪忍受。這些已在她的《悲憤詩》和《胡笳十八拍》中作了詳細描述，此處不再徵引了。

如果說政治鬥爭、戰爭禍亂還不是每個婦女所必然遭遇的災禍，那封建婚姻制度、封建禮教，在幾千年的封建社會裏則是無時不在，無處不在地迫害著每個婦女。

多妻制是男性特權的一個顯著標誌。有多少女性在這一制度下生命和心靈被摧殘，真是擢髮難數。宮廷婦女受害最深，她們的呻吟造成了一種專門題材的「宮怨詩」，漢成帝之妃班婕妤是連皇帝和太后都誇讚的賢淑女子，然而在趙飛燕、趙合德姐妹進宮後，她也不免退居長信宮奉太后。她寫了《怨歌行》：

> 新裂齊紈素，皎潔如霜雪。裁為合歡扇，團團似明月。出入君懷袖，動搖微風發。常恐秋節至，涼風奪炎熱。棄捐篋笥中，恩情中道絕。

這首詩可謂「宮怨」詩之祖。「秋扇見捐」的典故，也成為人妻妾的婦女心態的典型描寫。那「在帝王家罕有」的李隆基和楊玉環的愛情故事背後，不是有著「六宮粉黛」的遺恨嗎？那被楊玉環奪寵後居於上陽樓東的梅妃江采蘋，在玄宗偷贈她一斛珍珠以示不忘舊情時，她是這樣「謝恩」的：

> 桂葉雙眉久不描。殘妝和淚污紅綃。長門自是無梳洗，何必珍珠慰寂寥。

這還是一度享受過皇帝恩寵的。那後宮成千上萬的女子，一進宮便似入了囚籠，一生不得見皇帝一面，卻名為「夫人」、「貴人」之類的女子又是怎樣度日的呢？隋煬帝的侯夫人可算其中的一個代表。當楊廣見到她時，她已經不能在無窮無盡的漫漫長夜中等待而懸樑自盡了。在她臂下垂有一囊，內有詩數首。句句訴說著她的寂寞、苦楚，其《絕命辭》尤其悲慘。原文較長，茲錄其末段：

> 性命誠所重，棄割良可傷。懸帛朱棟上，肝腸如沸湯。引頸又自惜，有若牽絲腸。毅然就死地，從此歸冥鄉。

多妻在民間同樣造成無數婦女的痛苦。南宋大詩人陸游在蜀為官，路經一驛，驛卒之女有才，陸游納為妾。才半載，即為陸妻所不容。她作了一首《生查子》寫自己深重的愁苦：

> 只知眉上愁，不知愁來路。窗外有芭蕉，陣陣黃昏雨。曉起理殘妝，整頓教愁去。不合畫春山，依舊留愁住。

明末杭州某生之妾馮小青，為嫡所妒，小青曲意事之，終不能解，移居孤山別業。實為幽囚。小青抑鬱而卒，時年才十八。小青有詩《焚餘草》，其最負盛名的一首：

> 冷雨幽窗不可聽。挑燈閒看《牡丹亭》。人間亦有癡於我，豈獨傷心是小青。

她們的詩讀來只覺愁苦無狀，但並沒有說破她們婚姻的不幸，原因是對於妾媵來說，並不存在婚姻，她們只不過是買來的一件商品。丈夫死後，或者家人對她不滿，就可以再出賣給別人。她們連為丈夫守節的資格都沒有，這就是貧苦人家女兒的一種下場。

要談真正的婚姻不幸，主要是由父母包辦，女兒不能自主所造成。包辦婚姻的基礎之一是「門第相當」。請讀下面兩首詩吧：王安石之女，吳安持妻蓬萊縣君婚後有《憶家》一首寄父：

> 西風不入小窗紗。秋氣應憐我憶家。極目江山千里恨，對人收淚看黃花。

如果不是婚後生活很不幸福，她怎能寫出這種苦念父母而又不敢在人前表露的委屈心情，增加雙親的遠念呢？明江西鉛山人費宏曾中成化間狀元，官至尚書。女嫁宜興吳尚書之子。丈夫好外遇，夫歸感情不合，費女優憤而死，臨終也有《寄父詩》一首：

> 齧指題詩寄老親。洞房孤負十年春。西江不是無門第，錯認荊溪薄倖人。

這兩樁門當戶對的婚姻，都沒有給兒女帶來幸福。做父親的何嘗不痛憐愛女？王安石和費宏都是位極人臣，有權有勢的人，然其奈禮教何？至於那貧民女子，無論是惡婆婆的百般虐待，丈夫的兇暴和背棄，她們更是欲訴無門。如清代江蘇丹陽的才女賀雙卿，嫁給了金壇一家菜農，遭遇便是如此。她的詩篇篇都寫自己的孤苦，這裡舉其一首《薄倖・詠虐》：

依依孤影。渾似夢，憑誰喚醒！受多少，蝶嗔蜂怒，有藥難醫花症。最忙時，哪得工夫，淒涼自整紅爐等？總訴盡濃愁，滴乾清淚，冤卻蛾眉不省。　去過酉，來先午，偏放卻，更深宵永。正千回萬轉，欲眠仍起，斷鴻叫破殘陽冷。晚山如鏡，小柴扉，煙鎖佳人，翠袖懨懨病。春歸望早，只恐東風未肯！

這首詞寫他患了瘧疾，不能得到治療、休息，還要受到種種責罵，還要做那做不完的家務，時光難捱，希望日子快些打發。何以會有這樣不相稱的婚姻呢？據說是宮中選女，雙卿逃至此家，遂被賴逼成婚。這個背景便是一個更大規模的對婦女的迫害，其次便是賀家的貧窮。作為女子，無論哪一種緣由，雙卿都是沒有抗爭能力的。

還有大批被封建禮教吞噬青春和性命的歸女，讀讀她們的詩歌，便能看到封封建禮教對廣大婦女的虐殺。

一婦何曾事二天。今朝遄死赴黃泉。願為厲鬼將冤報，豈向人間化杜鵑？（清．郝湘娥）

自尤妾命薄如紙，初賦《桃夭》失所天。未老姑嫜還有託，綱常不讓古人先。（清．張睿之）

如說前一首詩的作者郝湘娥殉夫，還含有因夫「報冤無門」故以死表示對社會不平的抗爭之意，那張睿之未嫁而殉，她所起的就只有張揚綱常禮教一種作用，她的死實在是輕如鴻毛。然而罪責能落在這個十七歲少女頭上嗎？「禮教吃人」，這話一點都不誇張。

最後再說一下女性中之最最不幸者：娼妓。她們出賣自己的肉體時，便出賣了自尊。那是徹頭徹尾的非人生活。在一般婦女因禮教束縛而感到痛苦時，她們卻是求禮教之束縛而不得——她們不配！唐代娼妓徐月英有一首《敘懷》：

為失三從泣淚頻。此身何處用人倫。雖然日逐笙歌樂，常羨荊釵與布裙。

這樣的地位才真是令人欲哭無淚。明朝有一位佚名的娼妓將自己比作供人玩樂的「骰子」，其詩云：

一片微寒骨，翻成面面心。自從遭點染，拋擲到如今。

這一確切比喻中包含著受蹂躪的婦女多少辛酸淚啊！

三

飽蘊血淚的女性詩歌舉不勝舉，以上所列僅見一斑。近讀一些論婦女詩歌的論文，都將它們與男性詩歌等量齊觀，只比其藝術之高低，指其中一些詩歌為境界狹小，對其中反映出婦女生活的深廣度視而不見，故有上述之說。我是希望關心婦女解放的朋友們，都系統地讀一些古代婦女詩的。

原載《中國婦女管理幹部學院學報》1993 年第 1 期

「贈外」詩芻議
——讀中國古代婦女詩歌(之二)

封建時代，夫妻間書面互稱「內子」、「外子」。「贈外」是妻子寫給丈夫的詩，「寄外」、「和外」、「答外」性質都相同。

兩千年前的東漢時代，隴西郡有一吏員名秦嘉，他奉命到京都洛陽公幹。出發前妻子徐淑回娘家去了，他派車去接，徐淑因病不能回來。秦嘉因此寫了三首《贈婦詩》表達了行前不能與妻子相見的惆悵和深深的思念。徐淑得詩大為感傷，便寫了一首詩作答：

答秦嘉 （漢）徐淑

妾身兮不令，嬰疾兮來歸。沉滯兮家門，歷時兮不差（同瘥，病癒）。曠廢兮侍覲，情敬兮有違。居今兮奉命，遠適兮京師。悠悠兮離別，無因兮敘懷。瞻望兮踊躍，佇立兮徘徊。思君兮感結，夢想兮容暉。君發兮引邁，去我兮日乖。恨無兮羽翼，高飛兮相追。長吟兮永歎，淚下兮沾衣。

這首詩大約可分三個層次。前六句敘述了她因病留滯娘家，不能在家侍奉公婆（「侍覲」）和陪伴丈夫。平緩的敘述語氣中流露出深深的歉疚之意。以下六句說得知丈夫將遠離又不能前往送別時坐立不安、日思夜想的情景。最後六句想像丈夫日益遠去自己的悲傷，以及想插上翅膀飛去跟隨而不得，只有整日長歎落淚。全詩悽愴宛轉，十分感人。秦嘉、徐淑都是生活在社會中下層的普通平民，因此相互贈答的這幾首詩，成為兩千年來夫婦情深的典範。

盤中詩　蘇伯玉妻

山樹高，鳥鳴悲，泉水深，鯉魚肥。空倉雀，常苦饑，吏人婦，會夫稀。出門望，見白衣，謂當是，而更非。還入門，中心悲。北上堂，西入階，急機絞，杼聲催。長歎息，當語誰？君有行，妾念之，出有日，還無期。結巾帶，長相思。君忘妾，天知之；妾忘君，罪當治。妾有行，宜知之。黃者金，白者玉；高者山，下者谷。姓為蘇，字伯玉，作人才多智謀足。家居長安身在蜀，何惜馬蹄歸不數？羊肉千斤酒百斛，令君馬肥麥與粟。今時人，智不足，與其書，不能讀。當從中央周四角。

這首詩作於1600餘年前的西晉。蘇伯玉也因作吏遠在蜀地，久久不歸。妻子在長安思念丈夫，她將一首詩寫在一隻盤中寄給丈夫，詩的開頭用高樹之鳥、深泉之魚、空倉之雀起興，並渲染思婦的悲苦，接著便描寫自己盼夫歸來坐立不安，用織機急促的軋軋聲來發洩心中不平靜的情緒。從「君有行」開始直接與丈夫對話，希望丈夫不要忘記自己，表示自己決不會忘記丈夫；相信丈夫的品行，又向丈夫述說自己的堅貞，這裡其實是擔心丈夫變心，不過是委婉地說出來。最後用歡樂的語氣召喚丈夫歸來，說自己已經準備了豐足的接待。這似乎也是在強打精神、自我安慰，表現出這位女子的癡情。這首詩將對丈夫的思念、擔憂、希望……種種情感描繪得委曲盡致。三言的句式急促跳躍，像作者那顆無法平靜的心。最後的七言句式則流利舒暢，以適應作者抒情節奏的變化。「今時人」至結尾是這首詩的讀法。即應從中央向四角讀。盤是方形的，詩並不是像寫在帛與紙上、由右至左順序可讀的。這種做法表達出女性特有的機巧。這使人想到另一個著名女詩人的故事，即與蘇伯玉妻時代相去不遠的前秦蘇蕙。蘇蕙的丈夫竇滔帶了妾趙陽臺到外地赴任。蘇蕙非常傷心，在機上織出八百餘字的回文詩，織錦五彩相宣、瑩心眩目，名叫《璇璣圖》。詩可以迴環反覆，讀出三、四、五、六、七言詩3800餘首。這樣良苦的用心是只有對丈夫深深摯愛著的女性才有的。這幅織錦回文詩送達竇滔面前，使他深受感動。他遂派人將蘇蕙迎到任上，從此夫婦和諧逾初，蘇蕙以自己的詩才與巧思贏得了愛情。因篇幅關係，這詩就不引出來了。

寄夫　陳玉蘭

夫戍邊關妾在吳。西風吹妾妾憂夫。一行書信千行淚，寒到君邊衣到無？

唐代邊地多戰事，戍邊的軍卒很多，相應地就產生了許多思念征夫的妻子。每年快到秋天，妻子就要縫製寒衣寄給丈夫，那絲絲縷縷、一針一線都縫進了他們無盡的思念，寄去寒衣，也寄去了她們的心。這首詩便是她吐露寄寒衣時的心情。對丈夫成年累月方方面面的想念與關切，此刻都集中在寒衣是否能及時送到上。因為一切思慮的重要又怎能比得上擔心丈夫受凍來得迫切呢？但也只要表達了對丈夫受凍的關切之深，其餘便無須再說了。這便是這首詩寓深沉於簡約的具體內容。這首詩的另一藝術特色表現在句法上。它每句都由兩種事物相關，或對比：夫戍邊關——妾在吳，對比出距離之遙；一行書信——千行淚，對比出愁苦之多。或遞進：西風吹妾——妾憂夫；寒到君邊——衣到無。均由己而及人——丈夫。這種巧妙的構思和細膩的手法也表現出女性的靈慧。

寄遠曲　朱柔則

恨少垂楊柳，殷勤寄玉鞍。夕陽鴉背暖，春雪馬蹄寒。入世逢迎拙，依人去住難。癡兒啼向我：昨夜夢長安。

聞說燕臺路，生涯亦可憐。恥彈門下鋏，誰乞廣文錢。久客非長策，歸耕有薄田。一棺痛慈母，急為卜新阡。

到了清代，夫婦唱酬詩中就不僅表現出一種男女間的性愛情感，而更多地使家庭溫暖和天倫樂趣滲透詩中。朱柔則是清初錢塘女詩人。丈夫沈既濟在北京求職而寄寓一官僚幕府中，朱柔則寫了《寄遠曲》四首勸丈夫回家，這裡選了其中兩首。詩中除了曉以寄人籬下生涯之可憐外，就是以家人間的感情來打動他。前一首「癡兒啼向我：昨夜夢長安」。是以兒子對父親的思念來傳達自己勸丈夫歸來之意，後一首則說母死未葬，希望丈夫回來安葬亡母，以親子之間的大義與情感來說服丈夫。這組詩寓抒情於說理之中，帶有明顯的清代婦女受理學影響較深的特點。

讀了上面幾首「贈外」詩，下面我們再來討論一下這類詩歌在女性詩歌總體中的地位及其意義。

古代女詩人「贈外」詩數量很多，在她們詩歌總體中所佔比例，遠過於男性的「贈內」詩，這不難理解：丈夫是她們傾訴情感的主要對象，而且男性的生活與情感天地廣闊得很，女性卻以家庭為宇宙，丈夫就是她的天。這不只是行文中的比喻，它是寫在儒家經籍中的。《禮記・喪服志》：「夫者，妻之天也。」清乾隆間一位王姓少女為其未婚夫自縊殉死，其《絕命詩》說：「自尤妾命薄如紙，初賦桃夭失所天。」「所天」便指丈夫。而且丈夫死了自己也就像天蹋了一樣，失去了生命的光照與依託。她們向自己的「天」傾訴，其赤誠與熱烈不是理所當然而且值得珍視的嗎？文學創作必然尋找它的讀者，因為情感要求共鳴，趨向交流，純粹的自娛是違背它的特性的。但是封建社會「內言不出於閫」，婚前詩可以給父兄看，但一般十五、六歲便出嫁了，她的一生以丈夫為情感中心，也自然以丈夫為作品的主要讀者，因為那是不算違禮的。她們怎能像男人一樣，以詩會天下友呢？宜乎「贈外」詩之多了。

但是這類詩是歷來不受重視的。因為它們表達的不過是夫婦之間的閨房私情，似乎與廣闊的社會現實是隔絕的，而今天我們標舉的是反封建性質的自主愛情，那幾無例外由包辦婚姻結成的夫婦，就太缺乏浪漫情調和社會意義了。但是我以為這樣看未免太狹隘。這種認識於婦女生活史和文學史的研究都是不利的。

首先，認為這類詩內容缺少社會內涵的看法與事實不符。例如我們上面所舉的幾首詩，都是處在別離狀態下寫的。何以造成這種別離，其原因都是社會造成的。丈夫多因出外謀食而離家，這就說明了謀食的艱難。否則他們何須背井離鄉呢？如果他們生活優裕安定，他們就會帶上妻子兒女共同生活，不致使她們在家鄉忍受孤寂與思念的折磨了。朱柔則在《寄遠曲》中運用自己的常識充分想像出丈夫在外求食的「可憐生涯」:「入世逢迎拙，依人去住難」,「恥彈門下鋏，誰乞廣文錢」。那是一種怎樣的尷尬？一副傲骨的文人，投靠了別人，就要看別人的臉色，進退失據。像戰國時期的馮諼那樣成天唱著「彈鋏歸來乎！」像杜甫筆下的鄭廣文先生那樣忍受殘杯冷炙的酸辛。這還是文人，如像陳玉蘭的丈夫，是征戍邊塞的戰士，他們的命運關連著戰爭。甚至可能不會生還。他們的妻子豈僅僅是「孤獨」、「寂寞」所能形容呢？所以她們的「寄夫」詩也就是反戰、厭戰，渴求和平和安定生活的呼籲書。詩歌史上這類作品很多，並且有許多並不是女性寫的。例如唐金昌緒的《春怨》:「打起黃鶯兒，莫教枝上啼。啼時驚妾夢，不得到遼西。」就是有名的一首。男性詩人為了揭露戰爭，反對兵役和差役帶給人民的痛苦，就常常以思婦的口吻寫詩，得到很高的評價，那出自真正的思婦之口，吐露的是自己真實的心聲，其社會意義不是更勿容置疑嗎？

「贈外」詩並不都是寄遠的，它也常常產生相伴相隨的日常生活中，許多是平日閨中的相互贈答，且都有一些現實的具體內容。或是同享一種歡樂，或是訴說個人的悲愁，不一而足。它們的內涵與背景大都不同程度地關聯著社會現實，有待於讀者多方位地深入發掘。更重要的是「社會意義」並不是評價詩歌的唯一標準。應該說，凡是真實地、健康地表達了任何時代任何一種人的美好的思想感情的作品，都是有價值的，更何況還有其審美價值呢！

其實，我們可以暫時放下對作品的本體評價，來認識一下詩人詩歌創作行為本身。封建社會女性客現上既然處在卑下的地位，她們主觀上必然有著濃厚的自卑心理。可是當她們拿起詩筆時，他們就成了詩人，她們與男人就只能以詩歌論高下，只有詩歌的高下，沒有人格的高下了。大家十分熟悉的《紅樓夢》中大觀園一群女兒們，尤其是詩才最為出眾的林黛玉、薛寶釵和史湘雲，她們比賈寶玉更會作詩，這時賈寶玉常常便成為她們嘲笑的對象。林黛玉的桀驁不馴中不正是包含著對自己文學才華的自詡嗎？就是宣言「女子無才便是德」的薛寶釵，也是並不真正自卑的。文學才華也給了她許多自信。這是說一般的寫詩，「贈答」詩更能體現詩人間的地位的對等。因為詩歌是純精神的東西，它不像物質的贈與，它們有物質自身的價值，而贈與本身可以有明顯的功利目的。或者是因有求於人而「仰攀」，或者是施捨給對方以「俯就」，其高下便能顯示出不平等。而詩歌並不仰仗其載體的物質價值，它們只傳達思想情感，而思想情感是無價的。所以當男性作者寫「贈內」詩時，他便當妻子是自己的知音，是能夠理解和接受他的感情的人，而當女子拿起詩筆寫「贈外」詩時，她已經站在了一個新的，即與丈夫對等的立足點上，她是以一個詩人的姿態面對另一個詩人。這時的丈夫同樣是被當作她情感接受的平等對象，是一個知音，而不再是她的「天」。她的自卑心理消退了，她此時充滿了自信與愉悅。這種愉悅與自信對於處在社會底層與生活的狹隘角落備受壓抑的女性來說，是多麼可貴！可以說，如果她能經常進行這種文學活動，一定可以培植出她更多的獨立精神。可惜的是，這類活動不能成為一種必然的、普遍的行為，讀書識字與寫詩也是只有少數婦女才有幸運獲得的權利。所以寫詩自然不是解救婦女的良方。但即令只有少數人獲益，它的價值也是不容抹煞的。

除了培植自信心與平等意識以外，還培植了愛情與幸福。我們不能期望封建社會中的女性都像崔鶯鶯和杜麗娘一樣去追求婚姻自主，對家長進行生死的鬥爭。更多的女性不得不接受封建包辦婚姻。這類婚姻都不同程度地包含著悲劇因素，有的是十分悲慘的。但是可不可以在這樣的命運安排下爭取盡可能多一些幸福呢？事實上古代的億萬婦女們都是從各個方面各種途徑作出了努力的。但是我想對於文化婦女來說，她們與丈夫共同進行文學活動，會使他們的幸福上升到一個新的層次。比如三從四德可能會使有理學氣的丈夫感到滿意，精心照料與溫柔體貼也能得到丈夫的好感，但是忍辱負重所獲得的恩惠與平等的情感交流給與人的精神享受是大不一樣的。宋代女詞人李清照和丈夫趙明誠的恩愛是盡人皆知的。「茗戰」的故事傳為千古文壇佳話：他們在閨中比賽誰記誦典籍的能力強，勝者獎以飲茶。李清照後來回憶起那種歡樂：「中即舉杯大笑，至茶傾覆懷中，反不得飲而起。甘老是鄉矣！」（《金石錄後序》）言辭之中仍充滿幸福感。這樣的幸福不正是李清照的文學才華創造出來的嗎？清乾隆時期詩人孫原湘在詩中這樣描寫與妻子的閨房之樂：「賴有閨房如學舍，一編橫放兩人看。」可見男性也是以這種生活為快樂的。清初女詩人浦映綠的丈夫黃永在刑部任高官，夫妻感情很深。有人對黃永開玩笑說：「君得毋昔人所謂愛玩賢妻，有終焉之志乎？」黃永坦率而自豪地說：「下官正復賞其名理。」得到丈夫這樣的恩愛，恐怕是只有才德具備的妻子才有可能。女人以自身素質的改善，以自信而主動的姿態去贏得丈夫的愛，去創造自己的幸福生活，這不是同樣令人欽敬和羨慕的嗎？

幸福並非僅僅與安樂相伴隨。像前面敘述過的「寄遠」詩，其中表達的是生離死別的痛苦，可是她們將自己的愛以動人的形式傳達給了丈夫，他們心中的思念與感激便會更加澎湃起來，這會使雙方都嘗到苦澀中的甜蜜；一旦重逢他們會感到愛情並未因睽隔而疏遠。相反，在會心的微笑中她們更加貼近了。平等和詩意的溝通，使離別並不只產生消極的作用。

「贈外」詩，這個被社會學的或純文學的文學研究者們都輕看了的詩歌品類，我想或者不應該被我們婦女自己所忘懷。我們從中得到的不僅是文學的審美享受，我們還應該從古代女性的文學中更深地瞭解她們的生活史，或者從她們的生活史中，更深地認識婦女文學。此外，或者還可以對我們自己的生活方式有所啟迪。我們不要忽略了具有高層次文化內涵的情感交流方式，會使新時代的夫婦關係更為和諧，家庭生活更加幸福。

原載《中國婦女管理幹部學院學報》1994 年第 1 期

從「鳴機夜課」到「歸舟安穩」
——蔣母鍾令嘉的一生

有這樣一句名言:「一切成功的人物後面，必定站著一個勇於犧牲的女性。不是他的妻子，就是他的母親。」站在清代文學家蔣士銓後面的，是他的母親鍾令嘉。

鍾令嘉與千百年來絕大多數中國婦女一樣，只不過是一個封建家庭中的賢妻良母。她並沒有建立什麼不朽的業績，但是熟悉蔣士銓生平和作品的人都知道，這位文學家的成長是和母親分不開的。她不僅為撫育士銓付出了極大的辛勞，而且是她最先用文學的乳汁哺育了這隻「孤鳳凰」，使他飛向了文學的高空。可以說，蔣士銓的大半生是隨著母親的腳步走過來的。同時，鍾令嘉還不止是一個站在成功者後面的人，她還曾用自己慣於炊爨紉織的手，捧出了一部《柴車倦遊集》，從而站在了清代的婦女詩壇上。她的文學成就雖不能與蔡琰、李易安相提並論，但在幾乎將婦女的聰明才智扼殺盡淨的封建社會裏，還是十分難能可貴的。當年，蔣士銓成名之後，凡去見他的人，都要先升堂拜母。可見令嘉的賢能，在當時已經具有社會影響。今天我們紀念蔣士銓的時候，無論是為緬懷這位賢母，還是為瞭解這位女詩人，對鍾令嘉作些介紹，都不是沒有意義的。

鍾令嘉生活的年代，正是被稱為康雍乾盛世的時代。這時沒有大的社會動亂，階級矛盾相對緩和，經濟上比較富裕和繁榮。但即使在這樣的時代，廣大人民也並未脫離在飢寒線上掙扎的困境。同時這又是一個精神壓迫十分嚴酷的時代。一方面，文字獄的恐怖陰雲始終籠罩著知識分子生活領域的上空，另一方面，統治者又空前熱情地利用科舉制度誘惑著讀書人，使他們把擠進舉人進士行列看作唯一的出路和最大的榮耀，從而為之鞠躬盡瘁。理學思想也在統治者狂熱地提倡下深入到各個領域，對時代思潮發生著巨大影響。三從四德之類的觀念從來沒有像清代這樣控制著廣大婦女。大批節婦烈女成為理學的標本，陳列在各地的方志中，其數量遠遠超過「人物」這一門中的「名宦」、「儒林」和「寓賢」們……這一切的社會政治、經濟、文化、思想的狀況，無不與鍾令嘉這個普通家庭婦女的生平發生著深切的聯繫。

鍾令嘉，字守箴，康熙四十五年（1706）出生在江西省餘干縣瑞洪鎮一個書香門第的家庭。鍾家原籍南昌，後僑居瑞洪，所以在這裡不會有很多田產。令嘉的兄弟雖然都是讀書人，但平時都要參加勞作（《清容居士行年錄》雍正十年：「父由蒲州歸里……與舅氏相勞苦。」）。父親鍾志順，字滋生，是個沒有功名的「處士」。母親李氏。他們共生下五女四男。人口的眾多自然倍添了生活的困難。令嘉雖是家裏的「小九妹」，是滋生公的「最小偏憐女」，卻也無法過分嬌寵，因而從小養成了勞作的能力和勤儉的美德。我們沒有關於少女時代令嘉生活狀況的詳細資料，但可以從她婚後在娘家生活的情況推測她是在一個怎樣的家庭環境中形成自己的性格的。士銓三歲至九歲的六年間，由於父親蔣堅遠遊在外，母親令嘉帶他回外祖父家寄食。娘家人對令嘉沒有絲毫歧視，相反，據士銓記載：「諸舅視母，如未嫁時。」〔註1〕雍正七年，瑞洪大饑，外祖一家「皆齧糠籺，哽不能下。滋生公日以二錢購一溢米，以二錢易市脯一片，飼士銓，歷二載如一日」〔註2〕。沒有全家的支持，外祖父對外孫的這種特殊照顧是很難辦到的。士銓多病，四歲時痘發，賴表兄克輔日走數十里外求醫藥得不死。令嘉督課士銓過嚴，姐姐們都來相勸：「妹一兒也，何苦乃爾！」〔註3〕表現出骨肉間的親切關懷。在學業上，士銓五歲，即由舅父致光教作字；十六歲作詩，又請業於舅父蘧廬。蘧廬晚年，還由士銓盡贍養之責。士銓一家一直和外家關係特別密切。顯然，這是個雖然貧苦，但卻親愛和睦、能克己讓人、相互扶持的家庭。維繫這種家庭關係的精神紐帶，雖說不可能沒有封建道德的成分，但主要還是中國人民高尚的精神文明傳統。

〔註1〕蔣士銓《祭外祖滋生公暨妣李孺人文》，見邵海清校、李夢生箋《忠雅堂集校箋》之《忠雅堂文集》卷九，上海古籍出版社1993年版，第2348頁。

〔註2〕邵海清校、李夢生箋《忠雅堂集校箋》附錄一《清容居士行年錄》，上海古籍出版社1993年版，第2469頁。本文所引《年錄》皆出此書，不再一一出注。

〔註3〕蔣士銓《鳴機夜課圖記》，見邵海清校、李夢生箋《忠雅堂集校箋》之《忠雅堂文集》卷二，上海古籍出版社1993年版，第2048頁。

令嘉正是在這樣的環境裏成長起來，培植出善良的品格和自我犧牲精神的。

對令嘉影響最大的是父親滋生公。令嘉良好的文學教養自然主要得力於父親。《鳴機夜課圖記》中有這樣一段描述：

> 先外祖長身白髯，喜飲酒，酒酣輒大聲吟所作詩，令吾母指其疵。母每指一字，先外祖則滿引一觥，數指之後，乃陶然捋鬚大笑，舉觴自呼曰：「不意阿丈乃有此女！」

老人對女兒的才學是多麼引以自豪！老人的性格又是多麼爽朗可親！在這樣的父親教養下成長起來的鍾令嘉，自然不會是一個胸襟狹隘淺薄、行動拘謹局促的女子。

最能說明滋生公對女兒影響的，無過於他為她擇婿的事。在那個時代，女兒十三、四歲大都早已許人甚至出嫁了，而令嘉已芳齡十八，尚待字閨中。這是因為滋生公為自己的愛女擇婿的條件太苛。蔣士銓是這樣敘述這件事的：

母年逾笄，媒者紛至，紈絝市井，群口稱利。翁曰：

> 母年逾笄，媒者紛至。紈絝市井，群口稱利。翁曰里兒，是豈我婿？擇婿實難，姑以待字。是時我父，齒逾強仕。壯遊來歸，內憂初既。廿載天涯，不告不娶。豈無斧柯？實養親志。后土皇天，共聞是言。翁曰孝哉！斯人信賢。吾女克孝，禮法不愆。不字云何？克配是焉。乃破俗議，獨行其意。豎子何知？老夫克慰。〔註 4〕

老人選中的快婿竟是當時已經四十六歲而且尚未功成名就的蔣堅！這無論在當時還是在今天，都肯定不能算是合理的和美滿的婚姻。但老人自有他的道理，蔣堅少年時曾苦志力學而「卒困於學使」，轉而發憤遊京師，轉徙燕晉間幾二十年，其間做了許多扶弱濟困、決冤斷獄等義烈難能之事，表現了高尚的節操和傑出的才能。滋生公在聽到族子恭繩關於蔣堅行誼的介紹後，立即被他的瑰行琦節所傾倒，認定了這就是他尋求的乘龍佳婿。所以蔣堅後來對岳父的「國士之知」充滿感激之情。對於令嘉來說，這樁婚姻主要是父母之命，但父親的擇婿標準肯定也影響了女兒。當時開明的父母，對兒女的婚姻有時還是會和本人商量的，何況令嘉是滋生公最偏愛的女兒呢！從他們婚後的關係看，令嘉對丈夫是敬重的，夫婦之間是恩愛的。在令嘉的頭腦中，當然不排除三從四德觀念的作用，但也應包括父親擇人標準的影響。這種標準，

〔註 4〕蔣士銓《祭外祖滋生公暨妣李孺人文》，見邵海清校、李夢生箋《忠雅堂集校箋》之《忠雅堂文集》卷九，上海古籍出版社 1993 年版，第 2348 頁。

雖談不上有什麼進步意義，但與財勢門閥觀念相比，還是有著高下之別的。

令嘉的獨立生活道路應該說是從雍正二年（1724）開始的。這年她和蔣堅結了婚。蔣士銓有兩篇文章為大家所熟知，即《鳴機夜課圖記》和《歸舟安穩圖記》。這兩份《圖》和《記》都以母親為中心人物，可說它們正代表了鍾令嘉婚後兩個時期的生活和理想，聯繫起來，便概括了她的一生。

《鳴機夜課圖記》作於乾隆己巳（1749），即蔣堅去世的次年。《圖》的畫面是這樣的：

> 虛堂四敞，一燈熒熒，高梧蕭疏，影落簷際。堂中列一機，畫吾母坐而織之，婦執紡車坐母側。簷底横列一几，剪燭自照，憑畫欄而讀者，則銓也。階下假山一，砌花盤蘭，婀娜相倚，動搖於微風涼月中。其童子蹲樹根捕促織為戲，及垂短發、持羽扇煮茶石上者，則奴子阿同、小婢阿昭也。

這是按令嘉「志有樂得而未致者」的想法畫的，實際當時她的生活，哪有這樣的恬適？而《記》所敘之事才是真實的。

由於蔣堅由晉返贛時父母已經去世，回鄉之初又為了救助旁人將多年積蓄散盡，所以他當時兩手空空。鍾家本來寒素，令嘉出閣時「牽犬買奩，布裙椎髻」〔註5〕，談不上嫁妝陪送。婚後次年，兩伯父即主張分爨。他們的小家庭只能「居旁舍，家四壁立」，對於一個家庭主婦，這意味著要常為「無米之炊」而發愁。雍正三年（1725）十月，士銓出生，「小除之日，室如懸磬，母搜盡篋，得青蚨七文，遣奴子（唯一與他家共命運的青年男僕阿洪）市魯酒半斤，鹽豉一區，抱兒煨榾柮以守歲」。過年尚且如此，平時可以想見。雍正五年，蔣堅因援救澤州守佟國瓏離家北上，令嘉「饘粥無依」，只得率士銓、阿洪回母家寄食。雍正七年、八年，瑞洪接連發生饑荒，令嘉和全家吃糠咽菜，以節約數文錢哺養士銓，同時她日夜績麻刺繡，以換布製衣，使士銓和阿洪「無襤褸狀」。當時的社會沒有給婦女提供什麼獨立謀生之道，她這樣做可說已竭盡所能了。雖說由於父母諸兄對她的鍾愛使她並無「寄人籬下」之感，但她還是要盡力用自己的勞動分擔養家的重擔。這是中國婦女幾千年來的優良傳統。她們有著深深的責任感和可貴的自立精神，從來就不甘於做「寄生蟲」。士銓自幼體弱多病，又患癲癇。四歲時「月凡數發，每發則抽搐死去」，

〔註5〕蔣士銓《祭外祖滋生公暨妣李孺人文》，見邵海清校、李夢生箋《忠雅堂集校箋》之《忠雅堂文集》卷九，上海古籍出版社1993年版，第2348頁。

至六歲時，還年發六七次。每發，令嘉則「擎之日夜繞室而行」。士銓是靠著母親溫暖的愛心才活下來的，其間的艱辛，或者只有做過母親的女人才能全部理解。

如果說在生活上對兒女的撫養是做母親的天職，她們人人都會像鍾令嘉這樣拉扯子女成人，那麼在沒有父親照管，又無力延師的情況下，要對子女實施良好的文化教育，這便不是大多數婦女力所能及的。而蔣士銓的啟蒙教育正是由母親親自進行的。士銓四歲，令嘉「鏤竹枝為絲，斷之，詰屈作波磔點畫，合而成字，抱士銓坐膝上教之」。這樣的場景確實感人：

> 記母教銓時，組繡績紡之具，畢陳左右，膝置書，令銓坐膝下讀之。母手任操作，口授句讀，咿唔之聲，軋軋相間。兒怠則少加夏楚，旋復持兒泣曰：「兒及此不學，我何以見汝父？」至夜分寒甚，母坐於床，擁被覆雙足，解衣以胸溫兒背，共銓朗誦之。讀倦睡母懷，俄而母搖銓曰：「可以醒矣。」銓張目視母面，淚方縱橫落，銓亦泣；少間復令讀。〔註6〕

這才是「鳴機夜課」的真實圖像。又：「當士銓病作時，母以唐詩黏四壁，擎兒繞行教誦之。」甚至令嘉自己有病，也要令士銓持書誦於側，於是「病輒能愈」。這樣的督課，豈止嚴格而已，簡直是殫智竭慮，嘔心瀝血了。至士銓十二歲，師傅離去，三年間仍由令嘉督課，才不致廢學。從她教育兒子的過程中，我們不但看到了她執著的母愛，也看到了她的學識和能力。儘管其中包含著「駟馬題橋志，雙親屬望身」〔註7〕和「泥金須早慰堂前」〔註8〕的想法，我們還是不能不對之產生敬意。我們不能脫離當時的社會環境，要她在當時就擺脫科舉功名觀念的影響是不大可能的。

雍正十年（1732），蔣堅由澤州南返，令嘉隨丈夫離開鍾家回到南昌。此時生活的困窘當略有緩解。隨著物質和精神上重壓的減輕，她就透露了不甘老死牖下的精神追求，表現了她不同凡響的胸襟和才華。雍正十三年（1735），士銓十歲，蔣堅欲攜士銓「浮洞庭，涉黃河，置身太行，一望齊梁燕門之壯，

〔註6〕蔣士銓《鳴機夜課圖記》，見邵海清校、李夢生箋《忠雅堂集校箋》之《忠雅堂文集》卷二，上海古籍出版社 1993 年版，第 2047 頁。

〔註7〕鍾令嘉《臘月寄銓兒》八首其八，魏向炎《豫章才女詩詞評注》，江西人民出版社 1987 年版，第 78 頁。

〔註8〕鍾令嘉《送銓兒赴禮闈》，魏向炎《豫章才女詩詞評注》，江西人民出版社 1987 年版，第 79 頁。

然後負之趨崤函而登泰岱」。令嘉說：「清娛亦人耳，天下名山大川，君奈何不與家人共覽之？」蔣堅表示欣然同意，於是她有了「三十隨夫四海遊，江山奇處每勾留」〔註 9〕的經歷。在遊歷中，她擴展了眼界，開闊了胸襟。在《黃鶴樓》、《登太行山》等詩中，表現出一種囊括方圓、雄視千古的氣概：

絕蹬馬蕭蕭。群峰氣力驕。蒼雲橫上黨，寒色滿中條。返轍河如帶，捫車跡未遙。龍門劃諸水，禹力萬年昭。（《登太行山》）

在澤州時，蔣堅每決大獄，母輒攜兒立席前曰：「幸以此兒為念！」表面看來，這是出於對身家性命的擔憂。實際上，這一行動包含著她對官府刑獄的許多認識，表現了她對社會生活的關注，甚至有對被壓迫者的同情。這是她的眼界能從家庭稍稍擴展到社會的結果。

然而在士銓未成人之前，令嘉始終未曾擺脫生活的重壓。不僅在家務勞作中依然艱苦備嘗，如雍正十一年（1733），士銓父子皆病，「瘍足拳局，十指僵腫，不能飲食，賴母左右遞飼之」，而且還經歷過對一個母親來說是最為慘痛的打擊，那就是子女的夭殤。雍正十二年，她生女潤姑。乾隆二年又生一子，七日而殤。不到一年，潤姑又亡。她因傷痛幾至不起。乾隆十三年（1748）她才四十三歲的時候，年及古稀的蔣堅又去世了，她開始了長期的寡居生活。這便是年齡懸殊的婚姻帶給她的最大惡果。次年，士銓請畫師給她畫「行樂圖」（即《鳴機夜課圖》）時，她愀然說：「……處哀慟憂患間數十年，凡哭父、哭母、哭兒、哭女夭折，今且哭夫矣。未亡人欠一死耳，何樂為！」這便是她對自己前半生的一個總結。

乾隆十五年（1750）大致是她的生活由困頓到較為順利發生轉機的一年。這年「元旦之夕，甕米才五斗，生計茫如」。但不久，士銓被薦充南昌地方志總纂，就有了生計來源。十七年（1752）士銓在南昌買屋，十九年考取內閣中書，二十一年，令嘉隨士銓進京。二十二年（1757）士銓中進士，且朝考欽取第一改庶吉士，三年後散館又欽取第一授編修。按理說，至此，令嘉夢寐以求的願望可算實現了，更何況士銓甚得乾隆賞識，令嘉本人也「母以子貴」，敕封「太安人」。她「一生辛苦備三從，六十新叨墨敕封」〔註 10〕，心情看來

〔註 9〕鍾令嘉《自題歸舟安穩圖》七首其五，魏向炎《豫章才女詩詞評注》，江西人民出版社 1987 年版，第 81 頁。

〔註 10〕鍾令嘉《自題歸舟安穩圖》七首其三，魏向炎《豫章才女詩詞評注》，江西人民出版社 1987 年版，第 81 頁。

也是滿足的。所以她似乎應該勉勵兒子勤謹忠慤，長期報效朝廷才對。可是蔣士銓只任職七年就辭官了。辭官的原因《行年錄》中記載：「裘師穎薦予入景山為內伶填詞，或可受上知，予力拒之，八月遂乞假去。」早在乾隆十五年他才中鄉試時就以「惟親與師不可以假」拒絕過某權貴的羅致，這種守正不阿的性格與父母的影響是分不開的。這次乞假而去，在很大程度上也是母親的意思。她曾說：「兒才非適時者，不如歸也。」又據《鉛山縣志》說：

> 當是時，士銓名震京師，各公卿爭以識面為快，有顯宦某欲羅致之，士銓意不屑，自以方枘入圓，恐不合，且得禍，鍾太安人亦不樂俯仰黃塵中，遂奉以南旋，繪《歸舟安穩圖》，遍徵題詠焉。

令嘉《自題歸舟安穩圖》詩也說：

> 館閣看兒十載陪，慮他福薄易生災。寒儒所得要知足，隨我扁舟歸去來。

表面看來，這是一種「知足常樂」的平庸思想。但仔細推敲：「易生災」是有所指，還是泛泛而談呢？聯繫實際來考慮，這是有具體內容的。那便是她親眼看到的宦場的互相傾軋和文字獄的慘烈等黑暗現實。雍正即位後對政敵的殘酷鎮壓，層出不窮的文字之禍，如《南山集》案，呂留良案等，都發生在眼前，知識分子命筆屬文，動輒得咎，常處於提心弔膽、如履薄冰的狀態。鍾令嘉對此不可能沒有認識。乾隆十七年她在《臘日寄銓兒》詩中就告誡士銓「恃才防暗忌，交友戒多言。結習還當掃，新詩莫訴冤」〔註11〕。這也不是一般的陳腐說教，而是極有現實性的箴言。這次士銓又得罪顯宦，還間接觸及乾隆本人，怎不使令嘉怵惕於心呢。她和士銓毅然作出了急流勇退的決定。當他們全家離開京城時，她寫出「一艇平安幸已多，胸中原未有風波。團圓出又團圓返，兒額鬚長母鬢皤」、「得向青山梳白髮，此心閒處便從容」〔註12〕的詩句，流露出一種如釋重負之感，我們是不難予以理解的。不過她不是真的「胸中原未有風波」，而是有著對宦場、文場險惡風波的某種認識的。再看蔣士銓對《歸舟安穩圖》中畫面的描繪和解釋：

> 圖曰歸舟，志去也；曰安穩，風水寧也。居士有母、有婦、有

〔註11〕鍾令嘉《臘月寄銓兒》八首其五，魏向炎《豫章才女詩詞評注》，江西人民出版社1987年版，第77頁。

〔註12〕鍾令嘉《自題歸舟安穩圖》七首其三，魏向炎《豫章才女詩詞評注》，江西人民出版社1987年版，第81頁。

三子，生理全也；舟中有琴書、有酒樽茶灶、有僮婢雞犬，自奉粗足也；岸樹有花，春波淡蕩，游鱗不驚，汀鷗相戲，生趣恰而機心忘也……

在欣喜滿足之中，透露出從險惡的風波中脫身的深自慶幸。所謂「歸舟安穩」具有的象徵意義，是可以一目了然的。當然，這種全身遠禍的態度，不能說是很積極的。令嘉「喜談忠孝節義事」，她的思想從未脫離理學軌道，她沒有將自己的和社會的苦難與統治階級的罪惡聯繫起來，甚至在歸去時還表示要「焚香省過答天恩」。她的「歸舟」的安穩感在某種程度上說也是虛幻的，說明她對充滿整個社會的險惡風波還缺乏足夠的認識。但是她不鼓勵兒子為統治集團賣力效忠，不留戀和追求腰金衣紫的富貴生活，不願兒子爬到更高的地位上去在人民頭上作威作福。南歸之後，士銓主講蕺山、安定等書院，她隨兒子安然地渡過晚年。「六載於越，三載於揚，登覽詠遊，輒舉壽觴，食貧而樂，母老益康。」士銓還常說：「昔人以祿養，吾以學養，猶昔所受於母者。」這正是她理想的歸宿。她晚年自號「甘茶老人」，她的詩集名《柴車倦遊集》，這都表現出她的志趣。這種志趣與她在《鳴機夜課圖》中所寄託的是一致的。這種志趣，在當時的社會裏，即使不能說是進步的，也可以說是明智的。對於一個封建時代的家庭婦女，尤其是曾竭力促成兒子博取功名的母親，我們還要怎樣去要求她呢？我們還可以觀察她此後所表現出來的精神風貌。回到江南後，她不免和許多富貴官宦人家有著往來，如與已在南京作了名公的袁枚，兩家關係就很密切。當時，「江浙諸太史內子聞母賢，爭邀至西子湖、平山堂燕賞。珠翠綺羅，照耀江山，母以荊釵裙布列坐其間，泊然自若」〔註 13〕。請看，在同時代的女性當中，她不是顯得超群拔俗，清淳高尚嗎？同時，直到晚年，她仍然一直替兒子操持家務：「慈母計米鹽，家政老尚操。既乏甘旨供，復代兒孫勞。」〔註 14〕這正是幾千年來廣大中國婦女，包括知識婦女所走著的道路。不過令嘉雖一生辛勞，在晚年總算沒有遭到更大的患難，乾隆四十年（1775），她以七十高齡終於揚州書院，次年歸葬於鉛山天井塘。她能夠在合乎自己生活原則的條件下離開人世，應該說是幸運的。

現在簡單談談鍾令嘉的詩。

〔註 13〕蔣繼洙修，李樹藩纂《廣信府志》卷九之十二「列女」，同治十二年刻本。

〔註 14〕蔣士銓《讀書》四首其三，見邵海清校、李夢生箋《忠雅堂集校箋》之《忠雅堂詩集》卷十六，上海古籍出版社 1993 年版，第 1140 頁。

由於封建制度對婦女文學才華的扼殺，女作家的作品很難保存下來，有些被她們自行毀棄，大多數在流傳中湮沒，所以留下來的真是吉光片羽，彌足珍貴。雖說清代重視禮教教育，婦女知書識字的較前為多，女詩人及其作品刊行的數量也大為增加，胡文楷《歷代婦女著作考》載，清代有專集的女作者達三千以上，不過考其籍貫，大多集中在吳越兩省，江西則不足百人，所以鍾令嘉的《柴車倦遊集》仍然是值得我們珍視的。《清史稿・藝文志》僅著錄婦女詩文集五十八人六十二種，其中便有《柴車倦遊集》二卷，說明在文苑中它具有相當的地位。但這部兩卷本的詩集目前已經很難找到了。《歷代著作考》只載明《清史稿》、《擷芳集》著錄該書，胡文楷先生也未見到它。筆者檢索其他書目，至今沒發現什麼線索。現在所見，只是道光咸豐間德化人蔡殿齊在《國朝閨秀詩鈔》中輯錄的二十三首詩，稍後宜黃黃秩模《國朝閨秀詩柳絮集》及近人徐世昌《晚晴簃詩匯》所選鍾令嘉詩，都未出這個範圍。但願這只是筆者的孤陋，而不是說明鍾令嘉的作品也遭到流失的厄運。關於鍾令嘉的創作情況及對她詩文評價的資料，亦尚付闕如。蔣士銓本人曾為好幾位女詩人的詩集寫過傳、敘，如直隸大興人胡慎儀（字采齊，一字觀止，又字石蘭，有《石蘭詩鈔》）、胡慎容（字臥雲，號紅鶴詩人，有《紅鶴山莊詩鈔》）姐妹，曾寓居南昌，與蔣家有過交誼，慎儀有《滕王閣侍蔣太夫人宴》詩，蔣士銓曾為慎儀寫過《石蘭詩傳》、為慎容《紅鶴山莊詩鈔》作過序。他的堂妹、蔣謙之女蔣婉貞也善詩，他對她們的作品都有過認真而熱烈的讚揚，但他卻極少提到母親吟詠的事，也未對母親的詩作作過介紹和評價，是否在他的潛意識裏，存在以為以詩詞餘事對大賢大德的母親指點評說乃是一種褻瀆的想法呢？我們不得而知，只能對此表示惋惜。要就現有的二十餘首詩對《柴車倦遊集》作出評價，只能是瞎子摸象。所以我在這裡只能作個簡單的敘說，希望拋磚引玉，特別希望知道作品收藏線索的人，能給予幫助。

令嘉始學吟詠應是少女時代的事。可惜現存的詩都非她早年在閨中所作。閨秀詩人們的詩歌在出嫁前後往往顯示出不同的風致。少女時代，她們在父母的庇護和優寵下生活，真正的人生憂患還沒嘗到，所以她們的詩缺乏思想的深度，但卻表現出較多的華藻俊思和一片天然真趣，如曹雪芹筆下海棠詩社的女兒們那樣，一旦出嫁之後，她們以丈夫或兒子為中心，侍奉舅姑，操持家政，從柴米油鹽和應對往來中體驗了生活，甚至從大風大浪中認識了社會，她們的詩題材豐富了，思想深刻了，風格也較為平實了。她們以詩描寫社會和感慨人生，而且還用以應酬、勸勉等，使它具有某些實用價值。我們看到的令嘉的詩正是如此。

現存令嘉的詩有幾首屬於登臨懷古之作，即《黃鶴樓》、《金陵》、《登太行山》和《越州》。雍正十三年，令嘉隨蔣堅北上，從此離開了狹小的家園，在大河上下、長江南北廣泛遊歷，在古城武昌、金陵及歷史悠久的古吳越爭戰之地勾留。眼前的奇麗江山和從博覽典籍中獲知的民族歷史在她胸中匯合，激蕩起她的詩情。她也描繪景物，但更多地是詠歎歷史教訓並聯繫到現實，表現出她對祖國的熱愛和對民族命運的關切。如：

難為子孫守，不是帝王居。一片風流地，千秋醉夢餘。
劫灰塵久積，金粉氣難除。只有秦淮上，笙歌六代如。（《金陵》）

保邦憑智術，存國仗陰謀。吳越同歸盡，胥蠡定孰優？
川岩名郡別，淳樸古風留。可惜田疇少，都人貴遠遊。（《越州》）

從這些詩中我們看到的詩人完全不是一個眼光侷限在庭屋中的家庭婦女，而是一個站在神州大地上觀察和思考著的中華女兒的形象。

當然，她畢竟還是家庭婦女，是妻子和母親，這是生活賦予她的主要歷史使命，尤其是兒子的命運和她一生息息相關。士銓常常外出求學、求仕，複雜險惡的社會環境，艱難莫測的前途，使分離給她帶來加倍的憂傷。乾隆十二年丁卯，士銓第一次遠離家鄉去京赴試，她寫了送別的詩《送銓兒赴禮闈》：

半生常在別離間，又整行衣厚著綿。雙眼漸昏針線亂，寸心無著夢魂牽。關河此去風霜遠，骨肉何因聚散偏。不用登高望親舍，泥金須早慰堂前。

她把做母親的「臨行密密縫，意恐遲遲歸」所包含的關切、擔心、期望全部傾注在詩中，感情十分濃烈。然而意猶未盡，據士銓說，自他走後，「母念兒輒有詩，未一寄也」。因為怕自己的思念增加遠遊兒子的負擔，可見這些詩感情也一定是十分強烈的。這次她「泥金須早慰堂前」的希望落空，士銓下第了。十七年他再次北上，又落第了。這時期令嘉有《臘日寄銓兒》八首，是我們現在可以看到的。經過幾年的磨煉，她的閱歷豐富老練了，感情深沉而趨於平靜了。在這幾首詩中，更多的是對兒子的慰勉，除前已敘及的那些有關處世哲學的告誡外，更多是對家庭瑣故的敘寫。她告訴兒子，媳婦很賢惠：

汝婦能承順，無時離膝前。居然兼子職，久已得姑憐。

還告訴他，妹妹也很可愛：

穿針才學繡，識字不成篇。閨訓粗知聽，童心未盡蠲。

孫子出世給家庭帶來了歡樂：

啼聲勞客試，秀骨或天來。歸日應過膝，聞當笑口開。

家中生活有友人照料，衣食有著：

遙分五秉粟，足供十人炊。汝友皆相念，肥甘數見貽。

自己在家裏平安快樂：

僕婢愛菘韭，同鋤半畝園。……夜火機伊軋，家人樂笑言。

總之，她是希望兒子寬心。我們相信她是將許多艱難和思念之情隱藏起來了，但是她用詩的語言娓娓道來的這些極其普通的家常話，卻是那樣親切、動人心弦，我們彷彿感受到從母親唇吻中呵出的溫暖的氣息，觸到了她柔軟的雙手和聽到了那顆為兒女們跳動著的拳拳之心，它是那麼平凡，又是那麼博大。

有人說清代沒有愛情詩，或者是這樣吧，但是表現夫妻恩愛的詩歌還是有的，尤其是婦女詩中，這是一個重要題材，不過它們常常是那麼含蓄適度，正象生活中的夫妻相敬如賓。令嘉和蔣堅的感情很和諧，是否有這類題材的詩？目前還未看到。蔣堅去世時，令嘉曾「自為文祭之，凡百餘言，樸婉誠痛，聞者無親疏老幼皆失聲」。可惜這篇洋洋灑灑的血淚文字也失傳了。但是有一組堪稱是令嘉代表作的詩，即《題自繡梅花詩圖》三首，我以為正是幾首優秀的悼亡詩。起初我曾以為梅花詩是令嘉所作，詩中讚美的梅花是她的自我寫照，但仔細讀過，特別是對第三首揣摩之後，我才肯定這三首詩是蔣堅去世後不久寫的。梅花詩應是蔣堅所作，令嘉將詩繡在一幅絹上以寄託哀思，繡幅上還有梅花相映襯，繡成之後，令嘉作詩三首以志其事。下面便是這《題自繡梅花詩圖》三首：

其一

屈鐵孤梅葬古苔。巡簷寒萼凍難開。分明一幅鵝溪絹，繡出詩人小像來。

其二

淚珠成串上殘絨。十指寒香敵朔風。驀地停針魂欲語，梅花如雪照房櫳。

其三

身後君無封禪書。回文老去底須摹。他時留與兒孫看，此是安人繡字圖。

第一首說她從堅貞高潔的梅花形象看見了蔣堅的形象，也就是她在以梅花的美來讚頌蔣堅的品格；第二首寫令嘉自己，寫刺繡梅花時她的悲哀；第三首說她要將她們夫婦的這份精神遺產留給後代。這幾首詩寄託了她對丈夫的無限深情，它寫得這樣含蓄蘊婉，風致綽約，在藝術上可說兼具性靈和神韻的風采。此外在《自題歸舟安穩圖》中還有一首：

> 手植松楸翠幾尋。故山歸去怯登臨。白雲深處焚黃日，可慰梁鴻廡下心。

雖然這時距他們死別已經十五年了，但我們從詩中可以看出，對亡夫的思念多年來是深深埋藏在她心底的。現在就要回到南方，接近丈夫埋骨的地方了。她心情是複雜的。她既需要而又「怯」於去丈夫墳前憑弔，恐怕觸動自己內心的悲痛。她想，兒子的成就應該是可以告慰死者的吧，這也是她在悲痛中唯一可以自慰的。我們從令嘉這些悼亡的詩中感受到的是真摯的愛，它不是三綱五常的封建道德所能規範的。

《自題歸舟安穩圖》七首帶有總結性，特別是表現了令嘉晚年的人生理想，在藝術上也更為成熟了。因前文已多處述及，這裡不再重複。

總的看來，鍾令嘉的詩沒有那些缺乏思想的無病呻吟，沒有那些滴粉搓酥的矯揉造作，也沒有纖細柔弱的閨閣氣息，它的內容沉實，風格豪放，這種傾向的形成，與她一生所走的道路是分不開的。

鍾令嘉是中國封建時代一位傑出的女性。像她這樣的女性，中國古代社會中還有很多，但封建時代出於男尊女卑的觀念，無人去肯定她們的社會價值，現在又常常出於超越歷史條件的苛求，同樣未能肯定她們的社會價值。其實，她們在文學中所創造的和她們身上所體現出來的精神財富，都應該是我們寶貴的民族精神財富的一部分，是我們應該去發掘和加以研究的。

原載《蔣士銓研究論文集》，江西人民出版社，1989 年

民族音樂研究

古代箏樂的文化屬性

幾千年來，古箏音樂作為一種文化，其性質是什麼呢？我們認為：從社會性方面說，是大眾性；從藝術性方面說，是雅俗共賞。

古代沒有關於古箏的專著，但有關古箏音樂的信息在古籍中並不少。不過在經典裏的確沒有專門談箏的，子書、史書中也只是偶有涉及，間或見於筆記野史和雜錄。它更多地保存在文人的詩詞歌賦等文學作品中，其次是美術作品，例如敦煌壁畫。本文主要從文字典籍中勾稽出一些材料來作些說明。

一、箏樂的社會功能

古箏音樂歷代都受到各個階層人士的歡迎而得到廣泛的應用，說明它的社會功能是多方面的：

（一）民間娛樂。古箏本來產生於民間，主要在鄉村，到漢代仍然如此。漢桓寬《鹽鐵論·散不足篇》說：

> 往者民間酒會各以黨俗（鄉村風俗），彈箏鼓缶而已。

（二）用於雅樂，即在朝廷裏的郊廟祭祀典禮中使用，並因它的這種功能曾被稱作「頌琴」。明朝唐荊川《荊川稗編》說：

> 頌琴十三弦，移柱應律，其制與箏無異，古宮懸用之，合頌聲也。是知箏本頌琴。後世以其似，呼其名，遂名曰箏，列之俗部，使頌琴受誣，不得躋於雅部，惜哉！

雅樂箏應該是與鐘鼓琴瑟等一起使用的。唐代用於雅樂的箏為十二弦，與普通箏有別。也見於《唐書》。

（三）用於大型樂舞演奏，如漢代相和歌（大曲）就用箏與箜篌、琵琶、篪等七種樂器合為伴奏樂隊。河南南陽出土的漢畫像石中就有一幅這樣的畫面。

（四）用於宮廷和貴族宴享娛樂。唐宮廷宴樂用箏，教坊裏有專門的彈箏手。據唐崔令欽《教坊記》：

> 平人女以容色選入內者，教習琵琶、三弦、箜篌、箏等者，謂之搊彈家。

自唐至清前期，朝廷設置了官方專門管理音樂（雅樂除外）的機構教坊。許多技藝高超的藝人都出自這裡。天寶年間皇宮裏有許多藝人因安史之亂流落民間，其中也有箏妓。晚唐詩人溫庭筠詩《贈彈箏者》中寫到的藝人就是其中之一：

> 天寶年中事玉皇。曾將新曲教寧王。鈿蟬金雁皆零落，一曲《伊州》淚萬行。

這裡「玉皇」指唐明皇李隆基，「寧王」是他的一位兄弟，唐明皇是精通音樂的人，能夠為他演奏，技藝一定不凡。寧王也懂音樂，會吹笛子。他向這位藝人學彈箏，足見對箏的愛。《伊州》是唐大型歌舞「大曲」名，當年在宮中經常表演。現在因為安史之亂，社會遭到極大的破壞，從皇帝到藝人都流落到外地。這首曲子使他對往事感歎不已。

許多詠箏的詩都出自帝王之手，如魏文帝、梁簡文帝、昭明太子、陳後主等。明代的一位親王周憲王朱有燉寫過一首《宮詞》描寫元代宮中的箏樂受到帝王的喜愛：

> 月夜西宮聽按箏。文殊指撥太分明。清音瀏亮天顏喜，彈罷還教合鳳笙。

（五）文人的自娛自樂。古代文人追求「風雅」，很注重文化素質的全面修養，即所謂「琴、棋、書、畫」，樣樣精通。箏，也是他們的業餘愛好之一。魏文帝曹丕是皇帝，但更多的是文人氣質。《古詩紀》記載他愛好箏樂，經常自彈自唱：

> 魏文制此辭（指《短歌行》），自撫箏合歌。歌者云「貴官彈箏」，貴官即魏文也。

唐詩人常建的詩《高樓夜彈箏》描寫的是自己在明月之夜情緒激蕩，開簾彈箏，在音樂聲中享受夜的寂靜，直到天亮的情景：

高樓百餘尺，直上江水平。明月照人苦，開簾彈玉箏。山高猿狖急，天靜鴻雁鳴。曲度猶未終，東峰霞半生。

（六）小範圍的室內娛樂。例如家庭的小型歌舞音樂欣賞。這種情況很普遍。演奏者通常是家妓，如梁沈約《詠箏》：

秦箏吐絕調，玉柱揚清曲。弦依高張斷，聲隨妙指續。徒聞音繞梁，寧知顏如玉。

「徒聞音繞梁」，是說只聽見美妙的音樂；「寧知顏如玉」是說未見到那位美麗的彈箏人，因為她演奏並不在場內，而是在幕後或別室。這說明她可能是主人的姬妾，因為歌妓是可以在客人面前演奏的。

他們也可以在旅途中為她的丈夫（主人）或客人演奏。唐詩人劉禹錫《夜聞商人船上箏》：

大艑高帆一百尺，新聲促柱十三弦。揚州市裏商人女，來占西江明月天。

這裡的「商人女」不一定是商人的女兒，也可以是他家中的歌妓或侍妾。

（七）秦樓楚館。箏樂更多的是由職業藝妓表演，在大眾娛樂場所酒樓歌館進行，其聽眾則更加廣泛，也最富娛樂性。明王廷陳《聞箏》：

楚館明娃出，秦箏逸響傳。徘徊芳村側，掩映雜花前。雁促玫瑰柱，鶯喧錦繡筵。年來哀怨切，復此感繁絃。

（八）國際友好交流。箏在很早就傳播到了國外。包括日本、朝鮮和東南亞。日本的箏，是公元八世紀初唐代中日友好使者傳過去的，後來衍變出樂箏、筑箏、俗箏等，成了日本民族樂器，但現在還保持十三弦，及一些中國古樂古樸的風貌。箏傳到朝鮮大約在魏晉時期，宋陳暘《樂書》中就有朝鮮箏的描述，有臥式箏、搊箏等。現在的朝鮮伽耶琴就是箏變化而來。緬甸（古稱驃國）、泰國至今流行的鱷魚琴（密穹）的前身就是九弦箏。這充分證明箏樂藝術在我國與國際交流歷史上曾經發揮過很好的作用。

得到了這樣廣泛應用的古代箏樂，無疑是大眾化的，也是雅俗共賞的。

二、古人對箏樂藝術的讚美

中國古代琴與琵琶的技藝達到了很高的水平，不少描寫其演奏技藝的文學作品成為千古名篇。如韓愈的《聽穎師彈琴歌》，白居易的《琵琶行》。而能與它們並肩爭勝的箏樂也是一樣的。

中國歷代文學作品中歌詠箏樂的詩詞歌賦比比皆是。歷史上寫過詠箏詩詞曲賦的大文學家有曹植、李白、岑參、張九齡、白居易、李商隱、歐陽修、晏殊……可謂數不勝數。文人對音樂的鑒賞力高，他們的欣賞和喜受對箏樂的提高也起了很大的促進作用。

白居易不僅讚美過琵琶，他也有一篇詠箏的詩，題目就叫《箏》，可與《琵琶行》媲美，可稱是詠箏詩的代表作。現將它全文引在這裡：

> 雲髻飄蕭綠，花顏旖旎紅。雙眸剪秋水，十指撥春蔥。楚豔為門閥，秦聲是女功。甲鳴銀玓瓅，柱觸玉玲瓏。猿苦啼嫌月，鶯嬌語妮風。移愁來手底，送恨入弦中。趙瑟情相似，胡琴調不同。慢彈迴斷雁，急奏轉飛蓬。霜珮鏘還委，冰泉咽復通。珠聯千拍碎，刀截一聲終。倚麗精神定，矜能意態融。歇時情不斷，休去思無窮。燈下清歌夜，樽前白首翁。且聽應得在，老耳未多聾。

這首詩前面描寫彈箏女的美，中間寫她在箏中表達了豐富的情感，使用了多樣的演奏技法。

另一位唐代詩人盧綸《宴席賦得姚美人搊箏歌》描寫得也很出色：

> 出簾仍有鈿箏隨，見罷翻令恨識遲。微收皓腕纏紅袖，深遏朱弦低翠眉。忽然高張應繁節，玉指迴旋若飛雪。鳳簫韶管寂不喧，繡幕紗窗儼秋月。有時輕弄和郎歌，慢處聲遲情更多。已愁紅臉能佯醉，又恐朱門嫌再過。昭陽伴裏最聰明，出到人間才長成。遙知禁曲難翻處，猶自君王說小名。

這位彈箏的姚美人原來也是宮中的藝人。這首詩對她的姿態、表情和演奏技藝寫得細膩生動。

通過這些描寫完全可以想像出當年箏樂藝術的高度成就，也說明了它的確受到了廣泛喜愛，特別是文人的喜愛。

三、古箏與古琴的比較

古箏與古琴都是彈撥絃樂器，性質和性能比較接近，歷史幾乎同樣古老，但是卻各自表現出文化特色鮮明的不同。這裡用古琴與古箏作些比較，可能對古箏的文化屬性有更確切的認識。

先說古琴。古琴在中國音樂文化中的地位很高，但和鐘磬這種主要用於廟堂音樂的樂器也不同，在社會屬性和審美屬性上，它應該主要是屬於文人的，也屬於雅文化。

古琴音樂無疑是我國的文化瑰寶。先秦經籍關於琴的記載很多。「四書五經」中幾乎都有關於琴的材料。《詩經》開篇的《關雎》就有「窈窕淑女，琴瑟友之」之句。中國歷史上的先王、聖賢幾乎都和琴有關。在傳說中琴的製造者是伏羲，帝堯有琴曲叫《暢達》，舜帝有琴曲叫《南風操》，大禹的琴曲叫《襄陵操》，成湯的琴曲叫《訓田操》，以下文、武、周公都有琴操。這些記載的真實性無可考。它的重要性不在於這些是不是事實，而在於說明了後人對琴的觀念：琴樂是神聖的。甚至有的人還認為琴樂是先王治理天下的一種手段。儒家教育體系中設有彈琴這門課程，孔子及其弟子顏淵等都會彈琴。各個朝代見於記載的古琴家有許多是著名文人，如司馬相如、劉向、桓譚、梁鴻、馬融、蔡邕、蔡琰、嵇康、阮籍、陶淵明、白居易、歐陽修等等。歷史上指導彈琴的書很多。琴譜唐宋以前就有文字譜，後來發展為減字譜，還有指法譜。唐宋以來流傳至今的琴譜有百餘種，至今見到的最早的琴譜《神奇秘譜》是明代的一位親王——朱元璋的兒子寧獻王朱權編的。通過各種途徑流傳下來的琴曲據統計有上千首，《陽春》、《白雪》、《高山流水》、《廣陵散》都有兩千年上下的歷史。作為文物保存下來的琴價值連城，像唐琴「九霄環佩」、「大聖遺音琴」等。研究古琴的著述也比較多，如已經失傳的漢蔡邕的《琴操》，還存世的有宋朱長文的《琴史》等多種，古琴有說不完的故事，如伯牙子期、司馬相如卓文君、嵇康等等，有的表達友誼，有的表達愛情，有的表達對藝術的生死真情……琴的文化內含之豐富無與倫比。但它長於表達的是文人的內心世界，大多深邃且富於哲理性，在美學上追求清微淡遠。這些都與普通群眾有一定的距離。

而古箏的歷史面貌和地位卻大不相同。可以歸納出以下幾點來看：

（一）古箏沒有專著。有關記載間或見於筆記野史，在經典裏沒有專門談箏的，上面我們提到的子書史書中的文字，只是偶然涉及。文人的詩詞歌賦等文學作品中歌詠的箏樂，是作為一種業餘愛好，也僅僅是聲色娛樂的一個內容。

（二）箏譜的流傳遠沒有琴譜那麼久遠和豐富。琴譜主要是由文人編製的。箏基本沒有古譜，但卻有民間藝人傳譜，如「二四譜」和「工尺譜」等在流傳。因為沒有文人編訂，所以沒有琴譜完善，但在民間輾轉流傳，生命力也是很頑強的。

（三）審美價值和特色的不同。和追求高雅的琴樂不同，箏適應大眾的趣味，不自矜高雅，不排斥娛樂性。明徐上瀛《溪山琴況》中還專門將琴與箏比較，說：

一曰清。語云：「彈琴不清，不如彈箏。」言失雅也。

他引的是當時的一句俗話，說明大眾對這兩種器樂的不同審美特性的區別是清晰的，也說明了這種特性即雅俗之別。他們各自有自己的特點，不應該混淆。

（四）從接受者來看，喜愛琴樂的人遠不如喜愛箏樂的那麼多。相比之下，琴的確顯得有些曲高和寡。甚至大文學家白居易都更加喜愛箏樂，他有一首《廢琴》詩說由於有了羌笛和箏，古琴顯得更加淡而無味，沒有人願意聽：

絲桐合為琴，中有太古聲。古聲淡無味，不稱今人情。……不辭為君彈，縱彈人不聽。何物使之然？羌笛與琴箏。

他說的並不只是他個人，而是說的一種普遍現象。對於廣大民眾來說，它過於深奧，甚至是高不可攀。這是它到今天仍很難普及的原因。

上層社會對古箏社會地位存在明顯的偏見。前面提到的魏文帝曹丕，他出行到很遠的地方，隨身還帶著箏，就有人說這種做法「君子不取也」。箏樂沒有像古琴那樣得到正統文化的真正認可，但人民群眾的熱烈歡迎，文人在詩歌中的描寫讚美，就是它的豐碑。

（五）文人使箏樂雅化的趨向。由於箏樂實在太美，在上層社會文人的日常生活中，箏也很受歡迎，但他們又不原意將自己降格成「俗人」，所以就將箏也神聖化，以提高它的社會地位。從下面的一些現象中很可以看出這種努力。

首先是「出身」。琴的出身早已被神化，所以也有人想將古箏的出身神化。比如有人把箏的產生和黃帝破瑟聯繫起來，但這個故事本身就是比較世俗化的，且有明顯的荒誕意味，遠沒有關於琴的故事那麼嚴肅。一種文化的社會地位，主要還是在它自身的存在方式和所發揮的作用中形成的，人為因素起的作用有限。

其次是形制。東漢傅玄說：

箏者，上圓象天，下平象地，中空準六合（宇宙），弦柱十二，擬十二月，乃仁智之器也。

魏阮瑀說：

身長六尺，應律數也；弦有十二，四時度也；柱高三寸，三才具也；二手動應，日月務也。故清者感天，濁者感地。

把箏體的這些數據解釋成：六律、十二月（春夏秋冬四季）、天地人三才和日月，這些是漢代儒家天人感應的做法，不是箏固有的文化性質，而是後人賦予它的。

再次是與歷史上一些名人故事相聯繫。晉賈彬《箏賦》有：

溫顏既緩，和志向悅。賓主交歡，鼓鐸品列。鍾子授箏，伯牙擊節。唱葛天之高韻，贊《幽蘭》與《白雪》。

鍾子期和俞伯牙是琴的知音，與箏並沒有關係；《幽蘭》、《白雪》也是琴曲。將箏和這些聯繫起來，明顯是想提高箏的文化品位。

上述情況雖然有牽強附會之嫌，有的甚至可笑，但其動機是出於對箏的喜愛。在今天看來，雅俗共賞正是箏的長處，何必一定要用琴來抬高它呢？但處在重雅輕俗的文化環境裏，他們這樣做，也是用心良苦，我們應該給予理解。他們的努力也並未取得相應的效果，箏仍然主要是在民間流行，老百姓只管好聽，並不管它有什麼神聖的意義。

（六）後期箏樂的式微與雅化。這裡所說的「雅化」與上一點所說不同。它主要和當時箏在大眾娛樂中的地位下降有關，歸根結底是與歷史的發展變化有關。明沈德符《顧曲雜言·時尚小令》在談到明後期南北曲——當時已成為高雅藝術——式微的情況時說：

北方惟盛愛《數落山坡羊》……其語涉穢褻鄙賤，並桑濮之音亦離去已遠，而羈人游婿，嗜之獨深，丙夜開樽，爭先招致；而教坊所隸箏、纂等色及九宮十二則，皆不知何物矣。俗中雅樂，尚不諧里耳如此，況真雅樂乎！

明代中後期，城市經濟發展，產生了市民的文化需求，原來農業經濟基礎上產生的審美趣味就有了變化。

俗的東西是變化較快的。時代發展，大多數人的審美趣味也隨之改變。這就是說，到了明代中葉，一般喜歡俗樂的人，喜歡當時流行的俗樂，箏樂屬於流傳久遠的音樂，就顯得不夠時尚。沈德符稱箏樂是「俗中雅樂」，定性是非常準確的。箏在千年的社會發展中也積累了自己的文化傳統，文化的歷史積澱多，這正是雅文化的特點，和新的時代產生的大眾審美心理有一定距離。這就是平民百姓不大喜歡箏樂，以為它也是高雅音樂的原因。

古箏音樂在中國現代社會文化生活中遍地開花，呈現出蓬勃的生命力，正是它幾千年來走「雅俗共賞」道路的結果，正是它的這種基本社會文化屬性決定的。對此，我們不僅感到慶幸，還可以從中感悟到音樂發展道路上的某些規律。

原載《人民音樂》2002 年第 10 期，
合作者謝曉濱，江西師範大學音樂學院教授

箏之源——秦箏與頌瑟

箏起源於先秦，歷史大約有兩千多年。探索箏的早期狀況是古箏史研究者感興趣的話題。目前關於箏樂探源的文章著作已經不少，有些問題似乎已經取得共識。但仔細考察，仍然是紛紛紜紜，莫衷一是。歸納一下大約有下面的幾種說法，但都有問題：

其一，音樂史家楊蔭瀏先生在談到春秋戰國時代的樂器時說：

> 這時期產生的新型樂器中，特別可以注意的是箏、筑和笛。箏是一種用指撥彈的絃樂器。它在公元前 237 年以前，早已在秦國的民間廣泛流行。它和瑟相像，只是比瑟為小，所用弦數，也比瑟為少。(《中國古代音樂史稿》第四章)

楊蔭瀏先生關於「和瑟相像的箏」一說是出自漢應劭《風俗通義》(一作《風俗通》) 中的一段話：

> 謹按《禮．樂記》:「箏，五弦筑身也。」今并、涼二州箏形如瑟，不知誰所改作也。或曰秦蒙恬所造。

但楊先生沒有提到「五弦筑身」箏。他所說「公元前 237 年以前，早已在秦國的民間廣泛流行」的箏，是指李斯《諫逐客書》(見後文) 中提到的秦箏。楊先生說這種箏就是「和瑟相像，只是比瑟為小，所用弦數，也比瑟為少」的箏。也就是說，當時只存在這樣的一種箏。可是《風俗通》明明指出有兩種不同的箏:「五弦筑身」箏，和「形如瑟」的箏。楊先生的提法顯然有誤解。

其二，箏起源於春秋甚至更早，除了秦箏之外，還有更早的「越箏」。這一認識的實證依據是兩處模樣很像箏的出土文物。一處是 1979 年江西貴溪龍虎山崖墓出土的兩件，另一處是 1991 年江蘇吳橋出土的一件，都經碳 14 測定，是公元前約 500 年春秋時期的樂器。古箏界多認其為箏。最近讀了周延甲、劉燕文《是「琴」不是「箏」》（見《秦箏》2008 年第 1 期），知道吳橋的一件經過江蘇考古專家鑒定是戰國時期的實用琴，稱作「漆木古琴」，我們也在江西貴溪龍虎山博物館見到了另一件，陳列時稱作「木琴」。都不是箏。

其三，箏很早就起源於戰國末期的秦地，所以叫做「秦箏」，其文獻依據是李斯上秦王的《諫逐客書》，其中有一段話：

> 夫擊甕叩缶，彈箏搏髀，而歌呼嗚嗚快耳者，真秦之聲也。鄭、衛桑間，《韶虞》、《武象》者，異國之樂也。今棄擊甕叩缶而就鄭、衛，退彈箏而取《韶虞》，若是者何也？快意當前，適觀而已矣。（《史記．李斯列傳》）

這段話有力地證明了秦箏的存在，但它與「五弦筑身」箏有沒有關係？後世的箏是否就是這種箏的延續和發展呢？

其四，自古就存在「破瑟為箏」的說法，不過已經被今人所拋棄，因為它明明帶有神話色彩，且不合常理。但是為什麼千年來古人對「破瑟為箏」津津樂道，難道古人的智商就這樣幼稚？

其五，古今學者都有箏的起源與筑、瑟關係密切的認識。那到底是怎樣的一種關係呢？

就上面這些問題，我們願意在前人探索的基礎上提出自己的看法，請各位方家指教。

一、探索箏之源的兩個理念

在沒有闡述我們對先秦箏的認識之前，想提出我們對此問題進行思考的兩個理念：一是應該對箏提出一個明確的概念——什麼是「箏」，其次是對所涉及的樂器及其音樂文化的性質要有所認識。

（一）什麼是箏

或者有人以為提出這個問題沒有必要，因為我們對今天的箏再熟悉不過了。李斯文中提到的「箏」就是先秦箏，難道還有什麼疑問嗎？是的。李斯文中提到的箏是箏，但它是怎樣的呢？文中對箏的形體缺乏描述。另外文中提到它和「擊甕叩缶、歌呼嗚嗚」是一類音樂，這又意味著什麼？也還必須進一步認識。

又由於數千年來事物的發展變化非常複雜，相關文獻也存在缺失、矛盾的種種情況，對於某種事物我們並不是一下就能辨認清楚。如果沒有一個共同的概念作為前提，便難以得出結論。這一點古人早就提醒過我們。唐趙璘《因話錄》說：

> 簫、管以二物為一名，箏、箏以一名為二物。（元陶宗儀《說郛》卷二十三引）

判斷某樂器是不是箏，標準是什麼呢？製作材料、形狀、大小、弦的數量等，都不是關鍵，有決定意義的應該是它的特殊發音機制及其構成，那就是——「移柱應律」和用指彈撥，兩者不可缺一。筑、琴都是與箏相近的絃樂器，但是不符合這兩個同時必備的條件，所以不能混淆。龍虎山的出土樂器，我們在沒有見到時，也曾經人云亦云，稱其為「越箏」。但最近我們在龍虎山博物館看到它，發現它雖然形體與今天的箏很像，並且有十三弦孔，但完全看不到柱的殘留物或曾經有柱的痕跡。所以，我們也認為它不是箏。考古學界定性是對的。

反之，如果有一件樂器，名稱並不叫「箏」，但發音機制也是「移柱應律」和用指彈撥。我們可不可把它和箏聯繫起來，甚至認其為箏或箏的前身呢？我們認為是可以的。這種樂器在先秦是存在的，那就是瑟的一種——頌瑟。不過我們的概念與稱名，與古人的概念與稱名要區別開。因為當時的人，從來沒有說過它是「箏」。

（二）箏樂的文化性質

箏不是一般器物，而是樂器，它的本質是它的音樂。音樂是文化，是藝術，離開音樂談樂器是不夠的。音樂在文化上有雅俗之分，尤其在古代，還有一種「禮樂」中的雅樂。作為一種樂器的箏，與怎樣的音樂相關，對其名實的認定，都不是無關緊要的。

以上兩方面是本文對「箏之源」進行討論的出發點。

二、五弦筑身——秦地民間箏

我們首先來認識一下「五弦筑身」箏。

（一）形制——五弦筑身

比應劭略早的東漢文字學家許慎的《說文解字》對「箏」字的解說也是：

> 箏，五弦筑身樂也。從竹，爭聲。（《說文解字注．五篇上》）

所以「五弦筑身」是一重要定性，具有權威性。下面對它作進一步觀察：

1. 五弦。設定五弦，說明「宮、商、角、徵、羽」五音齊備，已經具備了基本的音樂表現功能。琴最早也是五弦。但是應該說五弦還是比較簡單的，不能演奏更加複雜的音樂。

2. 箏柱。另一位東漢學者劉熙的著作《釋名》說：

> 箏，施弦高急，箏箏然也。

因為弦張得「高」而「急（緊）」，所以才會發出清脆的「箏、箏」聲。當然是柱在起作用。這裡不僅提到了弦，也間接提到了柱。「移柱應律」後來一直是箏樂的突出特點。這一解說也解釋了「箏」這個名稱的來歷——以聲取名。這一解說最合情理。

3. 筑身。主要指它的共鳴箱。從現在看到的曾侯乙墓出土的筑看，它是一個體積較小的棒狀器，只有一個繫弦的木柄。《史記・刺客列傳》中寫當年民間藝人高漸離高高舉起刺殺秦始皇，用的器具就是他正在演奏的筑。與之相近的箏，當然體積也不會太大。

4. 與筑大同小異。宋人陳暘《樂書》中將筑和箏比較說：

> 筑之為器，大抵類箏。其頸細，其肩圓，以竹鼓之，如擊琴然。……品聲按柱，左手振之，右手以竹尺擊之，隨調應律焉。……箏以指彈，筑以筯擊，大同小異。

「品聲按柱，隨調應律」是「同」；「箏以指彈，筑以筯擊」是「異」。應該說箏與筑相似，但區別也是明顯的。

總之，從形體說，與筑較為近似的箏，是一種較小的五弦木製民間樂器，相對於瑟及後來的箏，應該是一種比較原始和簡單的樂器。

（二）秦箏的社會文化性質——流行於秦地的民間樂器

「五弦筑身」箏即秦地民間箏。後來被廣泛稱作「秦箏」。我們現在看到的《風俗通》版本不是完本。唐徐堅等撰《初學記》（卷十六）、宋祝穆撰《古今事文類聚》續集等引《風俗通》「五弦筑身也」時，都有「箏，秦聲」數字。大家對「五弦筑身」箏就是流行於秦地的箏沒有疑義。

秦王政十年（公元前 237 年），秦國驅逐客卿，當時在秦國做客卿的楚國人李斯，寫了一封上秦王的《諫逐客書》（引文見前）。李斯帶著鄙夷的口吻說：這種包括彈箏在內的秦地民間音樂是簡陋初級的音樂，都是與民間「歌呼嗚嗚」相匹配的，遠不能和《韶虞》、《武》、《象》等宮廷樂舞並提。西漢桓寬《鹽鐵論》中也說：

> 古者土鼓凷枹，擊木拊石，以盡其歡。及其後，卿大夫有管磬，士有琴瑟。往者民間酒會，各以黨俗，彈箏鼓缶而已。無要妙之音，變羽之轉。

桓寬同樣說箏是「民間酒會」上與瓦缶一起使用的樂器；並且說，它演奏不出美妙動聽和富於變化的樂曲。總之，秦地的箏樂——後來被稱為秦箏，在先秦時，其文化性質屬於民間俗樂。

三、雅樂器——頌瑟

《風俗通》說「五弦筑身」箏之外還有另一種不像筑而像瑟的箏。應劭是東漢人，說明東漢時這種像瑟的樂器名稱就叫「箏」。但它不是東漢才有的器物，而是先秦時代就有了。只是那時它叫「瑟」而不叫「箏」。

（一）「形如瑟」箏——「破瑟為箏」的啟示

關於箏的來歷，歷來就有另一種說法，認為它是在瑟的基礎上改進的，這種說法開始是以神話傳說的面目出現，這就是著名的「黃帝破瑟」說。最初只是解釋二十五弦瑟的出現。

> 泰帝（即伏羲）使素女鼓五十弦瑟，聲悲，帝禁不止，破其瑟為二十五弦。（司馬遷《史記．封禪書》卷二十八）

另一些文獻說法大同小異，都說引自先秦史料《世本》。可見此說在先秦時代就產生了。後來有了所謂「父子爭瑟」、「兄弟爭瑟」、「姐妹爭瑟」而破之之說，即二十五弦瑟又破而為二。唐趙璘《因話錄》說：

> 箏，秦樂也。乃琴之流。古瑟五十弦。自黃帝令素女鼓瑟，帝悲不止，破之。自後瑟止二十五弦。秦人鼓瑟，兄弟爭之，又破為二。箏之名自此始。（轉引自元陶宗儀《說郛》卷二十三）

這種傳說核心內容是說「箏」之名起於「爭」。說法雖然顯得荒唐：一種樂器破成兩半還能演奏嗎？但此說卻流行了兩千年，直到晚清，詩人張維屏詩《珠江雜詠——箏》中還有句說：

> 何年古瑟減為箏？絃索聲中韻最清。

雖然無論說誰「爭」而破之都不可信，不等於說法的背後沒有有價值的信息。並不是古人比我們智商低。清初著名音樂學者毛奇齡對「破瑟為箏」說有非常科學的解釋：

> 大抵古人造器迂而近拙，今人造器簡而漸巧。考古皇造瑟之始，本是五十弦。黃帝使素女鼓之，改去其半作二十五弦。及秦時，蒙恬為箏，又去其半，改作十三弦，所云破瑟為箏是也。古制繁重，積漸減損，繁者不適用，減損反適用。如偏簫無用，單簫有用；大瑟無用（大瑟五十弦），小瑟有用（中瑟二十五弦，小瑟五弦，以五聲應曲，不知所始）。蓋古人以一器為一聲，故必多弦多器以為備數，而不知聲之旋轉全不在此也。以此而推，必古人造瑟時疑聲有多數，如京房六十律之說，故先以五十，減至二十五。要是古人迂拙，後漸巧利，此定論耳。（《經問》卷十三）

毛奇齡認為「破瑟」傳說反映的是事物由拙趨巧、由繁入簡的發展規律，弦的由多到少反映了人們對音的「旋轉」規律的認識過程，也反映了演奏手法的豐富和進步。而我們在箏與瑟的關係上得到的啟示是：「破瑟為箏」，意味著十二弦或十三弦瑟的存在。

「破瑟為箏」說應該是漢代才有的。因為先秦時代的瑟沒有被稱作「箏」。

（二）「頌瑟」、「頌琴」即箏說

古人關於箏與瑟關係密切的述說極多，尤其說「頌瑟」、「頌琴」就是箏。雖然有的說頌琴就是琴，有的說是瑟——也就是箏。下面摘引文獻中的幾條：

> 凡樂八音，五曰絲：為琴，為瑟，為頌瑟。頌瑟，箏也。（《新唐書・禮樂志五》）

> 頌琴十三弦，移柱應律，其制與箏無異，古宮懸用之，合頌聲也。是知箏本頌琴。後世以其似，呼其名，遂名曰箏，列之俗部，使頌琴受誣，不得躋於雅部，惜哉！（明唐順之《荊川稗編》）

> 古之善琴者八十餘家，各因其器而名之，頌琴居其一焉。其弦有十三，形象箏，移柱應律，宮懸用之，合頌聲也。（宋陳暘《樂書》卷一百四十一）

這些記載中有的稱「頌琴」，有的稱「頌瑟」，都是把十三弦和「移柱應律」作為前提，從而認定它就是箏。思路是非常正確的。為了方便敘說，我們把先秦瑟中的十三弦瑟，就稱作頌瑟。

（三）頌瑟的文化性質——雅樂器

除了對形制的認識以外，「破瑟為箏」說還有明顯的文化意義：它追溯到華夏始祖黃帝，說明瑟在人們心目中不但古老，而且地位尊貴。它與民間俗樂器——五弦筑身箏屬於不同文化範疇。中國古人熱衷於樂器來源神聖化，多說是「伏羲造瑟」，卻從來沒有任何「箏是某帝王、某聖賢所造」的傳言。

瑟在先秦屬於雅樂器，我國唯一的關於瑟的專著——元熊朋來《瑟譜》說：

> 瑟者，登歌所用之樂器也。古者歌《詩》必以瑟。《論語》三言瑟而不言琴。《儀禮》鄉飲鄉射大射燕禮，堂上之樂惟瑟而已。歌《詩》不傳由瑟學廢也。（卷一）

看來，熊朋來甚至認為在雅樂中瑟的作用還超過琴。瑟樂與琴樂一樣，也是士人身份地位的象徵。《儀禮》云：

> 士無故不撤琴瑟。

所以唐順之認為頌琴被叫做「箏」是一種「認俗作雅」的錯誤。他為此感到非常遺憾和可惜。在他眼裏，頌琴與民間箏絕非一物。雅俗之分，在古人正統觀念裏是很重要的。唐順之對瑟的定位是正確的，但他對雅俗的態度是一種偏見。

作為雅樂器的瑟，它的製作一定非常精良考究，文化含量高，並給人以神聖感。

如果從音樂上評價，雅樂實在是毫無欣賞價值的東西。因為它本來就不是藝術，它只不過是封建禮儀的標誌。追求美不是它的職能，更排斥娛樂性。從藝術價值而言，頌瑟便肯定比不上秦箏。

根據上面這些認識，我們的結論是：

1. 先秦時代有兩種樂器與後世的箏相關，一是「五弦筑身」的秦箏，一是十三弦的頌瑟。瑟的歷史比秦箏早。如果要追溯箏的最早的源頭，應該追到瑟。

2. 漢魏以後的箏是在先秦的兩種樂器基礎上形成，又與其中的任何一種不同。其具體結合方式，我們將另文探討。

原載《秦箏》2008 年第 2 期，
合作者謝曉濱，江西師範大學音樂學院教授

從《箏賦》看漢魏六朝的箏樂文化

箏是中國一種歷史非常悠久的樂器，在中國文化史上具有重要地位。漢魏六朝是箏及箏樂文化的成熟發展期，當時的眾多文獻，特別是箏賦對此有諸多反映。

一、從文獻記載看箏樂文化地位的歷史變遷

文獻是各個時代文化恒久的載體。不僅文獻內容承載了該事物的相關信息，是否載入、怎樣載入和載入者的觀點態度，同樣也相當地說明問題。在對箏樂的歷史觀察中，我們首先對有關箏樂的文獻記載狀況進行簡要的回溯。

首先談先秦時期。眾所周知，在商周時代，尤其是周公制禮作樂之後，社會上層就非常重視音樂，當時樂器已有金、石、絲、竹、匏、土、革、木八音之分。在先秦傳留下來的經典著作——包括儒家的五經和老、莊、荀、墨等諸子文集及《左傳》、《國策》等史籍中，相關樂器的名稱如琴、瑟、簫、笛、鐘、磬、鼓、柷等有數十種之多，一些樂器如鐘鼓琴瑟等出現的頻率還相當高。但我們發現在這些典籍中，竟然沒有出現一個「箏」字。也就是說，沒有任何關於箏樂文化的記載。這絕不是一種偶然。可以由此斷定：先秦時期上層社會的音樂是不用箏的。

但是也不是說先秦完全沒有「箏」的蹤跡可尋。歷史上的第一個「箏」字，出現在漢代司馬遷的《史記．李斯列傳》裏，李斯寫的《諫逐客書》中有這樣一段話：

> 夫擊甕叩缶，彈箏搏髀，而歌呼嗚嗚快耳者，真秦之聲也。鄭、衛桑間，《韶虞》、《武象》者，異國之樂也。今棄擊甕叩缶而就鄭、

衛，退彈箏而取《韶虞》，若是者何也？快意當前，適觀而已矣。

《諫逐客書》寫在秦始皇統一中國之前，可以算作先秦時代的史料。不過這裡是在論及其他時簡略及之，並不是以箏為敘說對象。

另外，東漢應劭《風俗通義》「聲音第六」下「箏」云：

謹按《禮·樂記》:「箏，五弦筑身也。」今并、涼二州箏形如瑟，不知誰所改作也。或曰秦蒙恬所造。〔註1〕

《禮記》是漢人編輯先秦史料而成，這裡引述的「箏，五弦筑身也」，也可以看作是先秦關於箏的正面記述。

可見，儘管數量不多，描述簡單，箏在先秦還是存在的。但這種箏只是秦地一種極其簡陋的民間樂器。這與我們前面所說「先秦時期上層社會的音樂是不用箏」的結論並存不悖。

其次看西漢至東漢前期。這一時期與箏相關的文獻目前只發現一條，出自政治家桓寬《鹽鐵論》:

古者土鼓凷枹，擊木拊石，以盡其歡。及其後，卿大夫有管磬，士有琴瑟。往者民間酒會，各以黨俗，彈箏鼓缶而已。無要妙之音，變羽之轉。〔註2〕

這裡與先秦史料提供的信息是一致的，說明一直到西漢，卿大夫用管、磬，士用琴、瑟。箏雖然存在，但仍只是一種民間樂器——文中沒有提到「秦地」，可能已經傳到外地。

到了東漢中期，文字學家許慎（？～147）的《說文解字》對「箏」字的解說也用了《禮·樂記》的說法，只是加上了對「箏」字的字形解說:「箏，五弦筑身樂也。從竹，爭聲。」許慎是從文字學角度解釋「箏」這個字，而不是箏本身。另一位東漢學者劉熙的著作《釋名》說:「箏，施弦高急，箏箏然也。」短短幾個字，寫出了箏作為樂器的特徵。在《釋名》一書中，箏與其他大量事物一起成為描述對象。至此我們要重新提及前述應劭《風俗通》，它在引了《禮·樂記》「箏，五弦筑身也」之後，又指出當時還存在另一種「形如瑟」的箏，並對其來歷進行探索式的介紹:「今并、涼二州箏形如瑟，不知誰所改作也，或曰蒙恬所造。」這段文字是箏史上極其重要的文獻。因為它指出當時已經存在兩種箏。我們對應劭「不知誰所改作也」的回答是:「形如瑟」

〔註 1〕吳樹平《風俗通義校釋》，天津人民出版社 1980 年版，第 239 頁。
〔註 2〕桓寬《鹽鐵論》卷六，上海人民出版社 1974 年版，第 69 頁。

的箏，其實就是由先秦的瑟演變而來。本文論及的漢魏六朝箏樂文化，正是建立在這種樂器基礎之上。

東漢以後，與箏相關的記載，已出現在筆記甚至正史裏，出現在名人的傳記裏，以箏為題材的文學作品也多起來。尤其值得注意的是，出現了許多對箏進行描摹歌頌的《箏賦》。作品留存至今的，從東漢至南朝的梁、陳間，有東漢侯瑾，魏阮瑀，晉傅玄、顧愷之、賈彬、陳窈（陶融妻），梁簡文帝蕭綱及陳顧野王等的《箏賦》〔註3〕。這些作者幾乎都是社會上層著名文人，其中有帝王，有貴族官僚，還有女性。無論作者之多、社會地位和文化層次之高，對箏樂描述之細緻、歌頌之熱烈等等，均不容小覷。

賦，本是一種文學手法，以敘述描摹為特色，篇幅較大，鋪陳細膩，辭藻富麗，往往是文人出於對某種事物的特別關注和熱烈情感而精心製作。眾多《箏賦》興起的事實，本身就是這一時期箏樂文化高度發展和受到社會特殊青睞的標誌。同時，《箏賦》的敘述描摹提供了許多關於箏和箏樂的細節；其強烈的感情傾向，更顯現出箏在這一時期的社會地位和文化色彩。任何一個民族文化在發展過程中，都會因其擁有者社會群體的文化層次不同，形成民間的通俗文化和社會上層的高雅文化兩類。民間文化生機蓬勃，但藝術形式相對簡單，文化內涵相對較少，而高雅文化則因其享有者和創造者文化水平相對較高，吸收了許多文化的進步成果而豐富和深刻起來。漢魏六朝箏樂藝術，顯現出來的就是後一種面貌。

正是因為上述種種，雖然其他文獻也有一些與箏相關的記載，但我們還是主要選擇了《箏賦》作為論說漢魏六朝箏樂文化的主要論據。不過賦畢竟是文學作品，文學可以虛構和誇張，賦更是以誇張為特色，所以我們在引用時，將儘量注意辨別。

二、漢魏六朝箏器的精良與神聖化

（一）形制的精緻化——從材質、工藝到文化意義的提升

人類生活中使用的各種器物，其價值主要體現在實用功能上。隨著文明

〔註3〕侯瑾、阮瑀、顧愷之、賈彬、陳窈《箏賦》俱見唐歐陽詢《藝文類聚》卷44（上海古籍出版社1985年版）。蕭綱《箏賦》見《四庫全書》本《歷代賦匯》卷94。顧野王《箏賦》見《四庫全書》本《續歷代賦匯》卷12。以下諸作引文皆不另注出處。

的進步，實用功能也不斷改善和提高，這種改善和提高來自人對事物認識的深入，更來自人類對文化精神的追求。樂器是音樂藝術賴以表達的主要物質載體，自然尤其如此。

箏的主要部件——音箱是木製的。木製樂器所用的木材關係到發音的質量。從一些文獻記載看，漢魏六朝箏已用梓木製作了。製箏儘量使用好的木材似乎是簡單自然的事。但事實上並非如此。早期的箏是用什麼材料製作的？雖然人們從「五弦筑身」說推測出秦箏是竹子作的（因而演奏效果不佳）並不準確，但民間樂器用材往往因陋就簡，就地取材。梓木這種上好的木材，原來是高雅樂器琴和瑟使用的，現在製箏也用梓木，並且說明用「泗濱之梓」，其意義就更超過了材質本身。

馬端臨《文獻通考》說：「昔魏文帝曰：『斬泗濱之梓以為箏。』則梓之為木，非特以為琴瑟，亦用之為箏者矣。」蕭綱《箏賦》也說：「別有泗濱之梓，聳幹孤峙，負陰拂日，停雪棲霜。嶔崟岩崿，玄嶺相望。寄丹崖而茂采，依青壁而懷芳。奔電碭突而彌固，聲風掎拔而無傷。」「泗濱之梓」不一定是實指。「泗水」在孔子的家鄉，「泗濱」往往與孔子、士大夫相聯繫，因此稱孔子所彈琴，以及最好的琴都用「泗濱之梓」製作。以「泗濱之梓」製箏，一方面說明箏與琴瑟得到了同等的社會地位，另一方面實借孔子以顯示箏的文化價值。

漢魏六朝時箏的製作過程和工藝已極為考究。蕭綱《箏賦》描述了絲絃的製作過程：

春桑已舒，……佳人採掇，動容生態。（春天採桑）

里閭既返，伏食蠶餞。（養蠶）

五色之繆雖亂，八熟之緒方治。（繅絲）

制絃擬月，設柱方時。（制絃設柱）

箏弦以蠶絲為材料。改賦從採桑到製成絲絃，過程敘述得如此詳細，如此美好，意在渲染箏器製作過程的艱難和製作者的鄭重其事，以及箏的質量之高，價值之貴重。蕭賦又說：「乃命夔班，翦而成器。隆殺得宜，修短合思。矩制端平，雕鏤綺媚。」就是說由最好的工匠（夔是舜的樂官，班即魯班，皆非實指）製作箏身。箏身高（「隆」）低（「殺」）、長（「修」）短合乎規範，端正平直，並且精雕細刻。

《箏賦》中的箏大多裝飾得非常華麗。顧愷之《箏賦》寫道：「其器也，則端方修直，天隆地平。華文素質，爛蔚波成。……良工加妙，輕縟璘彬。玄漆緘響，慶雲被身。」在他的描述中，箏身面板是天穹一樣的弧形，底板像大地一樣的平直，木材素雅的底色透露出美麗的騰波狀木紋；優秀的工匠再作進一步加工，使它輕巧亮麗，光彩奪人。箏體塗有黑色油漆，使共鳴器音響效果得到控制，箏身還裝飾著祥雲花紋。描寫雖說有些誇張，但箏精美異常，遠非民間器物之簡陋隨意可比擬應毫無疑問。

箏的性能如何最後要落實到演奏，是否能演奏出美妙的音樂，要看它的設置是否能夠實現其功能要求。根據《箏賦》的描寫，可知當時的箏：長度為六尺，「身長六尺，應律數也」（阮瑀）；形狀為長方體，上面弧形，底為平面，「端方修直，天隆地平」（顧愷之）；弦（柱）數十二，「弦柱十二，擬十二月」（傅玄）；設有箏柱，「柱高三寸，三才具也」（阮瑀）；「列柱參差，招搖布也」（賈彬）。六尺長的共鳴箱體，十二根絲絃，三寸高的弦柱，形制已比較規範合理，已經與今天的箏十分接近了，決非「五弦筑身」箏所可比擬。

另外，有的文獻中還提到，當時彈箏用「義甲」，是用一種比較稀有的鹿骨爪製作的：「有彈箏陸大喜者，著鹿骨爪，長七寸。」〔註4〕

從上述描寫可知，漢魏六朝時期的箏，已經是一種功能基本完善，形制合理規範，外觀華麗的精美絕倫的樂器。

（二）文化精神的神聖化

有了上面描述的箏器——音樂的物質載體，已經可以演奏出複雜精妙的樂曲了。但是漢魏六朝的文人們，又賦予了它一種更高的文化精神。

自漢武帝罷黜百家，獨尊儒術，先秦儒家便在漢代被神聖化，董仲舒的「天人合一」思想得到極大發揮，人間萬物均與天地自然聯繫起來，例如將金、木、水、火、土五行與宮、商、角、徵、羽五音相聯繫。從一些文人的《箏賦》中也可以看到這種反映。例如傅玄《箏賦序》：

> 箏，秦聲也。世以為蒙恬所造。今觀其上圓象天，下平象地，中空準六合。柱擬十二月。體合法度，節究哀樂。斯乃仁智之器，豈蒙恬亡國之臣所能關思運巧哉！

傅玄認為箏共鳴器半圓形的箱面象徵著天，平直的箱底象徵著地，中空的共鳴箱體象徵六合——宇宙，十二弦柱象徵十二個月。阮瑀賦中說「柱高三寸，

〔註4〕陳暘《樂書．鹿爪箏》，見《古今圖書集成．樂律典》第一百十六卷「箏部匯考」。

三才具也」，所謂「三才」，就是「天、地、人」。如此等等，給箏蒙上了一層神秘乃至神聖的文化色彩，使它顯得無比崇高。

箏器的這種精緻化與神聖化，反映的是漢魏六朝時期特有的「天人合一」的文化觀念，說明箏的社會地位得到了空前提高。

三、漢魏六朝箏樂藝術的成熟與高雅化

某種器樂和承載這種音樂的樂器，其發展總是互動的。箏器的完善還只是箏樂藝術發展的物質基礎，箏樂藝術的性質、內涵和水平才是其文化地位的決定因素。漢魏六朝箏樂藝術是高水平的和品位高雅的，與其形器的精緻神聖相應。這主要體現在以下幾個方面。

（一）樂律的引入

音樂產生於民間，但民間音樂只能是較為簡單的。它雖然也有自己的「律」，但民間音樂的律是自成體系甚至是不完備的，所以它的表現力受到很大的侷限。商代，統治階出於政治的需要，對音樂極其重視，發展了比較高級的音樂文化，相對科學而完備的樂律體系——十二律呂和五聲音階應運而生，構成了中國音樂藝術的基礎。是否合律，也就成為了一種樂器和相應的器樂發展水準的標誌和評價標準之一。我們從漢魏六朝賦作中看到，其中反覆提到箏和律的關係，如：

物順合於律呂，音協同於宮商。（侯瑾）

惟夫箏之奇妙，極五音之幽微。（阮瑀）

設弦十二，太簇數也。（賈彬）

應六律之修和。（陳窈）

調宮商於促柱，轉妙音於繁絃。（顧野王）

它們證實當時的箏樂藝術已經建立在十二律和五音基礎上，不再與甕、缶和「歌呼嗚嗚」的原始音樂為伍。

（二）箏樂藝術的文化內涵

曲目的數量、類型、文化內涵可以反映出某種音樂的發展狀態，研究曲名也可以得到有關箏樂藝術發展狀況的信息。漢魏六朝留下不少與箏的演奏相關的文獻和文學作品，焦文彬在《秦箏史話》（中國文聯出版社 2002 年版）一書中統計約有百餘曲名。除已經交代作者姓名者外，有的還不能確認為箏曲。因

為有些可能是文學比附、誇張；有些可能是有箏參與合奏的樂曲，不能被看成箏曲；更重要的是，當時許多邊彈箏邊唱的，只是一種即興表演，只是以箏為伴奏的「箏歌」，曲調隨歌詞流出，並沒有成為獨立的箏曲。當然我們可以從中引出關於這一時期箏曲文化特點的某些認識。例如蕭綱《箏賦》中記：「爾其曲也，雅俗兼施，諧《雲門》與《四變》，雜《六列》與《咸池》。」其中提到的《雲門》、《四變》、《六列》、《咸池》是傳說中上古時代的樂舞，商周時屬於為朝廷儀典演奏的雅樂，所以不可能是箏的獨奏曲而被稱為「箏曲」。也許與其他樂器合奏過，也許只是文學作品抬高箏樂的藝術手法。但我們至少可以認為，它們真實反映出作者心目中的箏樂已經有了可與雅樂並列的尊貴。

梁陳間文學家顧野王的《箏賦》中提到的另一些曲名，大致可以認定為箏彈奏過的：

> 既留心於《別鶴》，亦含情於《採蓮》。始掩抑於《紈扇》，時怡暢於《昇天》。

《別鶴》、《採蓮》、《紈扇》、《昇天》都是是漢魏六朝時期有名的樂府歌曲。樂府歌曲有的是文人創作的，有的雖採自民間，但已經在朝廷的樂府機構中經過改編，被高雅化了，成為貴族或文人享用的藝術。

李白的詩集中有一首《春日行》，其中有這樣的詩句：「佳人當窗弄白日，弦將手語彈鳴箏。春風吹落君王耳，此曲當是《升天行》。」明確說《升天行》是由箏所演奏。李白所據應該就是顧野王的《箏賦》，因此我們有理由推論，顧賦中提到的其他曲名也是箏曲或由箏演奏過的曲目。

上述有限的幾首曲目，已表明一些箏曲與這一時代的樂府文學密切相關，內容豐富和多樣，既可以是頌聖的雅樂，也可以貼近普通人的生活，抒發普通人的情感。

（三）文人成為箏曲的創作和演奏者

漢魏六朝善彈箏者被載入史籍者很多，各階層都有。有一首曾被收進當代中學語文教材的漢樂府民歌《陌上桑》，故事中的彈箏者就是一個民間採桑女子。其他史籍中還提到了陸大喜、郝索、伯夷成等，他們大都是為貴族和為文人服務的職業箏人。

任何時代的文化藝術要向高層次發展，都離不開文人的創造性參與。漢魏六朝箏樂文化高度發展的關鍵正在於此。當時的文人廣泛參與箏樂文化藝術的創造。

如《樂府詩集》卷三十收有曹丕的一首《短歌行》(「仰瞻帷幕」)。樂府解題云：

> 《古今樂錄》曰：王僧虔《技錄》云：《短歌行·仰瞻》一曲，魏氏遺令，使節朔奏樂，魏文制此辭，自撫箏和歌，歌者曰：「貴官彈箏」，貴官即魏文也。此曲聲制最美，辭不可入宴樂。

這裡說的是曹丕邊彈箏邊唱自己作的歌詞《短歌行》，抒發自己的人生感慨。

《晉書·桓伊傳》也記：

> 帝命伊吹笛，伊神色無迕，即吹為一弄，乃放笛云：「臣於箏分乃不及笛，然自足以韻合歌管，請以箏歌。並請一吹笛人。」帝善其調達，乃敕御妓奏笛。伊又云：「御府人於臣必自不合。臣有一奴，善相，便串。」帝彌賞其放率，乃許召之。奴既吹笛，伊便撫箏而歌《怨詩》……

故事中桓伊邊彈邊唱，歌詞則是著名詩人曹植的詩《怨歌》，內容是對君臣關係的議論和感悟。

這種邊彈邊唱的表演方式來自文人琴歌。早期琴樂正是文人將文學與音樂結合，表達自我內心世界的藝術結晶。這種獨奏樂，並沒有固定的樂譜，而是演奏者即興創作，非一般樂工和民間藝人所能為。合奏也只有像桓伊與自己的奴僕這樣密切的關係，才能在合作中達到默契。文人特別是上層文人參與箏樂文化藝術的創造，必然能增強箏樂的文化內涵，提升箏樂文化的地位。

(四)演奏技法和藝術表現手段的豐富

觀察漢魏六朝箏賦對箏樂藝術多方面的描繪和讚美，從中可以體會出，它的技法非常豐富和有表現力。侯瑾賦是這樣描寫的：

> 於是急弦促柱，變調改曲；卑殺纖妙，微聲繁縟。散清商而流轉兮，若將絕而復續；紛曠蕩以繁奏，邈遺世而絕俗。

阮瑀和傅玄的《箏賦》則描寫了箏樂在音量、節奏和旋律以及風格等方面的變化，其中也不乏多樣的高超技法：

> 大與小附，重發輕隨(彈奏力度的大小輕重)；折而復扶，循復逆開(手法的轉折開合)；浮沉抑揚，升降綺靡(旋律的高低起伏)。殊聲妙巧，不識其為(音樂之美妙，不知是怎樣演奏出來)。(阮賦)
>
> 洪纖雜奮(音量變化)，或合或離(節奏變化)。陰沉陽升(音高變化)，柔屈剛興(風格變化)。(傅賦)

阮瑀賦還以箏樂塑造不同的音樂形象：「平調定均，不疾不徐，遲速合度，君子之行也。慷慨磊落，卓礫盤紆，壯士之行也。」就是說它既能夠用不快不慢、適中的節奏，刻畫出從容不迫的君子風度，也能夠用激揚奮發的情緒或起伏跌宕的旋律，顯現出豪情滿懷的壯士氣概。

（五）審美情趣的高雅化

文學作品如詩詞歌賦不一定能夠成為科學研究的依據，但在審美感受的表達上則是非常真實和十分豐富的。文人豐富的內心世界和文化修養提供了這種可能。

先看東漢侯瑾《箏賦》的一段描寫：

> 若乃察其風采，練其聲音，美哉蕩乎，樂而不淫。雖懷思而不怨，似《豳風》之遺音。於是雅曲既闋，鄭衛仍修。新聲順變，妙弄優游。微風漂裔，冷氣輕浮。感悲音而增歎，愴憔悴而懷愁。若乃上感天地，下動鬼神；享祀祖宗，酬酢嘉賓。移風易俗，混同人倫，莫有尚於箏者矣。

賦中將箏樂文化與《詩經》相提並論，用前賢對《詩．豳風》「美哉蕩乎，樂而不淫」的評價來比擬箏樂的「中和」品格，同時又擯棄了陳舊的高雅音樂對俗樂的排斥，肯定了箏樂新的文化精神——雅俗共賞：「雅曲既闋，鄭衛仍修。新聲順變，妙弄優游。」最後，他認為這樣的箏樂藝術不僅能表達普通人的個人情感，而且能夠「上感天地，下動鬼神；享祀祖宗，酬酢嘉賓；移風易俗，混同人倫」，起到雅樂與天地鬼神相通，協調社會關係的作用。這種無以復加的高度評價，反映了漢代經典文化陶冶過的文人的審美態度。不過這種審美，更多的是社會評價，而非個人體驗。

魏晉以後，在個性解放思潮的影響下，文人的審美情趣有了新的個性化的發展。下面一段引自梁蕭綱《箏賦》：

> 若夫鏗鏘奏曲，溫潤初鳴。或徘徊而蘊藉，或慷慨而逢迎。若將連而類絕，乍欲緩而頻驚。陸離抑按，磊落縱橫。奇調間發，美態孤生。若將往而自返，似欲息而復征。聲習習而流韻，時怦怦而不寧。如浮波之遠鶩，若麗樹之爭榮。譬雲龍之無帝，如笙鳳之有情。學離鵾之弄響，擬翔鴛之妙聲。

蕭綱完全是從欣賞者的自我體驗出發，寫出樂曲的細膩入微與變化多姿：時而如徘徊游移之蘊藉含蓄，時而如對立碰撞之慷慨激昂；時緩時急，似斷而連；似乎就要結束，忽然又異峰突起。隨著聽覺接受產生的移情作用，種種美麗的視覺形象，出現在欣賞者的腦海裏：掠水的遠鶩，崢嶸的繁樹，雲中的遊龍，鳴叫的翔鳳……。可以看出，作者的審美趣味，既非廟堂音樂的刻板典重，也非民間娛樂的單純情緒表達，而是內涵深邃、形象優美、技藝高超、格調高雅的純音樂。這種審美情趣是個人的，而不是社會的。這樣的審美趣味只能出現在擺脫了漢代儒學束縛，充分張揚個性的魏晉六朝時期的文人之中。

箏樂藝術從兩千年前發端，到唐宋元明清一直閃耀著光芒，直至今日大放異彩，這是數千年華夏民族文化傳承的結果，而它的成熟期在漢魏六朝。漢魏六朝文學家的篇篇《箏賦》讓我們從耀眼的描述中認識了當時豐富的箏樂文化，也讓沒有音響流傳的箏樂，通過文學描述的移情作用，使後人領會到樂音鏗鏘的藝術之美。

原載《江西社會科學》2009 年第 6 期，
合作者謝曉濱，江西師範大學音樂學院教授

也說琴曲《秋鴻》的作者

明寧獻王朱權編有我國最早的琴譜集《神奇秘譜》，其最後一曲《秋鴻》，是一支長達三十六段的大型琴曲，歷來受到古琴演奏家的重視和喜愛。以後的不少琴譜都收有此曲。這首曲的作者，歷來有兩說。一說是南宋著名琴師，即作了《瀟湘水雲》等曲的郭楚望，但也有人認為是朱權。主後一說的就是朱權本人。

辨明琴曲《秋鴻》作者是很有意義的。一是《秋鴻》收在我國存世最早，影響很大的琴譜《神奇秘譜》中，很受關注；二也關乎對朱權這個歷史人物的理解和評價。

中華書局《書品》2010 年 4 期發表了嚴曉星先生《〈秋鴻〉年代新證》一文，提出了自己的觀點，對《秋鴻》作者的探討很有幫助。嚴先生引元倪瓚《來鴻軒詩》跋，因為其中提到了《秋鴻》；又引冷齋的詩《聽袁子方彈琴》，中有袁子方彈奏《秋鴻》曲的詩句；還引貝瓊文《來德堂記》，其中有敘述林文卿演奏《秋鴻操》的文句。袁子方是宋元間人，林文卿卒於洪武十年。因此嚴先生證實朱權之前已有《秋鴻》曲存在。具體地說，曲作者應為宋元間人。嚴先生態度嚴謹，論據充分，一些細節之處都表現了他的敏銳和功力。如倪瓚《來鴻軒詩》跋中「琴曲有秋鴻摻詩中因並及之云」一句，先生進行了辨析，認為「摻」是「操」之誤，改正後的斷句應為「琴曲有秋鴻操，詩中因並及之云」，確為慧眼。又指出《來德堂記》中說林文卿「作《秋鴻操》一曲」中的「作」非「創作、製作」之意，而當解為「彈奏」，都是點中要害，非常必要的。

但我以為嚴先生的論證只能證明朱權之前有過名叫《秋鴻》的琴曲，並不能證明此《秋鴻》即《神奇秘譜》所收《秋鴻》。因為異曲而同名的情況是有可能存在的。查阜西先生在編輯《琴曲集成》時，就提到有許多「曲名同而譜本不同」的，他都作為不同曲目收入。

由於沒有第二首《秋鴻》曲譜傳世，我不能肯定嚴先生結論的對與錯。而我比較相信朱權自己的話。在闡說理由以前，先簡單說說朱權是怎樣說的：

朱權在《秋鴻》曲前解題說作者是「與時不合，知道之不行，而謂道之將廢，乃慷慨以自傷，欲避地以幽隱，恥混於流俗，乃取喻於秋鴻……」，這裡沒有說明作者是誰，但說明了《秋鴻》是比喻，實際是詠歎作者的身世，抒發自己的精神懷抱，而不是描述大自然中的秋鴻。在接下來的《秋鴻賦》中他方說明「製作者」是何許人：

> 或問製作者其誰？苟非老於琴苑孰能為之揄揚？乃西江之老懶，誠天胄之詩狂。

「天胄」，天潢貴胄也，就是皇帝的龍子龍孫。西江是江西的別稱，「老懶」是朱權的自稱。他在《神隱》一書的版刻中，有一印就作「天全老懶」。所以大家都明白，朱權等於給作品署了名。

這樣就出現了問題，並且有三個不同答案：

第一，朱權不知道此前已有《秋鴻》。而自己創意寫出一首《秋鴻》。

第二，朱權雖然知道以前有《秋鴻》，但並不認為自己不能寫這個題目，所以另寫了一曲《秋鴻》。

第三，朱權將別人的《秋鴻》，說成是自己的作品。

以上答案一，似乎不大有說服力，因為《秋鴻》若是郭楚望作的，名人名曲，朱權是古琴家，且明初還有人（例如林文卿）彈奏，他能如此孤陋寡聞嗎？

嚴文對此回答甚為含蓄委婉，只是說：如果林文卿看到朱權賦裏的文字，「一定會暗自低回好一陣」。其實無論是以上哪一種答案，都足以引起林文卿的「低回」。

馬如驥就回答得很明確了。他沒有引證文獻，而是說自己在彈奏《秋鴻》曲時覺得譜中小標題與琴曲音樂意境不符。用《五知齋琴譜》附《秋鴻原辭》來對照曲意，感覺「勉強甚至不倫不類」。所以朱權是抄襲剽竊了別人的《秋鴻》，既「掠人之美」，「心虛而又想沽名釣譽、欺世盜名」，才在賦中「躲躲閃閃、遮遮掩掩地暗示他本人就是作者」〔註1〕。其實朱權夠明朗的了，哪裏「躲

〔註 1〕《古琴曲〈秋鴻〉打譜探討》，《南京藝術學院學報》2006 年第 1 期。

躲閃閃、遮遮掩掩」呢？如果的確是剽竊前人，指責其「沽名釣譽、欺世盜名」，倒也不冤，只是以自己對音樂的主觀感受，和後人給琴曲配上的文字（早期《神奇秘譜》版本沒有文辭）去論證作者是誰，是否有說服力？

筆者取答案二，當然同時就否定了答案三。下面就申述我的理由：

一、此曲曲意與朱權生平一致

朱權被封寧王，於洪武二十六年（1393）到大寧。洪武三十一年，朱元璋去世，剛繼位的侄兒建文帝對那些藩王叔叔們實行削藩，並且立即召朱權進京，朱權出於對削藩不滿，拒絕進京。接著四兄燕王朱棣被削奪，起而造侄兒建文帝的反，挾持朱權參加靖難戰爭，許以「事成，當中分天下」。朱權參預靖難，並未實現「中分天下」，最後被改封南昌。他的十幾位兄弟藩王們都在靖難中受到衝擊。他自己在南昌，也要時時注意保護自己，否則會招致來自四兄永樂皇帝的災禍，因而被史家們稱作「韜晦」。要害在於：朱權對削藩和靖難都不贊成，因為他在父親朱元璋的教育下有著濃厚的「親親」觀念，對兄弟鬩牆的結果非常反感和悲痛。鴻雁是古代文人表現兄弟關係慣用的意象，用大雁列陣飛行比喻兄弟，稱作「雁行」，可以說是不可迴避的解釋。

現在請看《秋鴻》曲三十六段標題：

1. 凌雲渡江　2. 知時賓秋　3. 月明依渚
4. 呼群相聚　5. 呼蘆而宿（悲聲叫得蘆花白）
6. 知時悲秋　7. 平沙晚聚　8. 南思洞庭水
9. 北望雁門關　10. 蘆花月夜　11. 顧影相弔
12. 衝入秋冥　13. 風急雁行斜　14. 寫破秋空
15. 遠落平沙　16. 驚霜叫月　17. 延頸相聚
18. 知時報更　19. 爭蘆相咄　20. 群飛出渚
21. 排雲出塞　22. 一舉萬里　23. 列序橫空
24. 銜蘆避弋　25. 盤聚相依　26. 情同友愛
27. 雲中孤影　28. 問訊衡陽　29. 萬里傳書
30. 孤雲避影　31. 列陣驚寒　32. 至南懷北
33. 引陣冲雲　34. 知秋入塞　35. 天衢遠舉
36. 聲斷楚雲

曲中描寫大雁南飛過程與朱權經歷、處境是多麼相似：大雁由北至南，朱權也是由北方的大寧（今內蒙寧城）南下到了彭蠡（鄱陽湖）之畔的南昌；雁群時而「呼群相聚」、「情同友愛」；時而遭遇風暴，「風急雁行斜」、「驚霜叫月」；時而發生內哄，「爭蘆相咄」；時而為躲避攻擊而「銜蘆避弋」，如此種種，無不使人聯想起朱權的遭際和兄弟之間的關係。琴曲標題、解題和題首賦，都特別強調鴻雁受到攻擊侵擾，要隱蔽和保護自己。解題中說：「欲避地以幽隱。」賦中說：「或稽棲於南浦，或遠落於瀟湘；或入雲以避影，或銜蘆以自匡。」這些無不與朱權當時的處境和心情相合。在他所作《神隱志序》中說自己「自恨虛負此生，每懷驚鴻避影之思」，用意和用語完全相同。我從來不贊成將藝術作品與作者生平簡單附會——這叫做「庸俗社會學」，但對如此緊密的關聯視而不見，是不是違背「詩言志」的古訓呢？

二、有力旁證——胡儼《秋鴻曲》

胡儼（1361～1443），南昌人，永樂年間得朱棣信任。擔任過國子監祭酒，《永樂大典》的編纂。胡儼比朱權長十八歲，朱權對他也是如對長者。他常回南昌，晚年辭官回到南昌，朱權與他來往密切。朱權為他的《頤庵文集》寫了兩篇序言，給予了很好的評價。他去世前不久，也應朱權之請，為朱權所建南極長生宮寫了碑記。作為著名文人，與南昌的藩王有往來本不足為奇，然並不僅此而已，二人有著非常特殊的關係。據查繼佐《罪惟錄》（卷四）說朱權對朱棣有疑慮，心情不佳，「上使胡儼往察之」，即朱棣派胡儼到南昌考察兼勸誡朱權。因為涉及敏感的政治話題，兩人用啞謎式的對話交談：朱權問「京中柴米今如何」，胡儼回答說「但聞天子聖恩多」。查繼佐認為「語似警喻」。其實就是朱權問南京城中政治形勢如何，胡儼答說天子正廣施恩德。朱權關心的當然主要是朱棣對自己和家人的態度。

下面再請看胡儼寫的一首詩，題目便叫《秋鴻曲》：

> 朔風天雨霜。肅肅鴻雁行。銜蘆惜遠別，出塞更高翔。蕩漾煙波遠，飄飄雲路長。歲晏無繒繳，時豐多稻粱。呼群下彭蠡，列陣渡瀟湘。歷歷鳴遵渚，依依影隨陽。弟兄幸無恙，各在天一方。抱琴對明月，哪能奏清商。（《頤庵文選》卷上）

詩的內容和語言正是以秋鴻比喻家人兄弟，對照琴曲《秋鴻》三十六段標題文字和秋鴻形象的描寫，不是相互呼應，如出一轍嗎？詩中「歲晏無繒繳，時豐多稻粱」是說現在已是天下太平，不但沒有了傷害，而且天子聖恩多多。

依照這一思路，詩中內涵可以豁然貫通：「歷歷鳴遵渚，依依影隨陽。」是希望他要遵循朱棣給他安排的道路走，要緊跟京師那輪「太陽」，不要有越軌的行為。如果說這是附會，那說「弟兄幸無恙，各在天一方」可能是在說天上的鳥兒嗎？「抱琴對明月，哪能奏清商」，則更與鳥兒無關，完全是對抱琴之人的勸誡，希望他不要情懷別抱，別奏他曲之意，是規勸和善意的警示。這些淺顯習見的比興，略無牽強的雙關，任何讀過一些中國古代詩歌的人，會從詞語表面出發，把它當作一首沒有具體指向的、純粹的詠物詩或抒情詩？那太不可思議了。

胡儼還有一處提到《秋鴻》，即他的《友桐軒詩序》。胡儼也是琴家。文中提到他的父親聽他彈琴時，發表了一些議論。提到的琴曲十二首，其中有《白雪》、《御風》、《離騷》、《楚歌》、《夢蝶》、《長清》、《短清》、《大雅》八首都收在《神奇秘譜》中，這能不能說明一點什麼且不去說它，最後他又突出了《秋鴻》：

> 獨於《秋鴻》，如萬里關山，黄雲白草，銜枚入塞，風回電馳，霜降水落，月冷江空，圍沙依渚，嘹嘹嚦嚦，顧侶呼群，超然遠舉。而琴於斯為盛乎！（《頤庵文選》卷上）

文中意象、境界和用語與《神奇秘譜》所收《秋鴻》仍然一致，表明了他對這首琴曲的特別理解與關注。以胡儼和朱權的特殊關係，能夠寫出與琴曲《秋鴻》毫不相干的詩《秋鴻曲》，或者以胡儼這樣的身份，會寫詩為朱權剽竊《秋鴻》作偽證？

除此以外，嘉靖間琴家楊表正編撰《重修正文對音捷要真傳琴譜大全》十卷，其中收有朱權的《秋鴻》。在解題中楊表正說：

> 琴道之大者，莫過於《鳳凰來儀》、《廣陵散》者。古大操以下，亦彌至於傳而罕聞。然《秋鴻》之曲，乃臞仙體二曲之意而作。然蓋喻其高遠，志凌雲漢，超乎四海，蕩放乎江湖，身寄乎天地之外焉，亦非心胸寬闊，涵養溫融於道德者，殊知此乎！

他沒有提到另一首《秋鴻》。楊表正是大琴家，編輯了《琴譜大全》，他認為朱權《秋鴻》是體《鳳凰來儀》、《廣陵散》二曲之意而作，說明他不認為前人《秋鴻》影響了朱權，更不用說抄襲。

在我看來，「抄襲」的事情是不大可能在朱權的身上發生的。原因很簡單：因為完全沒有這種必要。朱權不是外行，而是古琴專家，他會彈琴，也會作曲，用不著抄襲剽竊。他是下天子一等的王爺，一生著述一百餘種，名譽高得很，用不著作假去「沽」、去「釣」，去「欺世盜名」。

由於沒有另一曲《秋鴻》琴譜比較，任何結論都難稱絕對準確。以上看法僅供參考。

原載《書品》2011 年第 6 輯

再說朱權與琴曲《秋鴻》

琴，是我國歷史最為悠久，最具民族文化特徵的樂器之一。它樂理精深，稟賦高雅，在數千年傳承發展過程中享有崇高的地位。

明寧獻王朱權（1378～1448），是一位古琴專家。自1402年改封南昌後，一方面隱居學道，另一方面積極從事文化建設。畢生著作一百餘種，其中由他編輯的琴曲譜《神奇秘譜》是我國第一部存世曲譜集，收琴曲六十餘首，大多是兩千年來的傳世名曲，在古琴界享有盛譽，被認作琴史上的經典。

一

對《神奇秘譜》與朱權的關係也存在一些爭議。主要是其中最後一曲《秋鴻》的作者究竟是誰。

琴曲《秋鴻》是一首三十六段的大型曲目，內涵豐富，歷來受到琴界好評。對於《秋鴻》是何人所作，歷來存在兩種說法：一是宋末元初人郭沔（字楚望），一是《神奇秘譜》（以下簡稱「神譜」）的編纂者朱權。

主《秋鴻》作者是郭沔的依據曾經是一些明以後的版本，如明嘉靖間《梧岡琴譜》等；主作者是朱權的主要依據就是《神譜》中朱權所作《秋鴻》題解中的《秋鴻賦》，其中有幾句話：

> 或問製作者其誰？苟非老於琴苑，孰能為之揄揚？乃西江之老懶，誠天冑之詩狂。

「西江」是江西的別稱，「老懶」是朱權別號。皇帝後裔稱「天冑」。所以這一段話被認為朱權自稱是《秋鴻》作者。

2010年《書品》4期發表了嚴曉星《〈秋鴻〉年代新證》，提出在朱權之前已有關於琴曲《秋鴻》的記載。如宋元間的袁子方、元末明初的林文卿等已經演奏過《秋鴻》，所以《秋鴻》不可能是朱權所作。我在 2011 年《書品》6 期上發表了《也說琴曲〈秋鴻〉的作者》，對嚴曉星文提出不同意見，認為嚴文所說明代以前文獻中的《秋鴻》不一定就是《神譜》中的《秋鴻》，因為不排除同名異曲的存在。後來看到 2011 年黃鴻文先生在臺灣《關渡音樂學刊》第十五期發表的《朱權與琴曲〈秋鴻〉的關係研究——以譜本比較為進路》，和 2015 年南京馬如驥先生在《南京藝術學院學報・音樂與表演版》第三期上發表的《論古琴曲〈秋鴻〉作者》。二文都主《秋鴻》的作者不是朱權之說。

馬如驥先生從《秋鴻》打譜中發現了種種不合情理。我於彈琴和打譜都是外行，不敢妄論。黃鴻文先生著重介紹了一個出現較晚的《秋鴻》版本：《故宮古琴》中的圖譜《秋鴻》。黃文引鄭瑨中先生的考證，認定此譜為宋元間舊譜，譜上寫有「楚望譜，瓢翁、曉山翁累刪」字樣。楚望即宋末明初的郭沔，瓢翁為楚望弟子徐天民別號，曉山為徐天民之孫。由此證明《秋鴻》為郭楚望作，譜為宋浙派徐門傳譜。黃文還對《故宮》本、《神譜》本、《梧岡琴譜》本的《秋鴻》曲譜和段落標題等進行比較，認為除標題文字表達略有差別，以及編排錯簡等原因造成次序上的某些差異外，幾個譜本的音樂沒有差別，標題名稱也大致相同。這些考證足以證明，早於故宮本《秋鴻》與《神譜》中之《秋鴻》同出一源。

有了版本依據，原作者是郭楚望而非朱權的結論，應該得到確認。一個琴史上的重大問題得到了解決，值得慶幸。

此外，黃先生還就朱權《神譜・秋鴻》解題等多方面的表達作出了相應的解說。其中最重要的是對上引朱權《秋鴻賦》中「或問製作者其誰」等數句的解說。他認為朱權在解題中所說「臞仙曰：……達人高士……乃作是操，故為之賦」，意思是，創作《秋鴻》的，是一位「達人高士」，自己是替此高士的《秋鴻》作賦詠歎，說自己是「孰能為之揄揚」中的那個「揄揚者」。揄揚，即發揚光大之意。

在確認宋元間《秋鴻》版本的前提下，我對黃先生關於「揄揚者」的解讀稍作補充：

朱權說「或問製作者其誰，苟非老於琴苑，孰能為之揄揚」，其中的「揄揚」是對「製作者其誰」的回答。所以「製作」一詞是認定朱權將自己說成作者的關鍵詞，不能迴避。

我以為朱權在這裡的確是說自己是「製作者」，只是我們對「製作者」的理解，不要等同於「創作者」。所謂「製作」，在朱權心目中，指的是對曲譜進行校訂、整理、加工、小標題的文字修飾、為全曲寫出解題，最後收入《神奇秘譜》等一系列工程。有如現代的研究項目的主持人以及編輯和出版等工作，稱之為「製作」，是可以理解的。一定要說問題的產生，來自朱權文字表達上不夠清晰嚴謹，也未為不可。

二

但是釐清了「製作者」的概念，知道了《秋鴻》的作者是郭楚望而非朱權，朱權與《秋鴻》的關係問題是否完全解決了呢？還沒有。比如說，《神譜》的每一首曲，都是這樣「製作」出來的，何以唯獨在《秋鴻》的解題之中朱權要說自己是「製作者」（或「揄揚者」）呢？朱權在解題中又為什麼不說《秋鴻》的創作者是郭楚望呢？這兩個問題實際是一個問題。我們先從後一個的問題說起。

或者有人以為：可能是朱權不知道作者是誰。竊以為不可能。因為郭楚望是距明初為時不遠的知名琴家，元明間有許多人在演奏《秋鴻》，說明《秋鴻》當時就是名曲，其作者不可能不為人關注。更主要的是，朱權已經在《神譜》的《泛滄浪》、《瀟湘水雲》解題中指明了作者郭楚望。

那是否朱權撰寫《秋鴻》解題時不經意間忽略了交代作者呢？這也不可能。因為朱權在《神譜》所有曲目解題中是非常重視交代作者或出處的。《神譜》所收六十餘曲，除了那些無須標明作者的「調意」以外，正式曲目四十八曲，只有《慨古》、《隱德》、《廣寒秋》、《天風環佩》、《神化引》等幾首短小的抒情作品未涉及作者或本事出處，其餘都作了交代；年代古老不知來歷者，也說明係「古曲也」。所以《秋鴻》這樣巨大而朱權又特別關注的作品，怎麼會不經意呢？

既然如此，我們就不得不承認，朱權不交代《秋鴻》作者是有意而為，而且事出有因。

馬如驥先生是這樣推測的：

> 朱權非常喜歡《秋鴻》，或者是《秋鴻》太有名氣，他很想竊為己有，流芳百世。只是因為《秋鴻》在當時已經存世，如果明目張膽地署名「朱權作」，他心裏很清楚，這樣做，當時就可能會為世人

所垢（詬）病，連他自己也恐怕都不好意思。於是想一個點子，寫上一篇莫名其妙的韻文，意思雖然很清楚，但說得模棱兩可，含含糊糊，試圖蒙混過關，等多少年以後無人知道此事時，自能將之歸於自己名下。

馬先生說朱權「非常喜歡《秋鴻》」，不是沒有道理，但不是很準確。在六十餘曲中他為《秋鴻》寫了最長的解題，給予該曲很高評價，為之作賦一首更是特例，還特意交代自己是「製作者」、「揄揚者」。看來，朱權對《秋鴻》豈止是「喜歡」而已，而是非同尋常的重視與特殊的強調。關於作者是誰，馬先生說朱權表達得「模棱兩可，含含糊糊」，也是事實。因為朱權畢竟沒有說《秋鴻》的作者是誰，也沒有說出他要「揄揚」此曲的真實原因。

朱權為什麼不說出作者郭楚望？真的是因為《秋鴻》太有名氣，想竊為己有，使自己得以流芳百世；而現在的含糊其辭，乃是為了「蒙混過關」嗎？

事實果真如此，我們也無須「為尊者諱」。但這一判斷很不合情理。且不要說朱權作為王者之尊的貴族有無必要玩弄這樣的小伎倆；就說《神奇秘譜》出版之前，朱權已有十多種史學、文學、醫學、道家、音樂等方面很有分量的著作，眼前又有《神奇秘譜》這部巨製，這些已足以讓他享譽後世了，他會為貪一首琴曲作者之名，而置學術品格的莊重與嚴肅於不顧嗎？於情於理都無法說通。

我認為他不標明作者，必定事出有因，而且茲事體大，非同小可。所以我們應該開拓思路，另闢蹊徑。這條蹊徑就是作品內涵與作者的關係。

三

作為文學藝術作品的審美接受者，對某一作品的感受與評價，必然來自於其自身的價值觀和審美意識，而其價值觀和審美意識又必然與其人生經歷、性格和處境等有關。這是古今中外人們審美經驗的共識。所以我們可以先探討一下朱權如此重視《秋鴻》的原因，再去尋找有關作者問題答案。

幸運的是，《秋鴻》曲名和三十六段小標題為我們非常鮮明地顯示了作品的內涵（幾種版本小標題字數有些出入，內含大致不差，本文兼用）。

先說曲名「秋鴻」。這是全曲主要形象和主題寄託。鴻雁在文藝作品中，可以有多種寓意，但多被用於表示兄弟關係和情誼。它源於古人禮節。《禮記·王制》云：「父之齒隨行，兄之齒雁行。」即多人出行時，有父輩，自己的位置要隨其後；對兄輩，則隨其側後，就像大雁的「人」字排陣一樣。所以古人行文常以「雁行」比喻兄弟。

再看琴曲《秋鴻》中的三十六段小標題，前後關聯，描寫的正是一隊北雁南遷的過程。它們在飛行中有哪些表現？遭遇了什麼？作品表現得非常生動和豐富。除了一般行程敘述如「渡江」、「出渚」、「晚聚」等外，鴻雁的飛行：「一舉萬里」、「寫破秋空」、「列序橫空」、「引陣冲雲」，整齊豪壯；但它們時而遭遇風暴「風急雁行斜」,「列陣驚寒」；時而遭到弓箭的襲擊，不得不「入雲避影、「銜蘆避弋」。他們相互間有時是「盤聚相依」、「情同友愛」，有時又有內哄「爭蘆相咄」；最後到達了南方，又「至南懷北」、「聲斷楚雲」……總之是很不平靜，充滿驚擾。

我們再看朱權的人生。朱權的人生是很不平凡的。最不平凡之處就是，他是明初從「建文削藩」、「靖難之變」到「朱棣奪位」這一最重大的歷史事件的當事者。

朱權自幼被朱元璋偏愛，十六歲封藩大寧後受到父皇重用。他在封國謹遵父皇旨意為保衛大明江山建功立業。又，他在朱元璋的培養下，比其他兄弟更有著「屏藩帝室」的擔當，和強烈的「親親」觀念。隨著父皇之死，侄兒建文帝為防備諸王——他的叔輩爭奪皇位，開始削藩——削奪藩王的特權。朱權對傷害親情的削藩不滿，所以建文帝召他進京，他以藉口拒絕了，被削三護衛。接著朱權的四兄朱棣（即後來的明成祖）發動針對建文帝的「靖難之變」，朱權同樣持反對態度，因為這也是對親情的背叛。再加上朱棣為壯大自己的力量，用欺騙手段脅迫朱權參與了三年靖難之戰——也就是骨肉相殘的爭奪戰，他心裏何等的傷痛和不滿可以想見。

朱棣即位，朱權改封南昌，從此朱權的生活道路和人生追求徹底改變。他一面隱逸學道，不再參與國事；另一方面專心著述，從事文化建設。如此在南昌生活了四十五年直到去世。但是那一場骨肉相殘傷痛對於朱權是刻骨銘心，無時或忘的。只是他從來沒有過片言隻語的表達。這時他得到了琴曲《秋鴻》。

「借他人酒杯，澆自己塊壘」，是中國文人共有的審美習性。有著深厚傳統文化修養的朱權，他能不因曲中的鴻雁意象與自己的人生經歷的契合產生聯想和共鳴嗎？他覺得那就是自己的心聲。這就是他對《秋鴻》的感受有別於其他琴曲的原因。於是他為《秋鴻》撰寫了解題，覺得尚不足以盡情，於是又作一賦予以強化：「或稽棲於南浦，或遠落於瀟湘；或入雲以避影，或銜蘆以自匡。」與琴曲標題用語一致，富於情節性與畫面感，因為這正是來自他人生經歷的回憶和聯想。

如果有人以為上的描述只是一種推測，我想再引一首詩：胡儼的《秋鴻曲》為證：

> 朔風天雨霜。肅肅鴻雁行。銜蘆惜遠別，出塞更高翔。蕩漾煙波遠，飄搖雲路長。歲晏無繒繳，時豐多稻粱。呼群下彭蠡，列陣渡瀟湘。歷歷鳴遵渚，依依影隨陽。弟兄幸無恙，各在天一方。抱琴對明月，哪能奏清商。（《頤庵文選》卷上）

從以下幾方面看這首詩：

首先，詩題是「秋鴻曲」，而不是「秋鴻」，所以絕對不是一首詠秋鴻的普通詠物詩，或借秋鴻意象為題的一首自我抒情詩。它針對的是琴曲《秋鴻》，一目了然。

其次，這首詩的作者胡儼與朱權關係非同一般。胡儼，南昌人。永樂間曾任國子監祭酒、《永樂大典》編纂。由於朱棣深知朱權對靖難的不滿，朝廷和社會更有許多人懷疑朱權到南昌後會對抗朝廷甚至造反，所以朱棣命胡儼到南昌監督與勸誡朱權。不過胡儼為人正直，對朱權很理解和愛護，所以也深受朱權信任。二人交往很深。朱權曾為胡儼的詩文集《頤庵文選》寫過兩序。胡儼也為朱權所建南極長生宮題寫碑記。胡儼也是琴家，朱權對《秋鴻》的感受、理解，肯定與他做過推心置腹的交流。所以胡儼的《秋鴻曲》是為朱權而寫，針對的只能是《神譜》中的《秋鴻》，而不可能是郭楚望的《秋鴻》。

再次，胡儼詩的內容與琴曲《秋鴻》緊密呼應，只是寓意相反。詩中描寫那群出塞的鴻雁離開塞北雖然有惜別之情，但是愉快地「出塞更高翔」；他們飛翔在天上平安而逍遙，既沒有「繒繳」的侵害，還有豐足的稻粱。他們有的到了彭蠡—江西；有的到了瀟湘—湖南，各得其所。所以他們的行動應該是：「遵渚」——走正確的道路；「隨陽」——追隨天上那輪「太陽」。最後乾脆不再用比興，直接指出「弟兄」們都平安無恙，你寧王彈琴時對著一輪光明的月亮，哪能別奏「清商」之調——有抱怨和不滿呢？安慰、開導、勸誡，針對朱權之意昭然。這裡的「清商」直指琴曲《秋鴻》。因為《秋鴻》在《神譜》中標明屬「清商調」。胡儼的《秋鴻》詩，明顯是在執行朱棣交付的政治任務。朱權心中的琴曲《秋鴻》，《秋鴻賦》中的《秋鴻》何所指，還有什麼不明白嗎？

這裡還要進一步說明：朱權心目中的《秋鴻》曲，描述的骨肉親情遭到傷害的悲劇，並非只屬於朱權個人。兩千年封建制度下皇權繼承引起的家族殘殺，以及普通人家因利益爭奪而兄弟反目成仇者難以罄數。這首琴曲不是有更深刻的社會意義嗎？

這裡我們還要補充一點，那就是朱權在解題中的另一些表述，與小標題中的內容不同。比如他說：

> 蓋取諸高遠遐放之意。遊心於太虛，故志在霄漢也。是以達人高士，懷不世之才，抱異世之學，與時不合，知道之不行，而謂道之將廢。乃慷慨以自傷。欲避地以幽隱，恥混於流俗，乃取喻於秋鴻，凌空明，干青霄，擴乎四海，潔身於天壤，乃作是操焉。

在《秋鴻賦》中也有類似的表達。其中所說秋鴻，與琴曲中南飛的雁群根本不是一回事，而是寫經受打擊之後的達人高士，對社會已有清醒的認識，決心潔身自好、避地幽隱之意，從中完全可以聯想到朱權是在表達他當前和今後對人生的態度。

通過以上種種，朱權在《神譜・秋鴻》中不標明作者，就完全可以理解了。他希望《秋鴻》的聽眾和讀者與他的人生經歷、思想感情產生共鳴。試想，如果他明確指出作者另有其人，還會產生這樣的效果嗎？這就是他「含糊其辭」，不標明作者的真實原因。從這個意義上，如果一定要說朱權是在有意模糊視聽，也並不錯。又或者他潛意識中覺得《秋鴻》作者是郭楚望，不說明也人人皆知。只是他沒有想到幾百年以後的人會產生誤解。總之，朱權當時決不是為沽名釣譽而有意蒙混。我想我們現代人，對待在社會進步和文化傳承方面有貢獻的前輩，如有不理解之處，應該先作考察，不要輕易用失去分寸的語言去解讀。

我們在這裡是在理解一個歷史人物和藝術家朱權，不是從現代著作權角度去判斷他的是非。而且對我們來說，說清《秋鴻》的作者是誰並非最重要的。懂得音樂的內涵，更為重要。有許多古代曲目，作者永遠無法知道了，但我們欣賞它，接受它，同樣也加入了我們自己的理解。我們通過尋找《秋鴻》的作者，更加深入地理解了《神奇秘譜》中的《秋鴻》，這才是最大的收穫。

以上只是個人的一己之見。由於筆者琴樂修養的缺失，未能從音樂的理解上去解讀《秋鴻》及其與朱權的關係，還請方家多予賜教。

原載《書品》2016 年第 3 輯

將軍、刺史、音樂家——桓伊與江西

王勃《滕王閣序》中讚美南昌「物華天寶，人傑地靈」，我們南昌人是耳熟能詳並非常自豪的。但這裡所說的「人傑」往往會被理解僅指南昌或江西土生土長的人。其實這樣理解有些狹隘。南昌歷來是江右首府，外地人有的是因為官，有的是遊學，大量傑出人才雲集而來。有的因其功業不朽，有的因人格高尚，被載入史冊、傳為美談。有的還將自己的骸骨留在了鄱湖之濱的這片土地上。據地方史志記載，原南昌城南進賢門外，曾經有一片墓地，安葬著歷代不少名人。如大家熟知的漢代徐孺子是南昌人。而晉朝的一位將軍桓伊，他的墓地也在這裡，他的籍貫是今安徽亳州。

一、大將軍桓伊

桓伊（約 350～400 年），字叔夏，小字野王。東晉譙國銍縣人。魏晉是個重視家世出身的時代，而桓伊正出身於名門世族。父桓景，官至侍中，領護軍將軍。叔父桓宣，也是東晉名臣。

據《晉書·桓宣傳附桓伊傳》記載，桓伊自幼受到良好的教育。青少年時就顯示出優良的政治素質和軍事才能，被任用州、府主管軍事的官員，職務至大司馬參軍。因為北方的胡人政權——前秦苻堅強盛，時刻威脅東晉的邊境。朝廷就派桓伊為淮南太守，對防禦強敵進犯起到重要作用，被提升為豫州刺史，兼主管豫州、揚州等十七郡的軍事，封建威將軍。

東晉時期，中國北方曾經發生過一次著名的以少勝多、以弱勝強的戰爭——淝水之戰。晉太元八年（383），苻堅率八十萬軍隊大舉南侵，晉派大將謝石、謝玄等，以八萬人大破秦軍於淝水，桓伊當時就是晉軍主將之一。他以此功進右軍將軍，封永修縣侯，得到「錢百萬，袍表千端」等豐厚的賞賜。

二、江州刺史桓伊

西晉末至東晉初年，南昌屬江州，並為江州首府所在。淝水之戰的次年——太元九年（384），江州原刺史桓沖病逝，桓伊受命繼任江州刺史，來到南昌。成為江州最高行政長官，並掌江州、荊州、豫州等十餘郡軍事。他不僅「性謙素，雖有大功而始終不替」，即從不居功自傲，更主要的是主政江州十餘年間，「為政寬恤，愛民如子」，「綏撫荒雜，甚得物情」。他經常到貧困地區調查巡視，對地方情況和老百姓的生活非常瞭解。他還經常賑濟困苦的老百姓，百姓對他十分愛戴。他曾上疏孝武帝說，江州因支持前線，人力和財力消耗巨大，加上連年災荒歉收，全州只剩下人口五萬六千，應該「併合小縣」，實際就是精簡行政機構和官員數量，以減少開支，降低錢糧賦稅。孝武帝司馬曜接受了這些建議，並下詔將江州治所移到潯陽（今湖北黃梅附近）。在遷移州府過程中，「伊隨宜拯撫，百姓賴焉。」〔註1〕因在江州任上政績突出，桓伊被加封為護軍將軍。

桓伊在江州刺史任上，還倡導文化活動。至今猶存的廬山著名古蹟東林寺就是桓伊所建，以後成為江州地方文化活動的重要標誌性景點，全國各地的一些名士離開故鄉，來到東林寺，與慧遠相聚交遊。據《山堂肆考》記載：

> 慧遠法師始住龍泉精舍，後刺史桓伊乃為遠於廬山之東立房殿，即東林寺也。於是彭城劉遺民、豫章雷次宗、雁門周續之、新蔡畢穎之、南陽宗炳等二十三人並棄世遺榮、依遠遊止。

東晉偏安期間，桓伊即使任地方行政官員，報國壯志始終未泯。刺史衙門有一軍器庫房，裏面存放著一批盔甲。原來是多年前，桓伊在前線打了勝仗，敵軍逃跑時丟盔卸甲，桓伊一邊追趕敵人，一邊命令將士將那些戰利品——大量破損的馬步盔甲拾起，帶回營中。到了江州任上，他讓手下人把它們修繕好，存在庫房。準備北方邊防一旦有事，就再披戰袍，重上前線。後來他得了重病。臨終前，他把存下的這些盔甲上交給國家，以備以後作戰之用。他上表給晉惠帝說：

> 臣過蒙殊寵，受任西藩。淮南之捷，逆兵奔北，人馬器鎧隨處放散。於時收拾敗破，不足貫連。比年營繕，並已修整。今六合雖一，餘燼未滅，臣不以朽邁，猶欲輸效力命，仰報皇恩，此志永絕，銜恨

〔註1〕房玄齡等《晉書》卷八十一《桓宣傳》，中華書局1974年版，第2119頁。

泉壤。謹奉輸馬具裝百具、步鎧五百領，並在尋陽，請勒所屬領受。

惠帝非常感動，說：「伊忠誠不遂，益以傷懷。」下詔將這些武器收入軍庫。

桓伊病卒於江州刺史任上，死後追封右將軍，加散騎常侍，諡號「烈」。他沒有令家屬將遺骨送回原籍，而是永遠留在了南昌。一則是避免勞民傷財，二則表達他對江州這片土地的繫戀。

三、音樂家桓伊

桓伊不僅是政治家、軍事家，還是音樂造詣極高的藝術家。當時被稱為「盡一時之妙」，為「江左第一」。

桓伊善吹笛。他有一支曾經屬於漢代著名音樂家蔡邕的柯亭笛，常常用來自吹。有一個桓伊用音樂化解政壇矛盾的故事，被寫進史冊。當時尚書僕射謝安之婿王國寶品質惡劣，謝安每每教訓和抑制其惡行，王國寶懷恨在心。在皇帝面前進讒，使孝武帝與謝安君臣之間產生嫌隙。一次，孝武帝召桓伊到宮內飲宴，謝安也在座。孝武帝命桓伊吹笛助興，桓伊恭恭敬敬地吹了一段，就放下笛子說：「我彈箏雖然不及吹笛，但邊彈邊唱還可以和韻，請讓我邊彈箏邊唱歌，另請一人吹笛，好嗎？」孝武帝高興地答應了，讓宮中的一名歌妓來吹笛。桓伊又說：「宮裏的藝人從來沒有與我配合過，一定沒法合奏。我有一個僕人，對我很熟悉，讓他來比較合適。」孝武帝又召那個僕人進宮。於是僕人吹笛，桓伊撫箏而歌，唱的是曹植的一首詩《怨詩》：

為君既不易，為臣良獨難。忠信事不顯，乃有見疑患。周旦佐文武，金縢功不刊。推心輔王政，二叔反流言。

這段歌詞引周公故事，勸誡為君者要信任自己的大臣。桓伊唱得激昂慷慨非常動情，謝安更感動得淚濕衿袍。他深知桓伊良苦的用心，便離開自己的席位，跑到桓伊身邊，用手捋著桓伊的鬍鬚笑著說：「使君於此不凡。」口裏說的是「你的箏歌的確不平常」，心裏非常理解和感動。桓伊為謝安，也是為了國家。孝武帝當然也深會此意，頗為慚愧。於是改變了對謝安的態度，君臣矛盾得到了化解。這件事被後人作為良臣品格歌頌。蘇東坡詩《遊東西巖》有句云：

慷慨桓野王，哀歌和清彈。挽鬚起流涕，始知使君賢。〔註 2〕

桓伊歌唱得很好，尤其是唱情調悲涼的輓歌，與當時羊曇的樂歌、喬山松的《行路難》，被人稱為「三絕」。

〔註 2〕王文誥輯注，孔凡禮點校《蘇軾詩集》卷十，中華書局 1982 年版，第 495 頁。

《梅花三弄》，是著名的古曲。有個關於《梅花三弄》來歷的著名故事與桓伊也有關：

我國第一部琴譜集——朱權編《神奇秘譜》，收有琴曲《梅花三弄》。朱權在《梅花三弄》解題中說：

> 按《琴傳》曰：「是曲也，昔桓伊與王子猷聞其名而未識。一日遇諸途，傾蓋下車共論，子猷曰：『聞君善弄笛。』桓伊出笛作《梅花三弄》之調，後人以琴為三弄焉。」〔註3〕

王子猷即晉時著名文人王羲之之子王徽之。徽之當時是個有名的狂傲之士。一次，徽之赴召到京師去，乘舟途中，泊於清溪之畔。正好這時桓伊乘車從岸上經過。桓伊聽說過王徽之的大名，但素不相識。這時船中有人對徽之說：「岸上走過的這個人就是桓野王（桓伊小字）呢！」王徽之便派人上岸對桓伊說：「聽說你善吹笛，請為我吹一曲吧！」當時桓伊已經是地位很高的顯貴，對這樣的唐突無禮卻並不計較。他下車坐在一個小凳上，「為作三調」。吹畢，便上車去了，雙方不交一言。王徽之的狂妄不羈，反襯出桓伊的謙素平易。二人的不期而遇，留下了這段歷史佳話，也給《梅花三弄》這一名曲的來歷提供了一種情意深致的解說。《梅花三弄》後來被古琴音樂吸收，廣為流傳。千年之後，朱權編輯《神奇秘譜》收進了此曲，後來又被古箏等樂器改編，成為中國民族樂壇的十大名曲之一。

音樂家桓伊，也為後世文人詩歌屢屢稱頌。如：

> 惟有桓伊江上笛，臥吹三弄送斜陽。（李郢《江上逢王將軍》）
>
> 月明更想桓伊在，一笛聞吹出塞愁。（杜牧《潤州》）
>
> 孤高堪弄桓伊笛，縹緲宜聞子晉笙。（杜牧《寄題甘露寺北軒》）
>
> 氣調桓伊笛，才華蔡琰琴。（陳陶《溢城贈別》）

四、千年墓地的荒廢與修葺

桓伊墓的大體位置有著明確的記載，宋樂史撰《太平寰宇記》載：「桓伊冢，晉護軍將軍江州刺史冢在州南十六里，石闕存焉，俯在道側。」〔註4〕《江

〔註 3〕朱權《神奇秘譜》中卷「梅花三弄」，見文化部文學藝術研究院音樂研究所等編《琴曲集成》第一冊，上海書店 1981 年版，第 122 頁下～123 頁上。

〔註 4〕樂史撰《太平寰宇記》卷一百六「江南西道四．洪州」，見《欽定四庫全書》第 470 冊，上海古籍出版社 1987 年影印，第 134 頁上。

西通志》引明曹學詮《輿地名勝志》，寫得更加具體一些：「江州刺史桓伊墓在府城南六里蔡家坊，石闕猶存。」說明經過數百年，已經逐漸敗壞。唐代陳陶有一首《南昌道中》詩：

古道夤緣蔓黄葛，桓伊冢西春水闊。村翁莫倚横浦罾，一半魚蝦屬鵜獺。

關於桓伊墓屢廢屢修，見於一千六百多年來相關記載不少，這種情況並不多見。這是因為桓伊的高尚品格、光輝事蹟留在了人民的心裏，留在了許多文人的詩文中，留在了有良知的地方官員的政績中，它們同時被載入地方志乘。

同治《南昌縣志》「江州刺史桓伊墓」介紹桓伊墓在郡城南門外蔡家坊的石馬街：

伊以刺史鎮豫章，卒。墓在郡城南門外，今蔡家坊石馬街。洪駒父云：「墓有石柱、麒麟各一雙。」宋時士人見石辟邪一在道側，謂之石馬。歲久碑圯，幾不可識。乾隆十五年，知縣顧錫鬯重封其墓，立碑以識之。

當時有人看見路邊有一座石雕的「辟邪」（傳說中的神獸）歪倒在那裡。遂謂之石馬。宋時南昌人洪芻（字駒父）曾記載，當時墓前還有石柱、麒麟等。

最早修葺桓伊墓的記載見於南宋詩人楊萬里詩《寄題南昌尉廳思賢亭》。詩前有小序記張敬之發現徐孺子墓、思賢亭、溫嶠（西晉名將）墓等，皆加修葺，並立了標誌。小序云：

南昌尉廳之後，有孺子墓。墓前故有思賢亭，中更兵餘，亭毀墓湮。今尉劍津張敬之，因葺公廨，披榛得墓。按圖諜，墓旁有九里井，求之，得井。又有氓耕桓伊墓下，得甓三，款識云：「晉平南將軍墓，去聘君墓七里。」驗其遐邇而信。因表其墓，復其亭云。敬為賦之。

有客棲霞外，無名澆黨中。南州一高士，東漢獨清風。舊國有禾女，荒阡猶石翁。更煩吹笛魄，端為洗榛叢。〔註5〕

明萬曆間，南昌萬時華有《經桓伊墓感古樹被伐並序》二首詩，前有小序說：「墓久夷廢，郡太守范公樹之，萬曆初年事也。」詩云：

將軍墓上草痕荒。獨樹蕭蕭古道旁。今到忽刪當日影，歸鴉如客繞殘陽。刺史猶憑太守恩，寒塘衰草一碑存。不知日夕行人路，

〔註 5〕王琦珍《楊萬里詩文集》卷四十二，江西人民出版社 2006 年版，第 777 頁。

多少狐狸弔古魂。〔註6〕

可見萬曆初年墓與碑仍在，只是墓前的古樹被砍伐。後來一位姓范的太守，對年久失修的桓伊墓進行了修繕。萬時華對此十分感慨。

清雍正年間，浙江人顧錫鬯被任南昌知縣，對桓伊墓進行了修葺，還專門寫了一篇《桓伊墓碑記》，詳述了修葺桓伊墓的經過：

> 桓伊墓在城南，土人無知者。余來南昌，將有事邑乘，求其處不可得。久之，或告余曰進賢門外，距五里田塍間有古冢一，蓋桓伊墓也。舊碑為浮屠所僕墾其地以為田。當東作時，水泱泱然繞槨外，不沒者僅抔土耳。弗治，沒將繼焉。余聞而慨然。遣吏往視，度塋域界而封之，表以碑。〔註7〕

《碑記》敘述了桓伊其人一生經歷、品格和功績，接著說：

> 噫！可謂以死勤事，以勞定國者矣夫！當孝武時，險詖讒□構會，嫌隙君臣之間，可謂難矣。伊處功名極盛之地，宴飲間獨能調達放率，撫箏而歌，聲節慷慨，使人泣下沾襟。帝滋愧焉，非誠毅篤摯，積於平昔，一時詠歌，感何能爾？若夫遺表惓惓不忘國家，上鎧防危之心，昭然可揭。史稱其謙素不驕，始終不替，良有以哉！乃二世國除，歷千餘年，而其墓已如此，悲夫！

顧錫鬯認為中國地方官員有保護修葺前代賢臣烈士墓葬的傳統，修葺桓伊墓是自己應盡之責。

顧錫鬯之後，又是三四百年過去了。經他修葺過的桓伊墓，還有其他先賢墓葬，已經蕩然無存。不要說墳塋碑石，連寒塘衰草、狐狸寒鴉也難覓蹤跡。提到淝水之戰，只有到歷史典籍中去尋找，喜愛琴箏音樂，經常彈奏《梅花三弄》樂曲的人，也用不著關注樂曲的始作俑者。只是這位民心感戴的江州刺史，在江西和南昌地方史志中還有許多記載。

注：本文桓伊生平事蹟引文未注明出處者皆出自《晉書．桓宣傳附桓伊傳》。

原載《江西文史》第16輯，江西人民出版社，2018年

〔註6〕《南昌詩徵》卷五「七言絕句」，民國二十四年（1935）鉛印本。
〔註7〕《南昌縣志》，乾隆十六年刻本。下同。